MW01707346

LE PLEIN D'ORDINAIRE

ÉTIENNE TREMBLAY

Le plein d'ordinaire

roman

LES HERBES ROUGES

Les Herbes rouges remercient le Conseil des arts du Canada,
le Fonds du livre du Canada ainsi que la Société de développement
des entreprises culturelles du Québec pour leur soutien financier.

Les Herbes rouges bénéficient également du Programme de crédit
d'impôt pour l'édition de livres du gouvernement du Québec.

Financé par le gouvernement du Canada. Canada Québec

Ce livre est une œuvre de fiction. Toute ressemblance avec des
personnes ou des faits existants est de l'ordre de la coïncidence.

© Éditions Les Herbes rouges 2023
Dépôt légal : Bibliothèque et Archives nationales du Québec,
Bibliothèque et Archives Canada, 2023
ISBN : 978-2-89419-838-4

I

Le vieux Jacques fait jamais de caisse. Je pourrais pas dire son poste, c'est pas évident, surtout qu'on le voit pas souvent. Un genre d'homme à tout faire j'imagine. Pas mal sûr qu'il punche pas non plus.

Si t'as la chance de le voir passer dans un shift tu t'en vantes aux autres. Je trouve que ça dégage, un bonhomme de même. Il a comme de quoi. Il a le sourire en coin de ceux qui sont chums avec le gars des vues, pis si t'es dans son champ de vision pendant qu'il jase avec quelqu'un, un collègue, un client régulier, le livreur de chez Pepsi, il se détourne pour te faire des clins d'œil en fin de phrase, même si t'as rien à voir là-dedans. Tu catches pas pourquoi, mais tu te sens bien, tu te sens dans le secret. Tout le monde l'aime et ça doit faire mille ans qu'il travaille pour Pétro. Ouais, y est ben blood.

Ça fait que quand ma gérante a laissé un mot sur l'horaire pour savoir si quelqu'un voulait lui donner un coup de main avec le terrassement de notre station-service et des deux autres de la ville la semaine prochaine, j'ai dit oui. Faut dire que ça fait du bien de sortir d'en dessous des néons. Quand il est arrivé, j'ai lâché mon facing dans l'allée des bonbons et je l'ai suivi à sa van, une Pontiac Trans Sport 98 vert forêt avec les ailes argent. On a droit à un lavage gratuit par semaine. Moi, je m'en fous, j'ai même pas de char. Mais pas Jacques. La cire perlait encore sur les portes.

Au Rona, on a fait le tour jusqu'aux hangars chercher des poches de paillis de cèdre et des rouleaux de pellicule plastique. Faisait chaud en esti. C'est moi le jeune, ça fait que c'est moi qui ai tout loadé dans sa van.

On est revenus vers mon dep. De loin, ça paraissait pas, les bosquets sont beaux pareil, mais de près on voyait le sol tout crotté. Des morceaux de plastique, des sacs de chips, des botchs, des pissenlits pis d'autres herbes grasses et laides. Entre deux cèdres qui m'arrivaient aux hanches, les pas des gens avaient aplati un sentier de bouette qui menait au Subway dans le parking voisin.

Jacques m'a vu déterrer du pied une canette de Canada Dry à moitié ensevelie et il m'a dit de laisser faire ça.

— T'as-tu tes cartes d'éboueur? qu'il m'a demandé.

J'ai compris que c'était une blague et j'ai dit non en gloussant.

On a déroulé la pellicule transparente et on l'a étendue par-dessus la mauvaise herbe en contournant grossièrement les vivaces et les arbustes. Fallait faire ça beau, mais là ça faisait trop de plis tout croches. Le vieux Jacques a sorti son exacto, s'est penché en grognant et nous a coupé ça bien comme il faut en disant «tiens». Après, il s'est déplié et a regardé au loin en soufflant par son nez comme un bœuf, l'air de s'être souvenu de quelque chose de très réconfortant. Avec sa lèvre inférieure, il flattait sa moustache, et quand il a vu que je le regardais en m'épongeant le front du revers de la main, il m'a fait une demi-douzaine de clins d'œil en éclatant de rire. Il a levé un doigt vers le rouleau de plastique au sol et j'ai pogné mon bout.

Quand on a eu fini de plastifier le sol, j'ai fait comme lui et je me suis planté debout à l'écart pour fumer une cigarette. Ma mère vient d'apprendre que je fume, mais elle sait pas vraiment à quel point au juste. Quand je suis à job j'en profite.

Faisait chaud, mais faisait beau. Les deux, on était d'accord sur la nuance.

Il a fini par écraser sa smoke en dessous de son pied et a recroisé ses bras. J'ai pichenotté la mienne et j'ai enfoncé mes mains dans mes poches.

Qu'est-ce que je voyais ?

Elle était où la poésie dans tout ça ?

Fallait que je sois attentif si je voulais y arriver un jour. Si je voulais accomplir ma destinée.

Les bungalows se cordaient à perte de vue de l'autre côté de la rue. Une berline est entrée dans le parking et s'est stationnée devant la pompe 2. Une madame est sortie et a dévissé son bouchon de réservoir. Elle était entre deux âges, mais jeune de loin. En mettant le gun dans sa tinque, elle s'est retournée pour choisir le grade sur la machine. Ses grosses boucles d'oreilles ont volé une seconde avant de disparaître dans l'auburn de ses cheveux. Elle a agité ses doigts dans son toupet pour le remettre égal et a regardé vers nous en souriant. J'ai fait une moue et Jacques a opiné du chef. Au coin, on voyait un gars de mon âge fumer assis dans l'abribus. Il avait la tête prise dans un gros casque d'écoute. Les semelles de ses Jordan étaient posées plus haut que ses hanches contre la vitre, et ses jeans étaient attachés tellement bas que je distinguais presque d'ici les motifs sur ses caleçons. Des bonhommes sourire ? Ou des petits canards, on dirait. Un papa sur la piste cyclable roulait derrière deux enfants. Le plus vieux ça allait, mais l'autre devait pas avoir 6 ans et zigzaguait les yeux scotchés sur son pneu avant. Le père donnait des indications et criait le nom de l'enfant en se retournant à chaque fois qu'une voiture s'approchait pour les dépasser. Au loin, vers l'autoroute, j'ai entendu la plainte des freins moteur d'un dix-huit roues.

Ouin… Faut jouer avec les cartes qu'on nous a données… Mais : s'agit de se rendre disponible, que je me disais. S'agit d'être à l'affût. À y penser comme du monde, le gros du travail venait d'être fait. C'est sûr que des vers vont surgir naturellement un bon moment donné de cette scène-là. Ça me ferait un poème de plus dans mon carnet. Pis bientôt, assurément, la gloire.

Jacques a fait tinter le change qu'il avait dans ses poches, a dit «ouan» et a déclaré qu'il faudrait pas que le plastique parte au vent. J'ai dit «c'est sûr».

Il a viré de bord et s'est dirigé vers la porte d'entrée du Pétro. Je savais pas trop s'il fallait que je le suive, mais dans le fond je le savais.

Le coffre de sa Trans Sport était ouvert sur les poches de paillis de cèdre avec le râteau posé sur le tas. J'ai attaché ma ceinture un trou plus serré.

J'ai ouvert les poches une par une en répandant leur contenu le plus uniformément possible par-dessus le plastique et quand j'ai estimé que tout allait être couvert, j'ai égalisé les copeaux comme du monde avec le râteau.

J'aurais dû m'apporter une casquette. Ma sueur coulait dans mon dos en prenant de la vitesse au contact du polyester lustré de mon polo qui absorbait rien. Mettons qu'entre le linge qu'on nous donne pis un sac à vidange avec des trous pour les bras… Mais j'ai fini par finir.

J'ai déposé le râteau dans le truck et je me suis retourné pour voir le vieux Jacques accoté à l'ombre sur le bord du dep. Il s'est décollé de la grosse glacière blanche avec les mots *Glace Ice* écrits dessus. Jacques a marché vers moi en sirotant une slush bleue.

— Bon. Prochain.

On est rembarqués dans sa van. On a remonté de Mortagne sans se grouiller, on a tourné à gauche sur Montarville et on a roulé jusqu'à voir sur un poteau au loin la feuille d'érable blanche en haut du prix du gaz.

Quand on en a eu fini avec ce Pétro-là aussi, le vieux Jacques a déclaré qu'on aurait pas assez de paillis pour le dernier, ça fait qu'on est retournés au Rona. Ça a mis une heure de plus au compteur.

2

C'est au Pétro sur le boulevard qui mène vers Longueuil, passé la track de chemin de fer quand de Mortagne change de nom, là où ça sent tout le temps la levure à cause de l'usine Weston, que je l'ai vue. Avant de me remettre à l'ouvrage, j'étais rentré pisser. Asti qu'était belle. Elle était en train de faire payer un client pis le timbre rauque et désinvolte avec lequel elle a demandé si le gars avait sa carte Pétropoints m'a plu tout de suite. Les boules voulaient y péter son zipper de polo. Quand elle a levé les mains vers le clavier de sa caisse, son chandail a dévoilé trois bons pouces de peau jusqu'à sa ceinture. Quelque chose brillait dans son nombril au contact de la lumière qui entrait par la baie vitrée. Un vert éclatant qui remplissait de lumière le duvet blond de son ventre.

Semi-croquant tout le long, pour l'impressionner je me suis arrangé pour faire une encore plus belle job qu'aux deux autres places. J'ai pas posé un rectangle de pellicule au sol qui avait pas été préalablement taillé sur mesure pour épouser les intervalles entre les vivaces et les bosquets. Avant de poser le plastique, quand le vieux Jacques regardait pas, je prenais même la peine de botter les déchets plus loin sur la piste cyclable ou dans le terrain vague à côté pour que ça fasse plus propre.

En tout cas pour faire propre, ça faisait propre, ça c'est sûr. J'ai pas laissé un pouce de terre à nu pis pas un morceau de plastique dépasser de mon paillis. Même le vieux Jacques l'a remarqué. En plus d'être vaillant j'apprends vite, qu'il m'a dit.

Ce coup-ci, il m'a invité à le suivre en dedans pour me choisir une slush. Rien que de penser qu'elle poserait les yeux sur moi, ça m'a chatouillé en bas. J'ai laissé le bonhomme entrer avant moi pour prendre le temps de réarranger mon machin dans mes pantalons et tirer mon polo comme du monde par-dessus mes hanches. J'ai rempli ma cup de slush en faisant bien attention de pas tourner la tête vers la caisse pis je suis ressorti. Maudit plouc, je me suis dit, t'es même pas capable de la regarder. Quel gros nul. Mais belle comme ça, c'est intimidant.

Jacques pis moi on a tété notre affaire en silence assis sur le rack de lave-glace dehors. Sûrement qu'il parlait pas juste parce que je lui inspirais rien, mais moi je me taisais parce que je débandais pas pis j'étais pas pour partir le small talk shafté de même. J'ai bu trop vite pis j'ai eu un brainfreeze tellement intense que j'ai dû me lever pis me plier en deux en me frottant le front. Jacques a ri pis il a dit qu'il m'aimait ben en m'appelant ti-gars. Quand c'est passé, je me suis déplié et j'ai vu que la caissière me regardait, accoudée à son bord de fenêtre. Elle riait. Ses bras roses pliés devant elle comprimaient ses seins hors de son col. Son rire abaissait ses sourcils sur ses beaux yeux et les faisait briller comme un sac de billes éparpillées en plein midi. Quand j'ai attrapé son regard, elle a souri plus grand et ses dents blanches m'ont carrément aveuglé. Baptême, c'est une pub de Colgate, je me suis dit. Mais l'éclat venait en fait du reflet dans la vitrine d'un dix-huit roues chromé qui entrait dans le stationnement et que le soleil frappait de plein fouet. J'étais plus capable. J'ai dit à Jacques que j'allais pisser et j'ai passé la porte pour filer aux toilettes sans regarder la caissière.

La porte barrée, j'ai dézippé mon pantalon et je me suis branlé. J'étais déjà jacké ben raide en rentrant dans le dep, ça fait que j'ai fini ça vite au point où on aurait même pas pu soupçonner que j'étais allé là pour autre chose qu'un numéro un. Même si j'ai ben le droit de faire un numéro deux. Mais je voulais pas qu'elle pense que je venais de faire un numéro deux. Je sais plus où j'ai entendu ça, mais j'ai entendu que les hommes qui viennent de venir dégagent une phéromone qui plaît pas mal aux filles. Rater une occasion de même, c'est déchirer le joker qu'on a dans son jeu. J'ai mis une quantité ridicule de savon dans mes mains et j'ai frotté en me disant que j'avais un esti de problème mental. J'ai fait marcher le séchoir une bonne minute en me regardant de profil dans le miroir et en tâchant de forcer mes sourcils et mes lèvres à se tenir dans un repos le plus naturel possible.

Le désir tombé m'a donné le cran d'aller l'aborder. Envoye, gros bébé lala, t'es rendu un homme asteure. J'ai pas pris de risque et j'ai ouvert avec le sujet qui déride n'importe quel caissier. Elle a ri.

— Oui, je m'emmerde pas mal, qu'elle m'a répondu.

— Au moins, toi, t'es à clim, j'ai enchaîné, complètement grisé de voir que j'étais capable de faire des phrases complètes.

— Ouan, mais j'ai chaud pareil, ça respire pas ces maudites guenilles-là.

— Du gros polyester ben épais.

— 90 % polyester, pis 10 % coton, l'enfer.

Une fille qui pense comme moi. Esti. Je suis en amour. J'ai rapidement soupesé le pour et le contre de lui avouer que j'avais sué comme un cochon dans mon chandail toute la journée et j'ai décidé de prendre le risque de l'écœurer pour la chance qu'elle me trouve sex. Elle m'a refait le même sourire que plus tôt, ses belles dents droites sorties. Yes.

Un client est entré régler la pompe 4 et je me suis accoudé au comptoir de la deuxième caisse en regardant au fond vers le présentoir à essuie-glaces et à Armor All. Faut être cool. Faut montrer que je suis de la même espèce qu'elle. Un bon caissier doit pas juste tomber dans la graisse de bine à volonté, mais y prendre plaisir. Je tétais le fond blanchi de ma slush en me concentrant pour que mes yeux soient juste assez clos pour présenter ce qu'il faut de désinvolture. Le client avait pas de carte Pétropoints, mais il lui a souhaité une belle journée à elle aussi. Je me suis retourné.

— Tu fais-tu rien que les jours de semaine… Valérie ?

— Non, les week-ends aussi des fois… Mathieu, qu'elle a dit en plissant les yeux pour lire mon porte-nom.

— Au moins, les week-ends, ça passe vite.

— Oui, y a du monde.

— Vous avez du monde vous autres ici ? Même sur le bord des champs ?

— Ben t'sais, on est un Super Relais, fait qu'avec l'autoroute un peu plus loin y a plein de truckers qui viennent nous voir. Pis à la semaine longue, surtout l'été, c'est les gars du Trévi pis les éboueurs.

— Ça doit passer vite.

— C'est correct.

— Moi c'est plate en esti.

Faut avoir l'air un brin spleenétique, mais pas nihiliste quand même. Sinon je rentre dans le rang des fatigants solitaires pour qui les caisses enregistreuses sont des parvis d'église. Un bon caissier est du même sang que le curé. Mais pas besoin de composer des sermons ben compliqués, juste des « ouan, c'est sûr » pis des rires forcés. Je me suis botté le cul pis j'ai rebondi.

— Cherchez-vous du monde ?

Elle s'est reculée pour coller ses fesses à ses tiroirs à tabac et s'appuyer sur ses bras tendus derrière elle. Ça a relevé son chandail et j'ai vu que le truc qui brillait sur son ventre était un piercing en forme de lézard, incrusté de petites pierres vertes. Ses traits se sont tirés pour former un mélange de suspicion et d'amusement. Elle répondait pas. J'ai failli ajouter quelque chose, mais la flemme postorgasmique m'a donné le cran de lui laisser le temps de ramener son expression vers l'amusement.

— Hey tu niaises pas quand tu dis que c'est plate, toi, qu'elle a fini par dire.

— Ah plate rare. Pis vu qu'on est à côté du Shell pis du Ultramar, faut que tu sortes à toutes les heures checker sur le trottoir si y ont changé leurs prix.

— C'est ben niaiseux. Nous autres, on appelle à un numéro, pis ça nous dit le prix.

— Ouin, je sais ben. J'ai déjà été à une place où c'était ça. Mais nous autres, à touézheures, on va faire le piquet sur le trottoir pour voir les prix des voisins.

— À touézheures ?

— À touézheures.

— Ayoye.

— Pis en plus, c'est prépaiement seulement.

— Oh my god. *Ça*, ça doit être l'enfer, elle a dit.

Mets-en. Tu passes ton temps à répéter la même chose dans l'intercom pis à endurer le criard des pompes qui demandent à être activées. Parce qu'ils allaient certainement pas créer un programme d'ordi différent juste pour les places qui ont tellement de vols qu'ils passent au prépaiement seulement. Fait que t'endures la sonnerie qui gueule à 300 bpm pendant que t'essayes de pas perdre patience après des hosties de boqués qui pensent que s'ils font comme s'ils entendaient pas ce que tu leur dis clairement dans le speaker, la politique de la station va changer d'une shot pour se mouler à leur goût personnel qui est exclusivement de gazer d'abord et de payer ensuite, surtout pas le contraire. Leur petit goût à eux. Quand ça finit par raccrocher le pistolet, ça rentre en dedans l'air bête pis ça te sort la vieille plainte d'à quel point c'est hors de leurs capacités cognitives d'estimer combien il rentre de gaz dans leur char. « J'sais pas... 40 piastres ? Il rentre-tu 40 piastres dans mon char ? 30 piastres ? » Je le sais-tu moi ? C'est pas mon char. À longueur de journée. Mais là, je voyais Valérie se soulager immédiatement du criard qui part de la caisse en appuyant sur le bouton qui correspond au pistolet décroché et j'étais jaloux. Le rêve quoi.

— Ouan, l'enfer.

— J'pense qu'on cherche un gars de nuit.

— Cool cool.

Par la fenêtre, j'ai vu que le coffre de la van du vieux Jacques était fermé. J'ai plissé les yeux : oui, le bonhomme était assis dans son char. De la boucane sortait de l'exhaust. Valérie a tourné la tête aussi et a dit qu'elle l'aimait ben, Jacques. J'ai dit moi aussi. C'est là que j'ai flashé qu'il devait m'attendre. J'ai dit salut, et puis je suis sorti.

Rendu dans la van, j'ai checké l'heure sur le tableau de bord. Rien lui échappe, à cet homme-là, parce qu'il a dit qu'il était trop tôt pour la fin de mon shift. Ma gérante était dans son bureau, en plus, alors elle pourrait aider à la deuxième caisse au besoin, fait que ça donnait rien que je retourne là-bas. Mais ça me tentait pas d'être coupé plus tôt, j'ai pas une cenne. Le vieux Jacques, qui savait tout ça (y a-tu une affaire qu'il sait pas ?), m'a dit qu'on allait aller jeter nos sacs de paillis vides dans le conteneur du deuxième dep.

— Sinon tu vas finir ben trop tôt.

Il a roulé tout le long cinq kilomètres-heure en dessous de la limite permise et, une fois de retour au dep sur le bord de la 132, il s'est parqué super loin de la benne à ordures, à l'autre bout du stationnement. Il m'a dit de pas me déranger. Ça fait que je suis resté assis pendant qu'il est allé ouvrir son coffre. Il prenait un sac de plastique vide dans sa main, traversait le stationnement jusqu'à l'arrière du dep et revenait en chercher un autre. Il a réussi à prendre vingt minutes pour jeter des sacs qu'il aurait pu transporter tous d'une shot dans ses bras. J'étais franchement impressionné.

Après, il est entré dans le dep. C'était long, mais il avait laissé la clim rouler. Il est ressorti quinze minutes plus tard avec deux chocolatines et deux cafés. On a mangé en silence dans son char en regardant les autos filer sur l'autoroute et quand on a eu fini, il est sorti fumer une cigarette assis sur son hood. J'ai fait pareil. On a botché et on est remontés.

Quasiment deux heures après que j'ai eu dit bye à Valérie, j'étais de retour à mon Pétro pour puncher out.

3

Ça fait une semaine que j'ai démissionné de mon Pétro. Avec ma dernière paye qui est rentrée jeudi et mon quatre pour cent qui va m'arriver dans deux semaines, je me suis dit qu'il y avait pas de rush d'aller porter mon CV au dep de Valérie.

J'ai pas dit à Mathilde que j'avais plus de job. Je sais toujours pas pourquoi je suis revenu avec elle. Pour pas être seul, je suppose. En tout cas, maintenant, je suis pris. Jamais j'oserais la laisser, rendu là. J'ai aucune idée de comment je procéderais, d'ailleurs. C'est elle qui s'en était occupée la première fois, ça fait que je sais toujours pas plus comment on fait ça, laisser quelqu'un. J'imagine que j'attends qu'elle me laisse. Si elle savait que j'ai lâché ma job, non seulement elle voudrait qu'on se voie, ce qui m'empêcherait de chiller, mais elle me demanderait à tout bout de champ comment avance ma poésie. Elle m'a trop souvent entendu blâmer le manque de temps libre pour pas regarder au-dessus de mon épaule maintenant que j'en ai. On dirait qu'elle comprend pas que c'est long à venir ces choses-là. Qu'il faut que ça mûrisse. Tôt ou tard, j'ai cent pour cent confiance que ça va surgir sur le papier.

En attendant, je me suis acheté une once de pot, je me suis loué une couple de films pis le nouveau NHL au Vidéotron. C'est un game changer cette année, EA ont sorti le Skill Stick. Avec le joystick droit de la manette, tu peux contrôler le bâton de ton joueur. Avant, tu pouvais juste contrôler les bonhommes avec le joystick gauche. C'est sick. Tu peux faire des déjoues de malade. J'ai invité Dom à jouer et je me pratique un peu pour le planter comme du monde. Lui, il est rien que capable de scorer sur les one-timer. Il va voir qu'il faut faire un peu plus que seulement peser sur A pour faire une passe et pis après sur B pour tirer sur réception. Les gardiens sont un peu moins débiles, ils ont vraiment amélioré leurs déplacements latéraux.

Dom trouve ça un peu plate que j'aie démissionné, mais il en est revenu. Y a tellement de roulement anyway qu'on s'habitue aux départs. De toutes les stations-service où j'ai travaillé, c'est la première fois que je me faisais un chum. On se connaissait un peu avant, faut dire. C'est sûr que ça aide. On avait la même gang élargie au secondaire, on se voyait dans des partys, on fumait des battes avec d'autre monde de Bouch des fois, pis on est même allés voir un show de Judas Priest ensemble l'an passé, mais on était pas particulièrement proches. Sauf que là, on est devenu buddy. Pis c'est le fun parce que presque toute ma gang de mon année habite à Varennes. Durant l'école, je les vois souvent, pis ils organisent des affaires le week-end. Sauf que l'été, eux autres, ils continuent de chiller ensemble. Mais c'est comme s'ils oubliaient un peu de m'inviter.

Travailler dans un dep, justement, au moins ça a ça de bon, ça m'habitue à m'occuper en solo. C'est une job assez solitaire. Sauf si tu travailles dans un spot vraiment achalandé, comme un truck-stop sur le bord de la Transcanadienne mettons, y a jamais vraiment besoin de plus qu'une personne à la fois dans le dep. Tu vois un collègue pendant les dix minutes d'avance qu'on prend pour compter notre caisse avant de puncher, pis ton gérant des fois si tu travailles les jours de semaine. Sinon c'est rien que le bourdonnement des appareils réfrigérants, les gargouillis du café qu'on repart à toutes les heures, la rumeur des voies rapides au loin, le carillon de la machine Loto-Québec, le charivari ésotérique qui part sans avertir dans la tuyauterie du plafond pour transférer je sais pas quel liquide vers je sais pas où, pis toi planté derrière ton comptoir qui as pas assez de huit heures pour t'émerveiller de la sourdine que tes oreilles appliquent sur tous ces stimuli sans que tu perdes l'ouïe pour les seuls qui comptent, comme la cloche de la porte d'entrée ou le criard des pompes. Enfermé dans les frigidaires à renflouer les stocks de Vitaminwater pis de Gatorade, c'est dur de distinguer le chant soudain d'un pistolet qui demande qu'on l'active d'un refroidisseur à produits laitiers qui redémarre son cycle, mais, étonnamment, on sait.

Depuis que j'ai l'âge de travailler, et que je fais rien que des stations-service, j'ai considérablement réduit mes allers-retours inutiles entre le plancher et la chambre froide. Au début, t'es certain d'avoir entendu de quoi et tu te dis même que ça fait peut-être une minute qu'un gars attend en crisse avec le gun dans la tinque de son truck, fait que tu sors rapidement en te préparant à manger un char de marde, pis là tu t'arrêtes à côté du présentoir Vachon. T'hallucines. Personne aux pompes, personne dans le dep. Tu secoues la tête pis tu retournes remplir tes frigos.

Ma mère non plus sait pas que j'ai lâché ma job. Anyway, c'est pas de ses affaires. J'ai 17 ans. Que c'est que je lui dois. Pis c'est l'été à part de ça, je ferai ben ce que je veux.

C'est l'été pis j't'en amour. Ayoye. Ça me chatouille le bas du ventre rien que d'y penser. Quand Dom a sonné chez nous, je lui ai même pas laissé le temps de me dire «yo» que je lui ai annoncé la nouvelle. J't'en amour! Ça l'a aidé à digérer mon départ. Si c'est pour l'amour, il peut rien que comprendre.

Sauf qu'à un moment donné, il a flashé.

— Ouais mais hey, t'es pas revenu avec Mathilde, toi?

— Non mais t'sais comment que c'est…

— Non, je sais pas, non.

— Ben, on réessaye, mais c'est pas vraiment sérieux, t'sais. C'est plus pour... C'est plus hum... physique, t'sais.

Il a souri et il a dit « OK d'abord je savais pas ». J'étais content qu'il lâche le morceau rapidement, parce que j'aurais pas pu tenir mon mensonge ben longtemps. Au contraire, c'est censé être très sérieux. Plus sérieux que la première fois même, selon les garanties que je lui ai données quand elle m'a dit « j'ai le goût, je m'ennuie, convaincs-moi Mathieu ».

— Me semblait ben que t'avais l'air différent dans les derniers shifts, Dom m'a dit. Genre t'étais fin avec le monde quand je t'ai vu. Pas que t'es pas fin. Avec moi t'es smatte. Mais tu critiques beaucoup, mettons. T'es pas le plus patient ni le plus indulgent, t'sais.

C'est un gars qui a de la philosophie, Dom. Il comprend ça, les grands sentiments. Il a de l'intuition. C'est là-dedans qu'il va aller à l'université. La philosophie, je veux dire. C'est pour ça, d'ailleurs, que je lui en veux pas de me faire des reproches comme ça. Je le sais qu'il voit mieux les choses que moi. Il a des super bonnes notes dans ses cours de philo au cégep. Il m'a fait lire ses productions écrites, pis je capotais, ça pourrait être publié. Pis même s'il étudiait pas ça, c'est une vieille âme, il comprendrait pareil.

— C'est qui la fille ? il m'a demandé.

Je lui ai dit avec qui j'étais en amour et il m'a dit qu'il l'avait déjà spottée à ce Pétro-là pis que c'est vrai qu'elle avait des grosses boules. J'étais content qu'il l'aime.

On a fait une couple de games en choisissant les équipes qu'on voulait pour que Dom se familiarise avec le Skill Stick. Moi, je prenais toujours le Canadien. J'ai des principes.

Quand il s'est en venu à l'aise avec les contrôles, on a convenu de faire un 4 de 7 en choisissant notre équipe au hasard. J'ai pogné les Hurricanes pis Dom les Blackhawks.

Pour savoir qui c'est qui allait avoir le but adverse en haut de l'écran deux périodes sur trois (c'est plus facile de viser de même), on a «tiré aux Coyotes». Dans le menu de choix d'équipes, tu pèses sur le bouton *Aléatoire* jusqu'à ce que le jeu te propose de sélectionner les Coyotes de Phoenix. Celui qui s'arrête dessus a le droit de choisir son côté de la glace. Mais faut s'arrêter dessus par contre ! Ça rend nerveux. Tu peux pogner les Coyotes ben vite pis ça finit là, mais des fois ça fait tellement longtemps que le jeu t'affiche d'autres équipes que quand Phoenix passe dans l'écran, tu recliques sans réfléchir sur *Random* pis t'as beau sacrer, c'est trop tard, faut que t'attendes qu'ils repassent. Dom a fini par les avoir.

Même à ça, j'ai gagné la série 4–2. On a continué la soirée en faisant des games pour rire, sans trop se concentrer, plus pour chiller. Comme Team Canada contre l'équipe de France, parce que Dom m'a dit que j'avais été mardeux pendant notre série pis qu'il me planterait avec n'importe quel club contre n'importe quel autre. Ou bien les Voltigeurs de Victoriaville contre l'équipe d'Angleterre, deux équipes qui ont les mêmes statistiques globales.

Vers neuf heures et demie, on est embarqués dans sa Mazda et on est allés fumer un batte à la marina avant son shift. Il fait certaines nuits de la semaine au dep où je travaillais avant de démissionner. C'était beau au bout du quai, le ciel était rouge et allait se tremper comme un moustiquaire déchiré sur l'eau du fleuve qui rosissait pour l'imiter. Wow. Le ciel comme un moustiquaire déchiré… J'ai fermé les yeux en prenant une puff et je me suis promis de pas oublier cette image-là pis de la noter dans mon carnet dès que je reviendrais à la maison. On boucanait en silence, nos bancs inclinés au maximum, et j'ai flashé que je lui avais jamais demandé c'était comment faire les shifts de nuit. Je lui ai posé la question et le pot m'a donné l'impression que j'étais d'une rare empathie.

Pas si pire, il m'a dit. Ça lui donnait le temps de faire ses lectures pour ses cours pendant l'école.

— Pis je pogne un genre de sweetspot vers trois heures du matin. Jusqu'à quatre et demie, y a un temps vide. C'est comme le seul vrai de vrai temps mort dans une journée. Les gens qui veillaient sont allés se coucher, pis le monde qui sont dus pour se lever tôt sont pas encore debout. T'as à peu près une heure et demie où t'es tellement seul, mon gars. Vers quatre heures, il fait encore nuit noire. Il fait frais pis tu te sens vivre dans la nuit. Tu sors dehors fumer pis tu pourrais suivre de l'oreille un char qui roule à quelque part à l'autre bout de la ville comme tu suivrais un avion dans le ciel quand y a pas un nuage. À manné, t'entends un oiseau. Tu lèves la tête pis tu vois qu'y a un bord de ciel qui a blanchi. Mais tu regardes dans les airs dans l'autre direction pis c'est encore noir comme de l'asphalte. Petit à petit, t'entends un autre oiseau. Pis un autre. Pis un autre. T'as des petits vertiges de fatigue avec le café qui se dilue dans tes veines. Là, oh! t'entends de plus en plus de chars au loin. Au début, tu les entends un à fois, mais l'intervalle rapetisse. C'est pas long que tu les entends par paires, par paquets, jusqu'à ce que ça devienne un bruit continu. Les oiseaux se répondent, c'est le chœur de l'aube. Le blanc de l'horizon commence à devenir bleu. Pis next thing you know, il recommence à y avoir des clients. Le gars des journaux passe pis après lui tu revois les mêmes têtes que d'habitude.

— Tu dois être brûlé rendu à cette heure-là.

— Non c'est pas si pire honnêtement. Le rush du matin me permet de toffer jusqu'à sept. Je prends un dernier café vers cinq heures pis ça va. Pis t'sais, tu vois le monde prêts à faire leur journée. Ça réveille.

— Ils doivent avoir l'air endormis.

— Ouin, mais ça a l'air d'une bonne fatigue, t'sais. Comme un ordi qui s'allume.

Ça m'a séduit, ce que Dom me disait. Je le trouvais guerrier. Mais guerrier solitaire genre. Comme une sentinelle médiévale sur les remparts qui combat la fatigue pour que les paysans, qui ont aucune idée de ce qu'on fait pour leur sécurité, puissent dormir en paix. J'ai fermé les yeux en tirant une puff de clope et j'ai vu un gardien de phare, seul sur son rocher. C'est romantique, un gars de nuit. Y a de la poésie là-dedans, c'est clair. Y est fort mon ami Dom.

4

Ma mère s'est tannée d'avoir pour seuls signes de l'existence de son fils les effets sonores de mes jeux qui montent du sous-sol jusqu'au rez-de-chaussée. Samedi matin, elle m'a réveillé à huit heures. J'ai rouspété un peu, prétextant que les gérants sont jamais dans leur commerce la fin de semaine. Elle m'a dit qu'elle était bien impressionnée que je puisse savoir ça, moi.

— Envoye ! C't assez !

Elle a tiré ma couette que j'avais remontée par-dessus ma tête, a allumé le plafonnier, ôté les oreillers que j'avais bourrés la veille dans la fenêtre, et m'a répété d'envoyer.

Je suis monté dans la salle de bain, j'ai parti la douche et je me suis assis par terre sous le jet en tournant la poignée pour trouver la température idéale. Si j'avais été debout, ça m'aurait brûlé, mais au sol comme ça, l'eau refroidissait assez avant de tomber sur moi pour être juste correcte. Avec mes genoux ramenés vers ma poitrine et mes bras autour de mes cuisses, je formais un bassin étanche contre mon ventre que je m'amusais à remplir d'eau et à vider brusquement en écartant les jambes. Ma mère a cogné dans la porte de la salle de bain et j'ai crié « minute ».

En coupant l'eau, j'ai entendu le chant bitonal de l'imprimante dans la pièce voisine. Je suis passé dans le couloir la serviette autour de la taille et, en me voyant, ma mère m'a dit de manger quelque chose. J'ai rien répondu et je suis descendu au rez-de-chaussée. Elle a répété plus fort en s'arrangeant pour que sa voix porte entre les étages. J'haïs ça quand on se crie d'un étage à l'autre, je trouve pas ça civilisé, alors j'ai pas plus répondu. De toute manière, j'ai juste faim après mon premier joint de la journée.

De retour dans le sous-sol, j'ai enfilé un caleçon les yeux mi-clos. J'avais de la misère à passer mes pieds mouillés dans mes bas, alors je me suis renversé sur mon lit et j'ai levé une jambe en l'air. Je tirais à deux mains, mais mon pied passait pas et je me suis tanné.

Quand ma mère est revenue dans ma chambre, elle a dit qu'elle trouvait pas ça drôle. Je me suis réveillé en lâchant un « Hein ? ».

— Hey arrête de niaiser. Tu te recoucheras en revenant.

J'ai tiré sur le bas qui me pendait des orteils et j'ai pris le duo-tang que ma mère me tendait. Il était rempli d'une pile de CV.

On a fait quarante-cinq mille places que je m'en crisse. À chaque fois que je sortais de l'auto, ma mère me disait de demander à voir le gérant et je disais oui. Je rentrais, j'attrapais le premier employé venu, je laissais mon CV pis je tournais les talons. Ma ceinture bouclée à nouveau, ma mère me demandait si j'avais parlé au gérant et je disais oui une fois sur deux pour que ça ait l'air naturel. Anyway, personne me rappellerait jamais parce que j'avais pas d'expérience en rien. Juste des deps. Rendu là, pour avoir une job, faut être mardeux pis que ta face revienne au boss quand tu te présentes. L'école était terminée depuis quelques semaines déjà, la plupart des commerces avaient leur monde pour l'été, pis j'avais l'air bête. Dans le coin du golf, j'ai demandé si on pouvait faire encore une place. Ma mère a souri et m'a dit bien sûr. Je lui ai dit de continuer sur de Mortagne jusqu'à l'autre bord de la 20.

Le soleil opacifiait la baie vitrée du dep. Ma mère se dirigeait directement vers la porte d'entrée et j'ai capoté à l'idée que Valérie me voie sortir comme un plouc du siège passager de la fourgonnette conduite par ma mère.

— No-non, maman, parque-toi pas là ! Ça gosse tout le monde, ça bloque la circulation. Checke, va là, à côté de la pompe à air, y a des places, ça dérange personne.

Ma mère a rentré son menton dans son cou en écarquillant les yeux et m'a dit « à vos ordres ».

C'était bien la peine. Mon pauvre petit cœur. La fille était pas là. Maudine.

L'homme derrière la caisse m'a dit avec un accent africain que je tombais bien parce que justement le gérant était ici aujourd'hui. Il a posé ses paumes à plat sur la vitrine de billets à gratter en se penchant vers moi.

— Un instant, monsieur.

Il est parti plus loin. Je gossais avec le présentoir à briquets. Il y en avait avec le logo de Coors Light, avec celui du Canadien et une rangée complète avec des filles en bikini. J'étais en train de me dire que je pourrais mettre un petit sac de fromage en grains dans ma poche quand le gars est revenu.

— Allez-y.

Je suis passé derrière, entre la deuxième caisse et le présentoir à viennoiseries. Ça ressemblait beaucoup à mon ancien Pétro, mais en plus grand et avec beaucoup plus de machines, d'allées, de réfrigérateurs et de tuyaux au plafond. En arrière, vers le bureau, il y avait trois cafetières sur un bon huit pieds de comptoir, un lavabo double, deux fours qui montaient presque au plafond, un frigo qui devait contenir les pots de pâtes boulangères, et encore deux comptoirs qui couraient parallèlement à gauche et à droite avec en masse d'armoires en dessous. Un Super Relais, quoi.

Au bout, il y avait le bureau du gérant. La porte était ouverte. Au-dessus d'un dossier de cuir, je voyais des épaules et une tête pommadée penchées sur un gros bureau blanc en mélamine. Sur le mur, il y avait un calendrier avec la photo d'un coureur de formule 1 qui avait *Petro-Canada Lubricants* d'écrit en gros sur sa combinaison. Autour du calendrier, il y avait tout plein de feuilles 8½ × 11 collées au mur avec du texte imprimé trop petit. Du stock que la maison mère envoie et que personne lit, mais qu'on est obligés d'afficher. La chaise à roulettes a pivoté et m'a fait baisser le regard. J'allais dire bonjour, mais j'ai comme bogué. Le gérant avait une PSP entre les mains. Il jouait à un jeu de stratégie en temps réel, genre *Civilization* ou une affaire de même. Il a appuyé à plusieurs reprises sur des champs cultivés autour d'un bâtiment. Des pictogrammes de boisseaux de blés sont apparus en clignotant et en produisant des bruits très agréables de piécettes qui tombent.

— Fait que tu te cherches une job ?

— Oui, j'ai mon CV ici, que j'ai répondu en lui en tendant un. J'ai déjà travaillé dans un dep.

Un seul, parce qu'il y en a rien qu'un, le dernier justement, qui m'avait pas renvoyé et qui pouvait constituer une bonne référence. C'était pas des affaires ben graves, là. Pis je dis *des* affaires, mais en fait c'était toujours la même raison. Quand ça me tentait pas de rentrer, je rentrais pas, pis je me faisais dire « ben rentre plus ».

Un encadré avec des belles enjolivures aux bords est apparu devant sa petite ville. Il a lu le texte en marmonnant et a appuyé sur le bouton vert.

— T'as-tu déjà travaillé dans une station-service ?

— Euh. Ben. Oui c'est ça, oui.

J'avais l'air con avec mon bras tendu comme ça, alors j'ai remis mon CV avec les autres. Il est revenu au menu principal de sa PSP, l'a déposée sur le bureau devant lui et s'est tourné vers moi. Il avait l'air jeune, fin vingtaine ou début trentaine peut-être, mais c'était dur à dire parce qu'il avait des verres fumés.

— Pis c'est quoi tes dispos ?

— Pas mal tout le temps, là. Je suis en vacances d'été. Je pourrais faire temps plein ou temps partiel, ça me dérange pas.

— M'kay…

Il a fait pivoter encore un peu plus sa chaise pour me faire face convenablement. Ses lèvres se sont avancées et reculées plusieurs fois rapidement sans bruit et il a attrapé un stylo dont il a fait entrer et sortir la pointe en cliquant sur l'autre extrémité. Il a répété.

— M'kay…

Sa jambe s'est mise à branler et j'entendais son trousseau de clefs s'agiter dans sa poche de pantalon. Je savais pas trop qu'est-ce qu'il regardait, ses verres étaient vraiment opaques. Son nez pointait comme entre mon torse et mon menton, mais un peu au-dessus de mon épaule on aurait dit aussi.

— T'as-tu un CV avec toi ?

— Oui oui. Ici.

— Ouan ouan ouan. Pétro ? OK… Pis pourquoi t'es parti ?

— Ils me donnaient pas assez d'heures.

— M'kay… Pis ça te tentait pas d'en demander plus ?

— Ben je sais pas, tout le monde était plus ancien que moi pis y avaient toute leurs horaires settés là.

— Ouan ouan ouan…

Je me demandais pourquoi c'était long de même avant qu'il me donne la job. Tu cherches quelqu'un, je le sais. Peut-être que je me vendais pas assez. C'est vrai que ça avait pas de sens mon affaire de dire que je voulais temps partiel quand je disais qu'à l'autre place ils me donnaient pas assez de shifts.

— J'ai dit temps partiel, mais j'aimerais mieux temps plein, en fait, c'est ça.

— Hm-hm.

Mais peut-être qu'il m'aimait pas la face, aussi. Rendu là, c'est sûr que c'est ça. Je veux dire : le gars est mal pris, y a un dude qui rentre avec rien d'autre que « station-service » d'écrit sur son CV pis il te dit qu'il est prêt à faire du temps plein. Y a pas de pogne. Tu lui donnes un t-shirt pis that's it. J'avais jamais eu d'entrevue longue de même.

Il s'est détourné et s'est levé à demi de sa chaise pour s'approcher d'une grille horaire collée juste à côté du gros calendrier de course.

— Écoute, mon gars. Tu voudrais-tu travailler de nuit ?

Yes !

— Yes ! Euh, ouais. Oui, certainement, ça me dérangerait pas.

— Super, ça va me simplifier la vie en maudit, ça, mon gars. C'est moi pis Ilam en avant qui fait les shifts depuis que l'autre gars est parti. Mais il travaillait tellement en raisin. Bon débarras esti. On veut pas de flancs-mous nous autres icitte.

C'est ce qu'on va voir.

Il a fait rouler sa chaise pour atteindre un gros classeur gris, dont il a ouvert un tiroir. Il s'est retourné vers moi et m'a fixé un long moment à travers ses verres fumés. Il s'est replongé dans le tiroir, a lu deux-trois étiquettes, a trouvé du médium et m'a tendu la copie conforme du polo rouge et noir avec le logo de Pétro que j'avais encore à la maison. J'ai failli dire c'est beau j'en ai un, mais on est censé rendre notre uniforme quand on part, fait que j'ai juste dit merci.

Je sais pas pourquoi j'ai gardé ça d'ailleurs. Maudit qu'ils sont laids les chandails de Pétro. Le tissu râpeux donne des frissons quand on le frotte avec les ongles. Le rouge et noir fait très Team Canada et la compagnie commandite d'ailleurs le programme olympique canadien. C'est pas que je suis curieux, c'est juste que partout où on voit le logo Pétro sur du matériel corpo, tu peux être sûr qu'ils ont pas raté l'occasion de mettre les cinq anneaux olympiques en dessous.

De tous les deps que j'ai faits, je préfère la collection Ultramar : un beau bleu que l'aigle d'or complémente bien. Et puis, même si c'est aussi faux-cul que les champs de fleurs où paissent les vaches sur les pintes de lait, j'aime beaucoup l'appellation «Dépanneur du coin» écrite en gros en haut de la porte et brodée sur le sein gauche des employés. Pis les crew neck sont d'un bon coton ouaté qui garde sa forme après le lavage. J'haïs ça quand les bandes élastiques autour des hanches et des poignets deviennent toutes évasées. Pas sur les chandails Ultramar.

Le pire dans la collection Pétro, je pense, c'est les manches longues. En plus d'avoir pas de shape, ils ont un design complètement absurde. J'en ai déjà eu un quand je travaillais l'hiver. Une courtepointe de segments rouge, noir, gris et bleu marin. Le poitrail est rouge et le col est noir. Les bras sont divisés en deux sur la longueur : le dessus est bleu marin jusqu'à l'épaule et le dessous est gris métallique. Ça pourrait être assez, mais non, il y a aussi sur le torse et dans le dos des morceaux noirs en forme de feuille d'arbre oblongue qui couvrent les aisselles. Qui prend ces décisions-là? Qui dessine ça? Quand j'avais froid, je préférais encore mettre un chandail à manches longues monochrome qui m'appartient en dessous des polos à manches courtes qui, eux au moins, ont seulement deux couleurs.

Le gérant a ouvert un fichier Excel sur son ordinateur et s'est remis à branler d'une jambe. De sa main qui était pas sur la souris, il donnait rapidement des pichenottes dans le vide en alternant de doigt à chaque coup. Très très vite, aller-retour, index, majeur, annulaire, auriculaire, annulaire, majeur, index.

— Ouan ouan ouan... lundi... mardi... qu'il a dit tout bas.

Il a élevé la voix pour m'interpeller.

— Mardi ? Pourrais-tu commencer mardi ?

J'ai pas osé me pencher vers l'écran, mais j'ai plissé les yeux pour voir les prénoms dans la colonne de gauche. J'ai trouvé l'assemblage de lettres qui ressemblait le plus à « Valérie » et en glissant à droite dans la rangée jusqu'à la colonne mardi j'ai vu une case vide. Maudit.

— Oui, c'est parfait.

— OK yes sir, bon ben à mardi. Arrive à onze heures moins vingt. T'arriveras à moins quart le reste du temps, mais je veux te faire faire le tour d'la station, te montrer le punch pis l'extérieur pis les vidanges pis toute.

J'ai dit qu'il y avait pas de problème et j'ai enchaîné avec merci beaucoup et deux-trois politesses qu'il a coupées en me tendant la main. Sa paume était petite mais très dure.

Je suis repassé le long des comptoirs d'arrière-boutique et quand j'ai mis le pied sur la grille-drain, devant la porte d'entrée, le commis que j'avais oublié m'a salué.

— Au revoir, monsieur, au plaisir.

— Oui, salut.

À travers la fenêtre ouverte du char, j'entendais ma mère parler au cellulaire.

— Ouin, ouin, pis il se rendort le p'tit mozus… Oui, ça fait deux semaines, là. Non hey… Ben oui… Hey je sais ben… Ben non, penses-tu qu'il s'en est vanté ? Ça fait, là, à manné ! Passer l'été de même là. Ah regarde, Nath, il vient de sortir. Veux-tu y parler ? Attends.

Je me suis assis dans l'auto. Elle a placé son téléphone devant elle et elle essayait de trouver le bouton du haut-parleur en faisant « euh » du fond de la gorge. Elle a fait « ah » et elle a appuyé plusieurs fois sur l'icône, mais c'était son faux ongle qui cognait sur l'écran. Je l'ai trouvée tellement niaiseuse. Comment qu'a fait pour juste vivre, que je me suis dit. J'ai soupiré et j'ai marmonné.

— Ton doigt.

— Voyons…

Sa job lui avait fourni le nouveau BlackBerry avec un écran tactile, pis elle était incapable de s'en servir correctement.

— Maman, ton doigt ! Ça marche à l'électricité ces affaires-là. Faut que ta peau touche, là. C'est genre un champ électromagnétique.

— Eh pelaye, scusez pardon, monsieur. Je voulais pas vous vexer.

— Ah my god…

— Bon, qu'elle a dit quand elle a réussi à activer le haut-parleur. OK. Allô Nath ?

— Allô mon p'tit loup, que ma tante a dit en tenant pendant une couple de mesures sur une note haute la dernière syllabe de sa phrase.

— Salut matante.

— Comment ça va ?

— Ça va.

Si je lui avais répondu honnêtement, maintenant que c'était réglé, que j'avais la job, ça allait pas, non. Je me sentais piégé. Je trouvais tout le monde con. J'avais juste le goût d'aller fumer une bourrée pis gamer. Pis j'avais crissement envie de fumer une tope aussi. J'étais franchement insulté d'être obligé de faire quoi que ce soit d'autre que ce que j'avais précisément le goût de faire, maintenant que j'avais obéi à la volonté de ma mère. Je ressentais comme une grave injustice d'être assis là, à ce moment précis, dans le siège passager du Grand Caravan, un samedi matin d'été, avec la voix de ma tante (aussi bien dire deux fois ma mère) amplifiée dans le char. Maman s'est impatientée.

— Ben parles-y coudonc.

— C'est pas grave, Nicole.

— Est-ce que le gérant était là ? ma mère m'a demandé.

— Oui, j'ai répondu.

— Est-ce que t'as demandé à parler au gérant ?

— Oui.

Maudit qu'elle m'énerve.

— Qu'est-ce qu'il t'a dit ?

— Ben que c't'ait beau là. Que je pouvais travailler.

— Hein ! T'as eu la job ?

— Ben oui là.

Le cœur a failli me lâcher. Ma mère a poussé le cri aigu qu'elle trouve donc drôle de sortir pour marquer sa joie. Ça sonne comme les jeunes filles dans les vieux enregistrements des shows des Beatles.

Ma tante a ri et a imité ma mère mais sur une note plus grave et moins prolongée. Après elle m'a dit bravo son petit loup.

— Maman, pars donc le char là !

5

Sur le chemin du retour, j'ai réussi à convaincre maman d'aller me porter à la maison avant de passer à l'épicerie. J'étais vraiment «fatigué», je lui ai dit, en insistant pour qu'elle doute pas de la gravité de ma condition. Je l'avais mise de bonne humeur, je pense, fait qu'elle a cédé. En rentrant, j'ai traversé la maison avec mes souliers pour ressortir en arrière fumer une clope.

Ça allait mieux déjà.

Travailler. Hostie. Tout le temps travailler. La vie est trop courte pour travailler, si on veut mon avis.

Je suis allé enterrer mon botch dans la haie de cèdre et je suis retourné sur le patio.

En descendant dans ma chambre chercher du pot et ma pipe, je me suis fait la promesse d'être le plus immobile possible pendant les quatre jours qui restaient d'ici à ce que je commence au Pétro.

J'ai bien réussi mon coup ce samedi-là. J'ai fumé, j'ai bronzé un peu sur le bord de la piscine, je me suis saucé, j'ai mangé, j'ai gamé, j'ai écouté la télé et je me suis couché.

Le lendemain aussi, ça partait bien côté inertie, j'étais content.

La paix. La crisse de sainte paix.

Les grillons chantaient et j'étais pas le seul du quartier sur le bord de sa piscine. Un peu partout dans le voisinage, on entendait les cris et les rires des enfants, et les éclaboussures des bombes.

Je sais pas pourquoi, mais j'ai eu un feeling en entendant de l'autre bord de la maison un vélo s'amener dans la rue. Ça sonnait pas comme ceux des kids du coin, plus comme un vélo d'adulte. Pis les adultes de ma rue, ils font pas de vélo tout seuls comme ça, juste pour le fun. Ils en font rien qu'avec leurs kids, et c'est souvent pour des longues balades en groupe jusqu'au bord de l'eau. Le son d'un vélo d'adulte qui roule seul, ça détonnait dans l'horizon sonore, pis je me suis dit « oh non, ça se peut-tu ? ».

J'ai éteint mon joint en le glissant par l'ouverture de ma canette d'orangeade vide et je suis entré me chercher un popsicle au jus dans le congélateur. L'air climatisé m'a donné un choc et pendant plusieurs secondes je voyais presque rien tant la différence de luminosité entre dehors et ici était intense.

Ça a sonné à la porte pendant que j'étais en train de passer le moule à popsicles en-dessous du robinet.

Je savais très bien qui c'était.

En me dirigeant vers la porte, j'ai bifurqué vers la salle de bain pour aller me voir les yeux dans le miroir. Ils étaient rouges. J'ai mis mes lunettes de soleil, mais j'avais encore de la misère à percevoir la lumière à l'intérieur, et là j'étais carrément aveugle. Je les ai enlevées et j'ai pris la bouteille de Clear eyes dans ma poche.

La dernière fois qu'elle avait sonné comme ça chez moi sans avertissement, c'était l'hiver passé, pour me laisser.

C'est sûr, j'allais y passer une deuxième fois. Mais peut-être que non aussi, faut pas capoter. Elle a des amies à Boucherville. Peut-être qu'elle était juste dans le coin. Et puis, c'était peut-être même pas elle.

J'ai ouvert la porte de l'entrée pis c'était elle. Faire à semblant, feindre la joie, faut feindre la joie, je me suis dit, parce que peut-être qu'elle s'ennuyait de moi, pis que c'est rien que ça.

— Mathilde ! Allô, hey !

Elle portait des shorts en jeans courtes mais amples et un t-shirt avec Bob l'éponge qui ouvrait les bras sur un arc-en-ciel au-dessus duquel il était écrit *imagination*. Je me suis souvenu de quel épisode ça venait. Mathilde... Je peux pas croire qu'une fille belle comme ça voulait de moi. Ses grands cheveux étaient ramenés en chignon sur le dessus de sa tête et de longues mèches partaient en désordre de ses tempes. J'étais vraiment gelé. J'avais pas le goût de rien. De la sueur perlait entre ses lèvres et son nez. Elle souriait, mais d'un air désolé. OK, non, j'étais fait.

— Allô.

Je savais plus trop s'il fallait que je m'avance vers elle pour l'embrasser, comme si de rien n'était. J'étais figé. Elle a regardé par terre en écarquillant les yeux.

— Je peux-tu rentrer ?

— Oui, j'ai répondu presque en criant. Oui, oui, ben oui, j'ai poursuivi en baissant le ton. Rentre. T'as-tu soif ? Fait chaud en maudit.

— Ouin, je prendrais un verre d'eau s'il te plaît.

Quand elle a passé le seuil, je me suis pas reculé et elle s'est retrouvée à quelques pouces de moi. Très rapidement, j'ai pensé : « C'est ta blonde voyons tes manières t'es ben froid embrasse-la », et je me suis penché pour coller mes lèvres sur les siennes.

Elle a pas bougé et ses lèvres non plus.

Je me suis redressé rapidement pour me retourner et cacher la rougeur qui me montait aux oreilles. J'ai marché vers la cuisine et je lui ai rempli un verre d'eau.

Qu'est-ce qu'il fallait que je lui dise ? Si je lui demandais si elle était allée voir des amies, elle me dirait sûrement non. Elle dirait « je suis venue pour te voir », pis il y aurait plus de doute sur l'objectif de sa visite. Et la conversation désagréable commencerait. Je voulais pas que la conversation désagréable commence. Ça fait que j'ai feinté.

— Je suis content de te voir, j'ai dit en lui tendant son verre d'eau.

Elle a dit «merci» et a porté le verre à ses lèvres. J'ai continué.

— Excuse-moi, hein, j'étais vraiment dans le jus. Ça gosse qu'on ait pas le temps de se voir ces temps-ci. Je t'aurais appelée aujourd'hui, mais je suis tellement brûlé.

Son regard était triste et dépité. On aurait dit qu'elle hésitait sur un détail en dedans d'elle-même.

— Dans le jus... T'étais dans le jus avec quoi...

Sa voix tombait à plat. Il y avait même pas d'interrogation à la fin de ses phrases. On aurait dit qu'elle s'en foutait. Mais, en même temps, elle avait l'air très... très... consternée, c'est le mot, je pense.

J'allais répondre «la job», mais est-ce que je voulais me mettre les deux pieds dedans?

— Euhm...

C'est tout ce que j'ai réussi à dire.

Elle a affiché un genre de sourire déçu qui s'est défait aussitôt. Puis, son visage est allé ailleurs, à quelque part de douloureux on aurait dit. Elle a pincé les lèvres et ses yeux se sont mouillés.

— Je le sais que t'as lâché ta job, Mathieu.

J'étais figé. Qu'est-ce qu'on répond? Personne m'avait jamais outillé pour une situation comme ça. Elle me regardait en attendant que j'ouvre la bouche. Mais je l'ai pas fait. Que c'est que je pouvais ben dire? Oui, c'est ça, j'ai lâché ma job pour une autre job exactement pareille parce que j'ai vraiment le kick sur une fille qui travaille à la nouvelle place? Quel épais. On m'a échappé à terre quand j'étais bébé, c'est sûr, va falloir je demande à maman.

La climatisation ronronnait à l'autre bout de la pièce, la télé jouait pas fort sur le comptoir de cuisine, le frigo vibrait pis moi j'arrivais pas à faire un son.

— Je suis venue pour te dire… Mathieu, ça me fait vraiment de la peine, mais je suis venue pour te dire que je pense que c'est juste mieux qu'on arrête ça là.

Son menton était tout plissé et sa lèvre inférieure frétillait.

— Ouin… Tu penses ?

Elle a levé les yeux vers moi et a froncé les sourcils. À la voir, on aurait dit que je venais de parler chinois.

— Je… Oui… Je suis certaine, Mathieu. Je suis désolée.

— C'est correct.

— Je voulais pas faire ça au téléphone.

— Je comprends.

— Fait que je suis venue jusqu'ici.

— Je comprends.

Elle avait croisé ses bras et tenait fermement ses coudes dans ses paumes. Des larmes coulaient sur ses joues.

— Mathieu. Tu le sais que je t'ai cru ?

— Je suis vraiment désolé.

Elle a baissé la tête et moi aussi.

— En tout cas, elle a dit.

— Je suis désolé.

On était plantés comme ça, à regarder nos pieds. Elle reniflait. Moi, j'avais les yeux comme des deux piastres pis je me demandais si le Clear eyes avait eu le temps de faire effet. Trente secondes ont dû passer. Peut-être une minute. Ou deux. Je sais pas. Je me demandais si c'était Musique-Plus qui jouait dans la cuisine. Canal D, peut-être ? Un ou l'autre, sûrement, parce que ça sonnait comme la voix d'un doubleur franchouillard. Voir que je me rappelais même plus le poste que j'avais mis tantôt. Câlice que j'étais gelé.

— Bon… elle a fini par dire.

Elle a tourné les talons et fait quelques pas vers l'entrée, mais s'est arrêtée dans son élan.

— Tiens, elle a dit en me tendant le verre vide.

— Merci.

Rendue devant la porte d'entrée, elle m'a fait face à nouveau. C'était le temps. Fallait dire de quoi. Fallait dire de quoi. C'était peut-être pas perdu. Mais dire quoi ? Qu'est-ce que j'aurais ben pu dire ? Est-ce que je voulais rester avec elle ? Pour vrai, j'étais visiblement passé à autre chose. Je pensais à quelqu'un d'autre depuis un bout déjà.

— Bon ben. On se recroisera à manné j'imagine.

— Oui, j'imagine, elle a répondu.

— Au cégep peut-être ?

— C'est ça. Peut-être bien.

— Je suis désolé, Mathilde.

Elle a ouvert les bras en haussant les épaules. C'était une invitation. Oui, le contact physique. C'est pas mal plus simple ça. Ça, je sais faire. Je me suis avancé vers elle et je l'ai prise dans mes bras. Elle m'a serré plusieurs secondes, très fort.

On s'est dit bye. Ou adieu, ou à la prochaine. Je sais plus, j'étais comme ben mêlé.

Je l'ai regardée s'en aller sur son bicycle.

Il faisait toujours aussi beau.

Je me suis demandé si j'avais envie de pleurer, mais je pense que j'avais faim en fait. Pis j'étais trop blasté pour pleurer.

Le voisin d'en face était assis sur son perron et jasait avec un autre voisin. Ils buvaient une bière en surveillant leurs enfants qui jouaient au hockey bottine dans la rue. Les kids s'étaient fait un but avec des petits cônes en plastique. Quand ils m'ont vu, ils m'ont crié après.

— Mathieu ! Mathieu ! On peut-tu prendre ton but ?

Je les ai regardés sans rien dire. Les deux papas ont cessé leur conversation et m'ont envoyé la main en souriant. Ça m'a dégelé et j'ai renvoyé le salut.

— Ouais pas de trouble, j'ai répondu. Ça sera pas long.

Je suis rentré et je suis allé dans le garage appuyer sur le bouton de la porte automatique. Dans la lumière qui s'est mise à pénétrer sous la porte, il y avait les petites jambes de mes voisins. Ils sont entrés. J'avais un but en métal format LNH, que ma mère m'avait acheté au Canadian Tire il y a quelques années. Il avait pas mal de vécu. Certaines vis avaient disparu depuis longtemps et j'avais dû mettre des tie-wraps à plusieurs mailles du filet pour le rattacher aux poteaux.

— Voulez-vous que je vous le sorte ?

— No-non c'correct, qu'un des petits gars m'a répondu avant d'empoigner un poteau et de dire à son ami de pogner l'autre.

— Voulez-vous le stock de goaler aussi ?

Leurs visages se sont illuminés et ils ont tous parlé en même temps.

— Ah ouais, ah oui ! Ça serait trop hot, ouais, ah ouais cool !

— Tiens, que je leur ai dit en enlevant le couvercle d'un gros bac en plastique.

Un des gars a commencé à attacher les jambières pleines de duct tape. Les autres étaient déjà dans la rue à tirer au filet avec leur balle orange.

— Qu'est-ce qu'on dit, les gars ? mon voisin d'en face a demandé.

— Merci ! qu'ils ont tous répondu d'une même voix.

— Pas de quoi. Je vous laisse le garage ouvert, vous remettrez ça ici quand vous aurez fini.

Je suis rentré dans la maison et au milieu du salon je me suis arrêté. J'avais encore une drôle de sensation. C'était comme si j'avais faim, mais que j'avais mal au ventre en même temps. Une espèce de nausée. Pis je sais pas, j'étais un peu fatigué aussi, une genre de fatigue comme après une semaine d'examens, presque un mal de tête. C'était ben bizarre. Est-ce que j'avais faim ? C'était-tu ça ? Je savais pas, je trouvais ça… je sais pas comment dire… pas le fun. Je trouvais ça pas le fun. Je me suis dit que j'allais aller me rouler un joint, pis que ça se placerait.

6

J'avais pas apporté de pot pour mon premier shift. Sinon, je me connais, j'aurais fini par aller me cacher en arrière du lave-auto fumer un batte en sortant les vidanges, ou ben j'aurais carrément proposé à mon boss de toker avec moi. Ça fait que j'ai taffé en esti toute la journée mardi. J'ai fumé mon dernier à neuf heures et demie, pour pas avoir l'air trop défoncé en rentrant à onze heures moins quart, quand même.

C'était pas Valérie qui faisait le quart de soir quand je suis rentré. Le même monsieur que l'autre fois était en arrière de la caisse. En me serrant la main, il m'a dit « Ilam » et j'ai répondu mon prénom. Il vient du Sénégal. Avant, il restait à Montréal, mais il a déménagé à Boucherville l'an passé parce qu'il travaille aussi au Uni-Sélect. C'est des pièces de char. C'est payant cette job-là. Ça part à 20 piastres de l'heure pas qualifié. Pis lui, il a son permis de lift, qu'il m'a dit. Mais c'était pas assez pour arriver. Il a des jumelles en bas âge, un gars au secondaire privé et sa femme fait un DEC. Alors il est au Pétro les mardis, jeudis, vendredis, pis les trois jours d'après il est de nuit à l'autre place. Là-bas, il fait tout le temps de l'overtime. Pis c'est lui qui veut ça ! Il doit faire pas loin de soixante heures semaine au total, que j'ai calculé mentalement pendant que je glandais en attendant le boss.

J'étais arrivé à l'heure, mais le gérant était encore dans son bureau. On l'entendait crier à travers la porte. Au téléphone sûrement. Ou ben il est fou dans la tête. Non, c'est sûr qu'il crie après quelqu'un, que je me suis dit. La porte était assez épaisse pour qu'on puisse pas distinguer les paroles. J'avais le goût de demander à Ilam si c'était tout le temps de même, mais je voulais pas avoir l'air fendant en partant, alors je lui ai demandé depuis combien de temps il travaillait ici, en me félicitant d'avoir vraiment le tour avec le monde, et il m'a répondu tout ce que je viens de dire à propos de sa vie.

À un moment donné, j'ai arrêté de lui parler parce qu'il avait un rush. Je suis allé faire le tour du plancher, comme ça si le boss sortait, il verrait que j'étais zélé pis que je voulais tout de suite repérer où les choses étaient situées. L'important, sur le marché du travail, c'est d'avoir l'air.

Travailler le shift de soir, pour l'avoir fait, c'est correct. Tu peux rejoindre des chums tard et faire de quoi de ta vie. Seule affaire gossante, c'est que tu finis toujours avec un line up qui t'empêche de préparer tes choses d'avance, d'un coup que t'aurais voulu partir à onze heures pile. C'est les dernières minutes pour l'alcool, alors ça se bouscule dans le coin mousse. Des mottés la casquette à l'envers pis une camisole Nixon pendue aux trapèzes qui lèvent des 24 de Bud à une main, des sexagénaires chauves qui s'achètent un 6-pack de Stella Artois en même temps que de régler le gaz de leur Miata bourgogne, des petites madames de qui tu peux admirer les remblais de fond de teint et humer l'odeur de pharmacie pendant qu'elles sortent le change exact pour leur litre de Wallaroo, des chicklettes à peu près majeures dont tu peux suivre la progression vers les coolers à Mojo au son de bacs à bijoux d'un Ardène qu'elles font en marchant, des vieux fumeurs une calotte de la CSN aux rebords jaunis vissée sur leurs cheveux en filasse qui viennent s'acheter un 25 king size de Viceroy avec deux 950 ml de dry cheap. J'aurais bien aidé Ilam en passant les gens qui veulent payer par carte à la deuxième caisse, mais je savais comme pas si j'avais le droit, mon gérant m'avait rien montré encore. On fait ça des fois quand on rentre un peu plus tôt et qu'on se sent smatte si celui qu'on vient relever est dans la dèche.

Stéphane a fini par sortir à moins cinq. Je suis retourné vers l'arrière.

— Hey mon homme ! Comment ça va ? C'est beau hein. C'est ça, un Super Relais. Ah shit ! Asti ta caisse, c'est vrai. Inquiétez-vous pas, Ilam, je vais la compter pour lui. Je vais la compter à soir, OK, mon gars, mais c'est juste pour une fois, c'est pas ça en temps normal.

J'ai voulu dire que je savais bien et que je pouvais la compter mais il était déjà reparti dans son bureau. Les effets du pot commençaient à s'estomper. Plus rien ne brillait et je sentais le calme qui vient dans ce temps-là. J'ai contourné le comptoir pour retourner sur le plancher et, rendu au coin café, j'ai regardé Ilam pour lui demander si le café était fourni. Son visage s'est illuminé et il a ri fort.

— Ah s'il fallait que nous fassions sans, ça serait de la vraie torture ! Vas-y, sers-toi.

J'ai dit qu'il avait bien raison et j'ai tiré un gobelet du trou dans le comptoir. La rondelle de plastique blanc poussée par le ressort dans le tube est sortie à l'air libre. Plus de gobelets… D'instinct, j'ai levé la tête vers une armoire qui existait pas, mais qui se trouvait à cet endroit-là à mon ancien dep. Sont où les cups de spare ?

J'ai rempli mon verre. Sur le thermos, le bonhomme Van Houtte me regardait en sourcillant derrière une tasse fumante. Colombien velouté, ça c'est mon jam. J'ai repensé à mes habitudes de jour dans l'autre dep. Au début de mon shift, j'y allais avec un peu de lait. Vers la fin, c'était des petites tasses ben noires, avec pas mal de sucre. Mais là, il fallait pas que j'y aille trop fort en partant, sinon j'étais certain de pas passer la nuit. J'ai craqué trois godets de lait dans mon cup et je me suis pris un couvercle. Sur le dessus, il y avait le numéro 6 dans le symbole de matière recyclable. 6, ça veut dire que c'est pas recyclable. 1 à 5 et 7 oui, mais pas 6. Quand on en est pas à sa première délinquance écologique, on arrive quand même à s'endormir le soir. Depuis que j'ai 15 ans que je vends de la gazoline. Tout ce que ces places-là offrent d'autre, à l'exception des pâtisseries, ça vient dans un emballage individuel ou une bouteille de plastique. Et ça arrive dans des grandes caisses de carton.

Encore si on faisait de quoi pour ça. Mon ancien Pétro devait jeter au moins un plein conteneur de carton par semaine aux vidanges. Trop cher de payer pour le service de collecte aux entreprises, ma gérante m'avait dit. Peut-être que c'est différent à d'autres places, sauf qu'à toutes celles où j'ai été c'était de même. Le gros du travail des gens comme moi consiste à torcher et à garder ça blanc et ordonné pour que l'impression se maintienne d'un lieu propre et sain. Ça a beau sentir le détergent, le sucre à glacer, la slush pis le café, à l'échelle géologique, une station-service, c'est une méchante saloperie. Dom m'a dit que c'est tellement crotté que ça te nécrose un terrain jusqu'à trente pieds de profond, pis qu'après y a plus rien à faire avec, sauf si t'enlèves toute la terre contaminée par les réservoirs pour en remettre de la neuve. Pis même à ça. Si on se met à parler de nappe phréatique, on va virer fous.

De retour en arrière du comptoir, j'ai demandé à Ilam où c'est qu'ils gardaient leurs gobelets à café. « Mais directement en dessous du coin café », qu'il m'a répondu.

J'étais en train de remplir le distributeur quand mon gérant est sorti d'en arrière pour relever Ilam. Je me suis grouillé de revenir à côté d'eux autres pour avoir l'air vaillant, même si je sais très bien mettre une caisse dans un tiroir-caisse. L'écran affichait 23:02:53.

— Désolé pour le retard, Ilam, c'est son premier shift t'sais.

— Pas de problème, Stéphane.

— On peut pas toutes goaler comme toi !

Mon gérant s'est tourné vers moi et a baissé la tête d'un air entendu. Au-dessus de ses lunettes, j'ai vu ses pupilles pour la première fois. Elles étaient grandes et noires. On voyait à peine son iris.

— Si tu réussis à me pogner Ilam avec un line up de plus que trois personnes, tu m'appelles pis on s'achète un 6/49, parce que c'te gars-là, y clenche en esti.

— Oh là là, vous exagérez, Stéphane, Ilam a dit dans un rire plein d'humilité.

Il était déjà à côté de la porte d'entrée. Il se changeait pas, pas de sac à dos, rien. Il repartait comme il était venu. Il nous a salués et il est sorti. De l'autre côté de la baie vitrée, je l'ai vu entrer dans la Mazda Protegé qui était garée en face des tinques de propane. Une 2002 ou 2003, à vue de nez. Comme sur n'importe quelle Mazda, la rouille mangeait les ailes. Et comme la plupart dans ces années-là, elle était grise. Ou « argent », comme disent les vendeurs qui essayent de donner du chic à une boîte en tôle passé les 200 000 kilomètres au compteur. Le moteur faisait un beau son à travers la fenêtre, par exemple. Ça paraissait qu'il en prenait soin. Le link kit pète à rien sur ces affaires-là, sauf que le char a pas fait un bruit en roulant par-dessus les couvercles des réservoirs à essence qui font une bosse au milieu du stationnement. J'ai l'air de connaître ça, mais pas plus qu'un autre. J'ai beau pas avoir de permis, y a rien que ça, des chars, esti, partout, tout le temps, dans vie.

J'ai fait le saut. Mon gérant m'avait parlé direct dans le cou en lâchant un « OK fak ». Pis à partir de là ça a pas arrêté. Il m'a toute expliqué. Ça allait vite en tabarnac. Je l'écoutais semi parce que je sais déjà comment les choses fonctionnent, s'agit de savoir ils placent ça où ici, pis je me demandais comment est-ce qu'il s'attendait à ce qu'un vrai débutant se rappelle d'autant d'information à l'arraché de même.

La caisse. Le fond de caisse au début du shift. La fréquence des dépôts, les enveloppes pour les dépôts, le coffre-fort sur le bord de la fenêtre, la fente du coffre-fort où glisser l'enveloppe des dépôts. Mets pas trop de change dans les enveloppes, la craque est mince. Le dépôt final pour ramener la caisse à 250 en partant.

Le scanneur. Les pitons. Les pitons des pompes. Les pitons pour imprimer un ticket de lave-auto. La gamme des lavages. Ordinaire, suprême, platine. Les pitons des modes de paiement. Débit, crédit, comptant. Les paiements alternatifs : essentiellement les Pétropoints et l'enveloppe dans laquelle on garde les cartes de crédit des compagnies de transport pour les camionneurs qui ont l'habitude de passer par ici. Et juste au cas où : le tiroir dans lequel on range le vieux sabot à cartes. Un genre de fer à repasser qui imprime les informations embossées de la carte sur une facturette en papier carbone que le client signe. Jamais utilisé ça. Lui non plus. On s'est sentis de connivence. Ça allait ben.

La loterie. Comment ouvrir la valideuse Loto-Québec, comment la fermer, comment calculer les remboursements des billets gagnants dans la caisse à côté.

Les smokes. Trois colonnes de tiroirs. Les marques JTI-Macdonald, les marques Benson & Hedges pis les marques Imperial. Il a pris la peine d'ouvrir chaque tiroir et de me nommer chaque sorte une par une. Au moins, il est pas rentré dans les formats. Surtout, mais surtout, il a pas parlé de compter les paquets pour en faire l'inventaire. Alléluia ! Une autre place où j'allais fumer gratis.

Au début, je me la jouais « ouais, ouais, c'est pas mon premier barbecue ». Mais j'ai rapidement compris que j'allais pas y échapper. Soit il avait complètement oublié que j'avais déjà travaillé dans un Pétro, soit il me prenait pour un vrai crétin. Au fond, je pense que ça lui faisait plaisir de me montrer tout en détail. Ça a l'air d'un gars sociable, Stéphane, mais un drôle de sociable. Son goût des autres se manifestait dans les phrases interminables qu'il faisait pour m'expliquer le fonctionnement de machines qui sont à ça de se passer de nous complètement. Il veut que je comprenne, c'est fin.

On a suivi le comptoir jusqu'aux fours à pâtisseries. Il a ouvert toutes les armoires en chemin. Il était sur le bord de commencer à me présenter chaque esti de grain de poussière par son prénom quand on a entendu le klaxon de l'activateur à pompes. Il m'a souri avec l'air bienveillant d'un père qui voit son fils continuer à rouler droit après qu'il a lâché son bicycle pour la première fois. On a longé le comptoir jusqu'à la fenêtre.

Il m'a regardé activer la pompe. J'ai checké l'heure sur la caisse et j'ai commencé à comprendre qu'il allait passer la nuit avec moi. Pourquoi il me le disait pas juste d'emblée ? Ça gossait de pas savoir s'il allait partir à un moment donné. Je lui ai posé une question pour voir.

— À l'autre dep, on appelait un numéro pour savoir le prix du gaz. Faut-tu que je fasse ça la nuit aussi ?

— Oui, bonne question ! Je t'en aurais parlé plus tard. Je te montrerai le numéro, on va les appeler à cinq heures.

Asti, la nuit avec.

Pas moyen d'avoir la maudite paix.

J'ai essayé de penser à autre chose pour me décrinquer.

Valérie. Pense à Val. Tu vas ben finir par la croiser.

J'ai tourné la tête vers l'extérieur. Le client remplissait son char à la pompe 3. Un gros Ford série F. Quatre portes, marchepied pour monter dans le cockpit, couvre-benne, toute la patente. Je trouve ça assez show off. J'aime mieux les pick-up un peu plus vieux, ceux qui datent d'une quinzaine d'années. Un deux places très compact, mettons. Comme les petits Toyota Tacoma. Ceux d'avant qu'ils les fassent gros comme des campers pour faire bander les Albertains qui savent plus quoi faire avec l'argent du pétrole.

De loin, le client avait l'air vieux, trentaine peut-être. Ou cinquantaine ? J'ai encore de la misère à évaluer l'âge des adultes. D'abord y a les enfants, puis y a le monde comme moi. Le vrai monde, les jeunes. Après c'est pas clair. Y a le monde pas de rides mais qui ont l'air plates pis qui s'habillent tout croche comme dans les vidéoclips de ska. En haut d'eux autres y a les faces plissées, les chauves pis les madames aux cheveux de couleur. Pis tout en haut les très très vieux. Mais on les voit jamais vraiment, eux autres. On voit juste nos vieux à nous, ceux qu'on regarde pas dans les yeux à Noël pis à Pâques.

Mon gérant restait planté derrière la caisse. Ça me rendait fou. Je me suis concentré sur l'écran devant moi. Le compteur de la pompe était rendu à 35 piastres pis ça montait encore. Y en rentre du gaz dans un Ford, je comprenais pas pourquoi on continuait pas le tour de la place, qu'on en finisse. Stéphane regardait droit devant lui vers la porte et le rack à journaux. J'ai remarqué qu'il y avait pas de tabouret. Maudit, si y a pas de tabouret, c'est simple, on a pas le droit de s'asseoir. Pour mesurer j'avais long comment de corde, je me suis accoté sur le comptoir par-dessus les tiroirs à cigarettes. Y a rien dit.

Asti j'aurais fumé un batte, là. J'en voulais au monde entier. D'abord à ma mère qui m'avait forcé à me trouver une job pis qui avait pas la générosité de faire vivre son fils même pas majeur. Je parle pas de me loger, de me nourrir ou de m'habiller pis toutes ces choses-là qui me sont non seulement nécessaires, mais dues. Faire vivre, dans le sens de me donner de l'argent de poche, comme n'importe quel parent normal. J'en voulais aussi à l'horaire qui m'avait empêché de voir Val. À mon boss qui restait là comme un maudit con à regarder dans le vide derrière ses shades. Pis qui me faisait pas confiance. Pis qui me laissait pas tout seul à faire ce que je voulais. À fumer des battes, voler des paquets de smokes, des chips pis du lait au chocolat, pis m'asseoir. Hostie m'asseoir. Si j'étais président du Québec, que j'étais en train de me dire, mon premier décret serait d'obliger qu'on fournisse un tabouret à chaque caissier. Pis le droit de lire. Asti s'il veut pas que je m'assoie, il veut clairement pas que je lise. Je vais faire quoi, moi, quarante heures semaine de nuit sur le bord de la Transcanadienne ? Ça prend pas huit heures pour remplir des frigos de Gatorade. J'enviais Dom qui devait probablement être en train de faire quelque chose de super cool et significatif en ce moment même, pendant que j'étais pogné à côté d'un sous-singe de boss nerveux qui pianotait sur le comptoir. Si c'était pas du pot, fallait au moins que je fume une tope.

Le gars du pick-up est rentré et j'ai pris une gorgée de café.

— Bonsoir. Pompe 3 ?

Pas de réponse. Bon. Ça part ben pour un premier client avec ton boss à côté qui est sûrement en train de se demander s'il a pas engagé un esti de pichou pas regardable pis s'il est le seul à pas s'en rendre compte. Le bonhomme a sorti sa carte Visa. J'ai appuyé sur le bouton qui active la machine.

— C'est à vous.

Il disait toujours rien. Il était figé de même sa carte dans les mains, les lèvres pincées. Il hochait la tête.

Sa main est allée au panier de fromage en grains et a jeté un sac vers moi sur le présentoir à gratteux. Je me suis retenu de soupirer. Je soupirerai quand je serai seul. J'ai étiré le bras vers le terminal, je l'ai fait pivoter vers moi sur son socle et j'ai appuyé sur *Cancel.* J'ai fait la même affaire sur ma caisse. Ça m'a sorti deux reçus d'annulation, un pour moi, un pour le client. J'ai posé le sien sur le comptoir et j'ai gardé le mien en main en me tournant vers Stéphane.

— Poubelle, qu'il a dit.

Poubelle, que j'ai fait.

J'ai scanné le fromage, j'ai remis la pompe 3 sur la facture et appuyé sur *Visa.*

— C'est à vous.

Le gars avait une casquette d'une place au Vermont et un goatie grisonnant. Je lui ai sorti son reçu.

— Merci, bonne soirée.

J'ai cru l'entendre me répondre merci, mais j'aurais pas gagé. Il a remis sa carte dans son portefeuille et a levé la tête vers mon gérant.

— Hey vous autres, à Montréal, on s'ennuie pas de ça le trafic quand qu'on vient. J'arrive de Terrebonne, je m'en retourne à Drummond, OK ? J'avais un gars en avant de moi, là, dans le pont-tunnel, OK ? Quand ça se met à rouler, le gars, y s'tasse pas. Dans voie de gauche, toé. Tout le long. J'peux pas croire qu'y voit pas mes lumières dans son miroir à hauteur de mon truck avec sa hatchback.

À Montréal ? De quoi qu'il parle, lui ? Boucherville, bonhomme. Mon gérant souriait en hochant la tête. On aurait dit qu'il le connaissait pis qu'il était content de le voir. Mais c'est sûr qu'il le connaissait pas. C'est juste que du monde comme ça, c'était son monde. Ils se comprenaient. Moi, j'étais seulement de passage. Une recherche, c'est de la recherche que je fais ici, je me suis dit. Et un jour, j'éplucherai tout ça pour trouver ma poésie.

Je pense que c'est de pas fumer qui me rendait à fleur de peau de même, mais j'ai eu un genre de larme qui m'est passé sur le cœur, c'était beau l'image que je venais de trouver, éplucher… Oui, mais fallait un autre élément quand même. Éplucher quoi ? Éplucher ma recherche ? Ça a comme pas de sens. Éplucher le réel. Oui, c'est bon ça. « Le réel », c'était une expression qui revenait souvent dans les livres que Dom me passait. Comme dans *Ainsi parlait Zarathoustra*. Ça dit qu'il faut devenir un surhomme en acceptant que le réel revient éternellement, qu'il déboule toujours en bas de la côte et qu'on doit le remonter en haut de la montagne à l'infini, et qu'il faut être heureux malgré tout. En tout cas, je dis ça de mémoire. Chose certaine, le livre parle de combien on est condamnés, c'est sûr. Pis moi, je veux montrer comment les murs de notre prison, ils sont d'abord dans notre tête. J'aime ça lire des essais de philo, ça me permet de préciser ma propre pensée. Éplucher le réel. Très bien, oui… Elle était à moi, maintenant, cette expression-là, vu que je venais de la mettre en valeur comme jamais auparavant. Depuis qu'entre 14 et 15 ans j'ai lu tous les romans de Boris Vian, je sais ce que je veux faire dans la vie. Bon, c'est sûr qu'on comprend rien dans les romans de Boris Vian. Mais l'important, c'est de trouver des formulations flyées comme ça, une larme sur le cœur, des quenouilles dans le ventre, éplucher des trucs qui s'épluchent pas, et de s'en souvenir. Pis un jour, je mettrai de l'ordre dans mes notes mentales et je les relierai ensemble dans une œuvre.

— Ouin, avec les travaux à la jonction de la 132, c'est quelque chose, mon gérant a répondu.

— Sont jamais allés en Europe, ce monde-là, ça paraît. Moi, chus t'allé au Portugal avec ma blonde l'an passé. Laisse-moi te dire que ça roule. Le monde se tassent. J'aurais pas pensé, là, avec leurs p'tits chars de fille, les Européens. Mais le monde roule pour vrai. T'arrives dans la voie de gauche, OK, t'es un demi-mille en arrière du gars devant toi, pis y s'tasse ! Y est là-bas en avant, pis y t'voit, pis y s'tasse ! Y s'tasse pour te laisser passer !

— C'est comme en Allemagne, avec l'Autobahn, Stéphane a répondu.

— Pis ça roule à 140, 150 tout le long, sans problème.

— Ouais, mais avec les routes qu'on a, rouler à 150 le monde pognerait des méchants jumps. Y aurait des accidents, checkez ben ça.

— Haha ouais, ça c'est sûr.

Il a tapé deux fois du plat de la main sur la vitre à loto. Son jonc a fait un petit bruit métallique.

— Bonne soirée, les boys.

— Bonsoir, au plaisir.

J'ai murmuré un genre de mélange entre salut et bonsoir. Sulsoirée, je pense. Le gars est sorti et je me suis retourné tout de suite vers mon gérant pour avoir l'air vaillant. Ses lunettes fumées pointaient encore vers la porte et quand elle s'est enfin refermée, il s'est mis à parler sans se détourner.

— Bon OK, je vais t'expliquer une affaire tout de suite. Icitte, là, c'est mon bébé. C'est un Super Relais. Oublie jamais ça. On est le top de ce qui se fait en truck-stop. Si les gens sont pas contents, y ont toujours le Ultramar de l'autre bord de la rue. Mais on veut garder le trafic, pis que les gens viennent chez nous, les truckers, le monde sur la route pis toute. Fait qu'il faut que tu sois plus poli que ça. Quand le monde s'en vont, tu dis « au plaisir ». Pas un genre de « ciao man » comme tu dis avec tes chums. « Au plaisir. » T'oublies jamais ton « au plaisir », OK ?

J'ai pensé : voyons donc toé câlice de mongol, mais j'ai dit « OK ».

— Pis pas d'affaire de s'asseoir sur les comptoirs.

J'ai pensé : mange mon cul, mais j'ai redit « OK ».

7

On a continué le tour de la place. On a commencé par partir nos pâtisseries. Les muffins, ça vient dans des gros pots de mélange préfait qu'on garde en dessous du comptoir. Tu sors les moules, tu mets deux cuillerées pour chaque trou pis tu mets ça dans le four. Les brioches, les chocolatines et les croissants, ça arrive déjà tout formé pis congelé. T'as rien qu'à étaler ça sur des plaques avec du papier parchemin, t'envoies ça avec le reste pis tu pèses sur *Start*, même pas besoin de choisir la température pis de mettre un timer, les fours sont déjà réglés.

— Pendant que ça cuit, tu commences tes frigidaires.

On a traversé le magasin jusqu'à la porte en face de la toilette qui mène au backstore pis à l'arrière des frigos. Direct à gauche, il y a la grosse cuve en plastique avec un drain pour vider l'eau de la moppe. Ça continue tout droit une couple de mètres et après ça tourne à gauche. Le long du mur, on a accès à l'arrière des frigos à boissons. J'avais jamais vu une arrière-boutique grosse de même.

— Tu remplis toujours par en arrière pour que les chauds soient dans le fond pis que les froids restent en avant pour les clients.

Sur le mur en haut du seau à moppe, il a décroché un pad de feuilles blanches. Un stylo attaché après une corde pendait du clapet de métal.

— Si tu veux pas perdre ton temps à faire des allers-retours, tu notes toute ce qui manque. Ça, c'est mon système, c'est moi qui a pensé à ça. M'as te dire une affaire. Si tu veux avoir le temps de toute faire, faut que tu stickes à des trucs de même.

J'entendais rien. J'avais le goût de fumer une tope.

— Fait que regarde ben, là, tu le vois pas à l'œil parce que tu viens de commencer, mais tu peux calculer le nombre de boissons qui te manque rien qu'en regardant.

Il a ouvert la porte arrière d'un premier frigo rempli principalement de produits Pepsi. Il s'est mis à noter en annonçant les choses à voix haute. J'ai dit « OK » et j'ai fait quelques pas vers les caisses en carton pleines de liqueurs et de jus pour aller chercher ce qui manquait. Il est parti à rire.

— Haha. OK. Non. T'as vraiment pas catché là. C'est ça l'affaire avec mon système, on va chercher le stock après. En premier, on note. Après, toute d'une shot. Viens, tu vas voir.

Je suis retourné me planter derrière lui en gossant avec mon briquet dans ma poche. Dessus, il y a le logo des Maple Leafs pis je trouve ça subversif. C'est facile de faire tourner la molette parce que j'enlève toujours le petit morceau de métal qui empêche les enfants de produire une flamme. Sans le protecteur, c'est vraiment plus commode de se faire des petites bourrées de pot sans s'amocher le pouce. On était rendus devant le frigo de Vitaminwater. Stéphane continuait de noter à voix haute.

— Deux XXX, quatre Méga C, deux Essential, trois Shine, trois Focus, six Restore, huit Shine Zero, deux Rise, six Multi-V.

Je le trouvais zélé en tabarnouche. Le simple fait qu'il soit capable de différencier les sortes de Vitaminwater me faisait peur. Pour donner une idée, mettons : les XXX, Méga C, Restore, Shine, XOXOX et Shine Zero ont tous la même maudite couleur, un genre de bourgogne pâle, ça ressemble à du vin rouge coupé à l'eau.

Ça a continué de même jusqu'aux frigidaires à bière. S'il avait eu une bonne calligraphie, j'aurais pu lire sur sa feuille d'où je me trouvais sans plisser les yeux tellement il écrivait gros et il appuyait fort sur son stylo.

C'était bizarre, sa main tremblait légèrement pis ça faisait qu'il décollait souvent la pointe de son crayon du pad. Pas juste en plein milieu d'un mot, mais des fois pendant qu'il traçait une lettre. Quand le stylo revenait sur le papier, c'était un peu n'importe où. Comme là, après avoir tracé la ligne verticale du P de Pepsi diète, il a terminé la lettre un pouce à droite, fait que ça avait l'air d'un L minuscule pis d'un C à l'envers.

Moi j'ai rien entendu, mais il a dit «Ah!» sur le ton d'une grand-mère à Noël qui entend la visite arriver et il m'a dit de le suivre.

On est retournés en avant et j'ai enfin entendu la sonnerie. Quelqu'un attendait sous l'auvent à côté de son char. Ça me prendrait certainement quelques shifts pour me faire l'oreille au chant particulier des machines de ce dep-là et y reconnaître la mélodie des pompes parmi le vacarme du reste de la tuyauterie.

On est passés derrière le comptoir et Stéphane s'est arrêté avant les caisses. J'ai compris qu'il fallait que j'aille appuyer sur le bouton moi-même. C'est ça que j'ai fait.

J'ai regardé par la fenêtre la berline et l'homme à côté, le pistolet à la main.

J'avais le fixe.

Tabac. Il me fallait du tabac. Si c'était pas du pot, au moins du tabac.

Je me suis retourné vers Stéphane en me rendant compte que j'avais peut-être trop l'air au-dessus de mes affaires, et au-dessus de lui en particulier, à lui faire dos comme ça.

En croisant son regard, c'est-à-dire ses lunettes de soleil, j'ai caché mes lèvres et j'ai levé les sourcils. J'avais peur de lui demander d'aller fumer. Une fois, dans une autre station-service, la gérante m'avait formellement interdit de sortir fumer. Évidemment, dès que j'avais été seul après la formation, je m'en étais calicé. Je sortais à toutes les demi-heures. Si Steph avait prévu me l'interdire, peut-être qu'il allait oublier d'ici le lendemain matin. Et s'il me le disait pas cette nuit, peut-être qu'il s'en souviendrait jamais. Mais là, je me sentais l'air de bœuf et je savais que si on sortait pas s'en griller une au plus crisse, je deviendrais de plus en plus marabout. J'avais le goût d'être bête pis sec pour punir Stéphane. Mais c'était mon premier shift quand même. Il penserait juste que j'étais de la marde. Fallait que je lui demande.

— Tu fumes-tu toi Stéphane ?

— On ira après ce client-là.

Oh yes ! J'ai tellement été smatte avec le monsieur quand il est venu régler son gaz. Je lui ai même demandé si ça allait bien. Il m'a seulement répondu oui, sans me renvoyer la question, et ça m'a même pas dérangé. Il est parti. On est sortis et on a juste fumé, sans parler.

De retour en arrière de nos frigos, j'étais rempli d'espoir et je me trouvais mardeux en maudit d'avoir trouvé cette job-là. Tout seul, toute la nuit, cinq jours semaine, tout l'été, à fumer des topes gratuites pis des battes en paix. Pis Val… J'avais assez hâte que ça se développe, Val et moi.

J'étais tellement rendu de bonne humeur que j'ai demandé à mon gérant si je pouvais essayer son « système » de remplissage moi-même pour me pratiquer. Il m'a regardé et il a levé un sourcil satisfait en me disant « ben oui, pas de trouble ». J'ai pris le pad, j'ai commencé par le frigo de produits Coca-Cola et il a été impressionné du peu d'erreurs que j'ai faites. Dans le chariot à roulettes qu'on avait rempli à côté des stocks chauds plus loin en arrière, il restait seulement deux petits Coke diète et un Sprite à remettre dans leurs caisses.

On a passé le reste de la nuit à s'activer sans répit. Il arrêtait jamais deux secondes et je m'enlignais les cafés les uns après les autres pour le suivre et l'endurer.

On a refait le facing des cinquante-six millions de frigos pis des présentoirs à sandwichs. J'ai vérifié s'il y avait assez de papier de toilette dans la salle de bain. J'ai passé la moppe à la grandeur. Pendant que le plancher séchait, on a sorti nos pâtisseries. On a noté combien avaient pas été vendues la veille, on a jeté les vieilles aux vidanges et on a mis les fraîches toutes chaudes dans les bacs de plastique. Je suis allé activer une pompe pour un camionneur et j'ai commencé à laver les plaques à cuisson pendant qu'il mettait les trois-quatre cents piastres de gaz qui rentraient dans sa tinque. Stéphane est parti un moment et est revenu avec un balai, un gallon de lave-glace et une clope dans la bouche.

— Quand t'auras fait payer le client, va en arrière, à côté de la moppe, pis pogne le pot de poudre sur la table. Tu vas voir, c'est écrit *absorbant* dessus.

J'ai dit que c'était parfait et il est sorti du dep.

Après avoir essuyé les plaques à cuisson, je les ai rangées sous le comptoir et je suis allé débarrer la porte au gars. En lui rendant sa facture, j'ai pas dit «au plaisir», juste «bonne soirée», et j'ai eu un peu peur. Ça m'a fait complètement chier d'être stressé pour ça. L'emprise de mon gérant commençait à fonctionner.

Je suis allé chercher le contenant en arrière, je suis sorti dehors, je l'ai déposé sur le présentoir à bûches de foyer, j'ai sorti mon paquet de ma poche et je me suis allumé une cigarette. Stéphane était en train de finir la sienne. On a fumé en silence en regardant le Ultramar à cent mètres de là, de l'autre côté du boulevard. Mon gérant a écrasé dans le cendrier et m'a dit de le suivre en me pointant le gallon de lave-glace. J'ai mis ma clope dans ma bouche et j'ai commencé à marcher la bouteille sous le bras pendant que j'essayais de remonter mes culottes et de rattacher ma ceinture un cran plus serré. Ma cigarette trop courte m'envoyait de la fumée dans un œil et des larmes ont commencé à couler. Rendu devant la première pompe, mon gérant s'est retourné et a prononcé un « OK » qui allait débouler vers une consigne, mais il a changé de ton et élevé la voix.

— Voyons esti t'es-tu malade ?

— Hein, quoi ?

— Ta smoke ! Voyons donc tabarnac !

J'ai dit que j'étais désolé et j'ai tourné les talons pour aller jeter ma cigarette dans le cendrier. Stéphane se frottait le visage avec ses deux mains.

— Tu fais jamais, jamais ça. C'tu clair ?

— Ouais sorry. Mais t'sais, j'ai vu à *Mythbusters* qu'une clope c'est pas assez chaud pour allumer de l'essence.

— Je comprends pas ce que tu dis, pis c'est pas important, OK ? Jamais. Jamais. OK ?

— Ouais, sorry. Sorry.

J'étais pas désolé, j'étais complètement gossé. C'est humiliant, se faire parler de même, esti. Il me prenait vraiment pour une sous-marde. Pour me calmer, il a fallu que je me rappelle que j'étais promis à de grandes choses. C'est des années de misère, je sais ben, mais ça va m'inspirer mes plus grandes œuvres, checkez-moi ben, que je me suis dit. Je me suis senti m'élever et la pitié que j'ai eue pour mon gérant m'a dépompé.

On a fait le tour des cuves collées aux pompes dans lesquelles les squeegees trempaient et il m'a montré quelle ligne regarder sur le rebord des bassines pour voir s'il y avait assez de liquide lave-glace. Quand tout a été bien rempli, on a refait le tour des pompes à rebours, en prenant dans nos bras les gallons de lave-glace que les gens avaient accrochés par leurs anses aux grandes perches verticales à côté des poubelles. Les bras pleins, on est allés lancer ça dans le conteneur à vidanges derrière le dep.

De retour sous la lumière blanche de l'auvent, il m'a expliqué que dès que je repérais une tache d'huile ou d'essence sur le ciment, j'avais juste à jeter de la poudre dessus et laisser ça là agir tout seul. C'est ce que j'ai fait. Il y avait pas mal de taches et c'était dur de dire qu'est-ce qui était de l'usure et de la saleté et qu'est-ce qui avait dégoutté d'une voiture. J'ai saupoudré plus que de raison pour être certain. Pendant ce temps-là, mon gérant avait commencé à vider les poubelles à côté de chaque pompe. Je l'ai imité en partant de la dernière pour le rejoindre au milieu. Sous les sacs pleins, dans le fond des poubelles, il y avait des piles de sacs propres pliés. Je suis pas cave fait que j'ai compris. Mais il fallait qu'il me le dise quand même.

— T'as juste à prendre un sac neuf dans le fond de la poubelle, qu'il a crié vers moi depuis la pompe 4.

— Ok.

— Pis si y a plus de sacs dans le fond, faut que t'ailles en chercher d'autres en dedans.

Ok... Seigneur...

On est revenus à côté de la porte d'entrée vider la poubelle qui restait. Il a ôté le couvercle. Avant d'enlever le sac, il s'est retourné vers le cendrier sur pied. À la base, il y avait une petite pièce mobile qu'il a fait pivoter pour libérer le seau de métal dans le bas. Il l'a pris et a vidé les mégots dans le sac. Ça sentait le câlice. De la cendre flottait autour de nous. Il a balayé l'air quelques fois de ses mains au-dessus de la poubelle avant de se pencher pour nouer le sac et le lever. «All right», il a dit. On est allés balancer nos sacs dans le conteneur.

De retour en avant, une Chevrolet Cavalier était garée à la pompe 3. On en voit de moins en moins, ça. Mon gérant m'a dit qu'il restait juste à passer le balai sur le trottoir le long de la façade et il est rentré activer la pompe. Je me suis allumé une cigarette et j'ai commencé à balayer vite vite. On va pas virer fou. J'ai accoté le balai sur la porte et j'ai fumé en regardant le gars qui mettait du gaz. Il avait un coton ouaté à fermeture éclair et une casquette grise avec les lettres RVCA brodées dessus. Il avait des bottes à cap aux pieds. Clairement un gars de shop.

Je me suis retourné et j'ai vu à l'intérieur mon gérant planté derrière sa caisse qui regardait droit devant lui, vers la toilette et le backstore. Sous les néons, comme ça, avec ses lunettes de soleil, il avait l'air d'un mannequin de magasin de linge. Ça m'a foutu la chienne.

RVCA s'est dirigé vers la porte et quand il a été rendu près de moi, je l'ai salué. Il a dit «salut» aussi et il a tiré sur la porte, mais elle a pas bougé. J'ai ri nerveusement. «Attends», j'ai dit, et j'ai fouillé dans ma poche pour trouver mes clefs. En regardant mes clefs de maison, je me suis souvenu que j'avais pas encore mon set pour le dep. J'ai marmonné une phrase qui devait l'informer pêle-mêle que c'était mon premier shift, que mon gérant était en dedans, que j'avais pas les clefs, que «attends je vais sonner» pis que, ben, c'est crampant, pareil, la situation, hein? J'ai sonné. Le carillon électrique qui indique que la porte est débarrée a résonné aussitôt et le client a pu entrer.

Il me restait une bonne couple de puffs sur ma clope fait que je suis resté dehors.

Le gars est ressorti et m'a dit «bonne soirée». J'ai dit la même affaire, j'ai botché pis je me suis retourné vers la porte. C'était barré. J'ai sonné d'une main en gardant l'autre sur la poignée. Je voyais plus personne à l'intérieur. Au bout de quelques secondes, j'ai vu une tête sortir de la rangée des chips juste devant moi. J'ai fait un sourire idiot en direction de mon gérant et, à mon grand étonnement, plutôt que de venir appuyer sur le clapet de la porte à trois pas de lui, il est allé à l'autre bout jusqu'en arrière du comptoir pour appuyer sur le buzzer. Je suis entré en regardant le plancher et je me suis dirigé vers les caisses.

— Fait que t'as compris ?

— Hein ? j'ai répondu en levant la tête.

— Ce que je viens de faire là. T'as compris ?

— De quoi ? Hein ?

— Pendant la nuit, tu ouvres *jamais*, *jamais* la porte directement à un client. Tu débarres toujours d'en arrière de la caisse.

— Mais si chus à côté ?

— OK. Qu'est-ce tu fais si, mettons, le gars t'attaque direct de même. Meilleur scénario, il te pogne le bras, il te câlice dehors, toi t'es pogné là, tu peux pas caller la police pis lui il a tout le temps qu'il veut pour vider la caisse. Pis si c'est un violent : tow esti ! Il te câlice une shot direct en rentrant.

— Ouin.

C'est tout ce que j'ai trouvé à dire pour pas dire que c'était cave en tabarnac son raisonnement. Si le gars veut me sauter dessus, il va pas battre en retraite rien que parce que j'ai un comptoir de quatre pieds de haut devant moi. Pis je veux ben que je vais peut-être avoir le temps d'appuyer sur le bouton d'urgence en dessous du clavier de la caisse, mais en attendant la police, il va avoir le temps de m'en crisser trois pis une autre, des volées.

— C'est pas grave, là. Tu le savais pas. Fais juste t'en rappeler.

J'ai acquiescé pour acheter la paix et je me suis même excusé. Quel fatigant.

8

À l'heure qu'il était, je pensais qu'on avait fini nos tâches. Mais Stéphane trouvait encore des trucs à nous faire faire. Ça finissait plus. S'il s'était écouté, il aurait démonté les tuiles du plafond suspendu pis il les aurait fait tremper dans l'eau de javel.

Mais, petit à petit, on se calmait, quand même. Les trucs essentiels avaient été faits.

Le temps passait. À cette heure-là, comme Dom m'avait dit, les gens qui veillent sont allés se coucher et les laitiers dorment encore. Plus personne aux pompes, seulement un camionneur de temps en temps. Souvent, ils venaient même pas nous voir, ils parquaient leur dix-huit roues au bout du stationnement et restaient là, sûrement pour dormir un peu.

Le silence était presque total dehors quand on sortait fumer. Les rares bruits sur l'autoroute quelques centaines de mètres plus loin, passé la track de chemin de fer, nous parvenaient étouffés, comme une rivière qu'on s'habitue à entendre gronder, mais qui s'est asséchée jusqu'à dévoiler son lit. Oh la belle image. Que c'était bon ça. J'ai pensé attraper un stylo et l'envers d'une facture, mais je me suis dit : pas besoin de l'écrire, c'est tellement fort que je vais m'en rappeler. Je noterai ça plus tard, rendu à la maison.

Des demi-heures passaient sans qu'on voie les phares d'une voiture sur le boulevard. Les feux de signalisation qui continuaient leur alternance pour personne au coin de la rue me faisaient pitié.

Une drôle de mélancolie m'a pogné vers quatre heures et demie. Je sentais la fatigue m'envoyer des petits chocs électriques dans les épaules et descendre jusqu'à mes doigts. Épuisé de même, on se met à être conscient d'une couple d'affaires qui se font automatiquement, comme nos yeux qui clignent par exemple. Chaque fois que je fermais les yeux une seconde, j'avais l'impression que c'était cinq minutes. Je voyais la noirceur. C'est comme si j'avais le temps de la regarder.

J'avais un peu changé d'idée là, finalement. C'était-tu un plan de marde mon affaire ?

Il y a un univers parallèle où j'ai pas démissionné pis je vois Mathilde régulièrement.

Que c'est que j'ai ben pu penser à m'embarquer là-dedans ? Ça faisait déjà presque trois semaines depuis que j'avais vu Val pour la première fois. Elle avait sûrement complètement oublié mon existence. En remplissant les barquettes de godets de lait et de crème à côté des thermos à café, je me suis demandé si j'avais envie de pleurer, mais je me suis souvenu que j'avais pas fumé de pot depuis neuf heures la veille au soir.

Vers cinq heures, les clients ont recommencé à entrer. L'autoroute vibrait de plus en plus au loin quand la porte d'entrée s'ouvrait. Je suis sorti fumer ma dernière cigarette à cinq heures et quart pis, là-bas, c'est comme si une digue avait cédé. La chaussée retentissait de tous les véhicules qui débordaient des bretelles d'entrée de Boucherville pour se presser sur la voie rapide avant de s'embouteiller à l'approche de Montréal. Le livreur de journaux est passé prendre les invendus de la veille et déposer les numéros d'aujourd'hui dans les présentoirs. Des autos conduites majoritairement par des Latinos se sont arrêtées aux pompes. Une heure plus tard, c'était de plus en plus de Quebs qui venaient gazer. Des gars avec des gros jeans déjà tachés avant même que leur journée ait commencé. Les bottes à caps d'acier couinaient sur le carrelage. En jetant un regard par-dessus la file qui s'étirait devant ma caisse, j'ai vu que mon coin café était déjà tout crotté et que le réfrigérateur à sandwichs était en bordel. À six heures et quart, une flotte d'Econoline arborant le logo des piscines Trévi est venue se parquer devant les pompes. Trois, quatre gars sortaient de chaque van. Ils parlaient tellement fort que je les entendais à travers la baie vitrée. Qu'est-ce tu veux ? Un Macdo ? Pall Mall ? Non, je vais y aller. Deux Red Bull ? Attends, faut j'aille pisser. Pogne-moi un sandwich aux œufs, j'ai pas encore mangé. M'as rentrer payer anyway.

Le son de basse d'un gobelet de café plein qui tombe sur le côté en renversant son contenu m'a fait lever la tête au milieu des voix, des sonneries des pompes, du tambour des réfrigérateurs, du claquement métallique de mon tiroir-caisse et des tintements de la machine Interac. Il y avait une grande flaque sur le comptoir et ça commençait à perler goutte à goutte par terre. Un hostie de bordel. J'ai tourné la tête vers la gauche pour signaler l'incident à mon gérant installé à la deuxième caisse, mais il était déjà parti. Je l'ai entendu rire avec le cabochon qui avait fait le dégât. Un grand bonhomme avec son t-shirt de Trévi ben serré sur ses bras bronzés, qui souriait en dessous de sa calotte de la compagnie et de ses lunettes fumées de la Matrice. Le dégât ramassé, en revenant derrière le comptoir, Stéphane m'a dit de faire plus attention à l'avenir quand je serai seul pour garder mon coin café propre.

— Faut pas pelleter ça par en avant pour le gars du shift de jour, tu comprends ?

— Ben oui, je comprends, j'ai répondu.

Maudit fatigant, que j'ai fini juste pour moi-même.

On en est venus à bout et à six heures cinquante… Hostie ! Elle est rentrée ! Câline de câline qu'est belle ! Elle était toute fraîche. Elle avait des grosses lunettes de soleil du genre qu'on trouve dans notre présentoir à côté de la fenêtre avec une espèce de logo qui rappelle vaguement celui de Gucci sur les branches. Un sac à main Michael Kors devant elle sur son avant-bras, et dans l'autre main son iPod nano relié à ses oreilles. Ses grands cheveux flottaient humidement sur ses épaules. Humidement, c'est un mot ça ? Sinon, je venais de l'inventer juste pour elle. Je savais que c'était essentiel que je développe mon vocabulaire, qu'il surprenne la vie ordinaire pour montrer la beauté qu'il y a en arrière. La beauté... Justement, ça c'est ordinaire, dire qu'il y a de la beauté dans la vie ordinaire. La lumière d'abord, oui ! C'était essentiel que je dévoile la lumière cachée dans la vie ordinaire ! Quelle acuité m'a été donnée, j'ai pas le droit de gaspiller ça ! Je me suis dit qu'elle venait de prendre sa douche et ça m'a piqué entre les jambes. Ses seins, son ventre, son piercing de nombril, toute nue, dans la douche. Hostie.

Après avoir remis sa facture à un client, je me suis servi de l'écran que faisait le tiroir-caisse ouvert pour replacer mon affaire qui était devenue raide en deux secondes et qui faisait une bosse dans mes pantalons. J'ai dit « merci bonne journée » au client et j'ai failli saluer Val à voix haute alors qu'elle contournait la file d'attente. Je me suis vu mentalement la saluer de même. J'ai mesuré le volume sonore que j'aurais dû atteindre pour qu'elle m'entende de l'autre bout du magasin. Ça sonnait fort. Dans ma tête, j'avais crié « salut Val ! ». Voyons donc que je la saluerais de l'autre bout du monde comme ça : « Salut Val ! » Hostie de malade, que je me suis dit. Je suis un incapable. Mon cul s'est serré et j'ai dit bonjour au client suivant.

— Ton « au plaisir ».

— Hein ? j'ai dit en me tournant vers la gauche.

— Oublie pas ton « au plaisir », OK ?

— Han ? Ah ! Oui oui. Scuse.

Méchante consigne épaisse. Je sais pas où il est allé pêcher que c'était le comble de la cordialité. Hostie de petite vie de maudit niaisage, que je me disais pendant que je disais « oui oui ». Tu peux être sûr que je le dirai pas une fois quand je vais être enfin seul, mon Steph. S'il y a de quoi, me semble que *à la prochaine*, c'est ben plus engageant, carrément une invitation à se refaire ça bientôt.

Du coin de l'œil, j'ai vu Val passer derrière le comptoir. Mon gérant, encore à la deuxième caisse, l'a saluée et lui a demandé si ça allait bien. Elle allait bien oui, qu'elle a dit. Un gars de construction me demandait deux paquets de Mark Ten, mais sans me spécifier les formats qu'il voulait, alors j'ai dû poser des questions qui m'ont fait rater le moment de la saluer. Sur le coup, ça m'a fait chier et une bouffée de haine est montée en moi, toute tendue vers le gars de l'autre bord du comptoir.

La fatigue amplifiait les émotions, j'étais vraiment en crisse, mais après avoir rendu sa facture au gars et avoir salué le prochain en file, je me suis rappelé ce que Dom m'avait dit dans un party il y a un peu plus de deux ans, la première fois que j'ai vu Mathilde.

C'était plein de monde d'une autre gang que la mienne, surtout des gens de Varennes. La plupart était une ou deux années au-dessus de moi, et les filles avaient perdu le côté rose nanane que certaines de mon âge avaient encore. J'étais très intimidé. Elles étaient bien habillées et, contrairement aux filles que je connaissais, même les plus moches avaient l'air d'avoir compris qu'elles pouvaient faire de l'effet. Dans un coin du sous-sol, je jasais avec Simon, un de mes meilleurs chums à l'époque. Je buvais mes Bleue Dry à la vitesse de l'éclair pour me donner une contenance et je m'en venais pas mal chaud. Plus je buvais, plus je trouvais que les filles partout autour étaient belles. J'avais le goût de frencher et l'alcool me donnait l'impression que rien n'était grave, que l'entièreté de mon existence se jouait maintenant, qu'elle n'avait été qu'une lente montée vers cette soirée, après laquelle les choses n'existeraient plus réellement. Dom, que je connaissais moins à l'époque, mais qui était bon chum avec Simon, s'était approché de nous et avait ri de moi. Il m'avait pété ma bulle sur un moyen temps.

— Dude, t'as l'air du pire des bizarro de même là. Tu fais juste dévisager les filles.

Le sang m'était monté dans le front d'un coup.

— Ah ouais ? Ayoye, haha, j'avais pas pensé. Je fais juste checker, là, checker le monde, je connais personne.

— Ben en tout cas Mathilde a le sait ça.

Mathilde ? C'est qui ? Qu'est-ce qu'elle sait Mathilde ? Que j'ai fait quoi ? Pas Mathilde toujours. C'est laquelle, Mathilde ? Son nom sautait comme une balle de squash entre mes oreilles. Le stress m'empêchait de comprendre ce qu'on me disait. En insistant à peine, Dom aurait pu me convaincre que j'avais fait de quoi d'impardonnable.

— A sait quoi ? Qui ?

— Voyons esti les nerfs. Que tu checkes depuis tantôt. A le sait que tu checkes les chicks. C'est elle. Là.

— Ah shit. Chus tellement cave.

— Mais non, on s'en sacre là. C'est juste… t'as l'air weird. Pis personne te connaît, ça passe pas inaperçu. Sois cool, man.

— En tout cas, est belle Mathilde.

— Ben oui est belle Mathilde.

C'est là que Dom m'avait ouvert les yeux sur la séduction. Il m'avait tout expliqué. Les filles, ça aime ça qu'on se crisse d'elles, pouvez-vous imaginer ! Faut que tu t'en crisses, mais pas complètement quand même. Ça me dépassait ben raide. C'était la chose la plus paradoxale que j'avais entendue de ma vie, mais Dom était en secondaire 5, lui, alors il savait ça de source sûre. Et puis Simon hochait silencieusement la tête à côté en haussant négligemment les épaules avec l'air de dire, ben oui, c'est bizarre ce qu'il dit, mais c'est de même.

— Regarde. Pars du principe que les gars sont tout le temps sur les filles, fait qu'elles sont gossées. La dernière affaire que tu veux, c'est qu'une fille soit gossée. Le truc, checke, dans un party de même là, c'est qu'il faut que t'aies l'air de t'en crisser. Faut que t'aies l'air de t'emmerder. Mais pas triste ! Watch out, faut pas que t'aies l'air triste, faut que t'aies l'air de t'*ennuyer*. Pis si tu veux regarder la fille que tu trouves cute, tu lui lances des regards de temps en temps, pis le truc le *plus* important, OK, c'est que quand elle croise ton regard, toi, tout de suite, tu te retournes vers ton chum pis tu lui dis de quoi. Comme ça, sur le coup, elle se dit hey ! c'te gars-là me regarde, pis là pow ! dans le fond, tu la regardais juste parce que t'écoutais ton chum, pis tu réfléchissais en regardant ailleurs, t'étais dans lune, pis maintenant t'es en train de dire de quoi de full crampant pis vous riez. Si tu trouves rien à dire à ton chum quand tu croises les yeux de la fille, au pire, tu ris. Tu te retournes, tu ris un peu, pis tu commences une phrase, n'importe quoi, anyway elle entendra pas.

J'en revenais pas. C'était tellement contre-intuitif, mais tellement évident. Mathilde, de l'autre côté de la pièce, tenait ses bras croisés autour de sa bière et riait beaucoup avec deux autres filles. Elle avait de longs cheveux rouges, le visage en amande, des lèvres larges et brillantes qui se tendaient en baiser même au repos, et une forte poitrine sous sa camisole qu'on apercevait dans l'ouverture d'une grande chemise carreautée déboutonnée. Tout le restant de la soirée, j'avais essayé le truc de Dom, et même si en fin de compte il s'était rien passé, même si je lui avais pas adressé la parole et qu'elle était partie sans que je m'en rende compte, je savais que j'avais fait quelque chose de différent.

Quand, vers deux heures et demie, dehors sur le balcon autour d'un gros batte, il restait plus rien que Dom, Simon, le gars chez qui on était, sa blonde et moi, j'étais content. Je me rappelais des moments où je jasais et qu'en détournant la tête, je voyais soudainement les yeux de Mathilde dirigés vers moi. À ce moment-là, mes sourcils se levaient et ma mâchoire tombait un peu, mais j'allais y arriver. Mathilde se retournait alors vers la personne à côté d'elle et lui disait quelque chose que j'entendais pas. J'étais bouche bée. Elle connaissait le truc, c'est certain. Une fois, elle m'avait même souri. Mais quand elle s'était retournée vers son ami, son expression était restée la même et j'étais plus certain si l'émotion m'était destinée.

C'était le milieu de la nuit, j'étais paqueté, il y avait pas un nuage dans le ciel de la banlieue, c'était à mon tour de tirer sur le joint et le gars chez qui on était m'avait sorti de la lune en me disant que c'était pas un micro. Simon, qui était le prochain dans le cercle, m'avait pris l'épaule et avait annoncé que j'étais en amour avec Mathilde. Ils avaient fait des « ouh », j'avais tout nié, je m'étais étouffé jusqu'aux larmes avec ma puff et j'avais renversé la tête sur la chaise de patio. En haut, on voyait trois-quatre étoiles, pis je savais cruiser. La vie me promettait des maudites belles affaires.

9

Comment j'ai pu oublier comment on fait ? que je me demandais derrière la caisse du Pétro. J'allais certainement pas saluer le premier. Maudit téteux. Val s'est mise derrière mon gérant et moi pour compter sa caisse sur le comptoir à cigarettes, dos aux clients. Une odeur d'agrumes et de fleurs est venue jusqu'à moi. Un monsieur m'a demandé un Peter Jackson et, en me penchant juste à côté de Val pour ouvrir le tiroir du bas, j'ai dit « salut » le plus nonchalamment possible. De si près, j'ai pu décortiquer son parfum. Les agrumes, c'était certainement son shampoing, elle avait encore les cheveux un peu mouillés. Et puis les fleurs. Les fleurs… Ah, les fleurs, c'était Val au complet ! Sa lessive ! Son parfum ! Sa peau ! Je me suis vu dans ma tête me pencher et l'embrasser dans le cou. J'ai eu peur de moi-même et j'ai senti mes oreilles chauffer. Esti de malade, je me suis dit. Elle avait une pile de billets dans une main qu'elle comptait en murmurant. J'ai fait payer le client et j'ai vu qu'il était l'heure moins cinq sur mon écran. Le clapet du compartiment à billets a claqué derrière moi et elle m'a renvoyé le bonjour.

— Ça va ? elle a ajouté.

J'ai pas pu répondre parce qu'une dame dans la soixantaine qui sentait le futon a déposé devant moi une chiée de billets de loto qu'elle voulait renouveler pour certains et laisser tomber pour d'autres. C'était compliqué. Ceux avec lesquels elle avait gagné des petits montants, elle voulait que je lui en imprime un autre, mais avec l'Extra, alors que ceux qui avaient rien rapporté, je devais des fois les rejouer, sans l'Extra si jamais il y en avait un avant, mais aussi en abandonner d'autres, pour je sais pas quelle raison occulte. J'ai scanné les gains que j'ai déduits du prix des nouveaux billets, j'ai ajouté le montant à sa pompe, j'ai appuyé sur le bouton *Interac*, mais il y avait encore un Matinée 25 king size qu'elle s'est rappelé vouloir alors qu'elle avait déjà inséré sa carte dans le lecteur. J'ai annulé, sorti le paquet du tiroir et réactivé le terminal bancaire. Elle a fini par partir.

Il y avait plus personne. Adossé au comptoir où était posé le tiroir-caisse compté de Val, j'ai croisé les bras et j'ai répondu sans la regarder.

— Oui, ça va, scuse. Full. Toi ?

— Oui. Pas trop tough, ta première nuit ?

— Non, c'est pas si pire. C'est chill ici.

J'ai regardé au-dessus de mon épaule pour voir si Stéphane était encore à la deuxième caisse. Il était plus loin au bout du couloir, assis à son bureau.

— J'ai juste hâte… d'avoir la paix t'sais.

Elle a ri.

— Ouais, c'est un peu pour ça qu'on fait ça, elle a dit. Moi oui, en tout cas. Quand je suis toute seule, je peux écouter de la musique pis étudier pour mes cours.

— Ah ouais, qu'est-ce que t'écoutes ?

Elle a réfléchi une seconde.

— J'aime plein d'affaires. J'écoute pas juste un style mettons.

— Ouais moi aussi. J'aime des affaires full rock, mais full pop aussi en même temps. Comme là en rentrant sur ton iPod, t'écoutais quoi mettons ?

— Là ? Paramore.

— Ah ouais, je connais, j'ai vu leurs clips au Top 5 anglo je pense. T'écoutes ton iPod pendant que tu travailles ? Je savais pas qu'on avait le droit d'écouter de la musique sur la job.

— Non, mais pas dans mes écouteurs. Tu peux apporter tes CD pour la petite radio.

— Pis on peut lire ? Tu peux lire pour tes cours ?

— Oui pis non. Stéphane veut pas. Mais t'sais, entre les désirs de Stéphane pis le monde réel, y a une pas pire de différence, elle a continué en baissant la voix et en s'approchant de moi.

— Qu'est-ce que tu lis ?

— Ah. Ben là mettons aujourd'hui j'ai apporté un livre de psycho que je lis.

Elle l'a sorti de sa sacoche posée sur le comptoir. J'ai lu le titre. *Imparfaits, libres et heureux*. Christophe André.

— Ah je connais pas.

— C'est un psychiatre. C'est vraiment intéressant.

Un psychiatre ? Ça doit être un genre de psychologue, que je me suis dit.

— T'études-tu en psycho ?

— Non. Mais oui en fait. Bientôt. Je me suis dit que j'allais me préparer un peu cet été. C'est vraiment intéressant. Le cerveau, les pulsions, les comportements, les désirs. Je trouve ça vraiment hot. Je viens de finir sciences humaines. Je rentre au bac à l'automne.

— Hein sciences humaines ! C'est ça je fais aussi, j'ai dit en réalisant que si elle me demandait si j'aimais ça, il faudrait que je dise qu'en fait j'étudiais pas encore là-dedans, que je commençais le cégep en septembre. Pis tu lis-tu des livres aussi ?

— Ben… C'est un livre ça, non ?

Je me suis senti rougir. Je l'avais insultée ?

— Oui haha. Je sais. Je veux dire… hum… des romans ! C'est ça je veux dire. Tu lis-tu des romans aussi ?

— Oui un peu quand même. J'aime ben… Alexandre Jardin genre. Pis Patrick Senécal. Je sais pas si tu connais ?

— Ah je les ai jamais lus. Je pense que c'est trash un peu, Patrick Senécal ?

— Ouais, c'est vraiment fucké. Y a beaucoup de psychologie là-dedans. Plus qu'on pense en fait. Toi, tu lis-tu ?

— Quand même ouais.

— Ah oui ?

— Oui. Beaucoup même, j'imagine.

— Pourquoi t'étudies pas là-dedans ?

Bon, ça y est. Que c'est que je peux répondre ? Que j'étudie pas là-dedans, ni en sciences humaines d'ailleurs, parce que jusqu'à il y a quelques semaines j'étudiais en : le programme d'études secondaires que tout le monde est forcé de faire. Un vrai bébé lala.

— J'aimerais ça ! Peut-être plus tard. Je me suis dit que sciences humaines ça m'ouvrirait plus de portes, que j'ai dit en m'entendant parler comme ma mère. Mais j'aime vraiment la littérature je pense.

— T'écris-tu ?

— Haha ben non.

Non ? De quoi non ? Pourquoi j'avais dit non ? Je suis un retardé mental.

J'allais me corriger, mais Stéphane est revenu à côté de nous.

— Valérie, je vois que t'as fait connaissance avec Mathieu.

Un monsieur s'est avancé vers la caisse. Val et moi, on a parlé en même temps pour dire qu'on s'était déjà présentés, oui. Nos deux phrases sont sorties tout croche parce qu'on se parlait par-dessus, pis on a ri les deux. Wow.

— Bon, fait que là, à l'heure pile vous faites le switch. Juste un moment, monsieur, on fait le changement. C'est un nouveau, c'est ça l'affaire.

— C'est jamais facile, au début, je peux très bien… *comprendre*, le client a répondu en faisant une pause avant «comprendre» et en penchant le buste vers l'avant au moment de finir sa phrase.

D'un mouvement plus sec, il a ramené son corps vers l'arrière et a éclaté de rire. Je la pognais pas.

Mais Stéphane l'a pognée, ç'a l'air. Il a ri aussi. Au son de la voix du petit monsieur, j'avais détourné le regard pour voir c'était qui le comique. Je l'ai trouvé haïssable tout de suite. Casseux de party… Pas de cheveux sur le top. Une chemise lignée couleur lime avec, écrit de biais sur l'épaule et la poitrine, en genre de police tribale poche, «XL Nevada 72». Des jeans avec des faux trous. Le genre de gars qui passait ses journées pédagogiques avec sa grand-mère aux Galeries d'Anjou.

Fallait vraiment que je fume un joint… C'est vrai ce que Dom dit, que je suis pas ben patient, que je critique beaucoup…

Stéphane m'a montré le bouton pour sortir le rapport de quart et une longue bande de papier a émergé de l'imprimante de la caisse.

J'ai sorti mon tiroir et Val a inséré le sien avant de dire bonjour à Nevada 72.

— Après, sur la valideuse. Tu vas ici. Dans ce menu-là. Tu pèses sur *Rapport. Fin de quart. Imprimer*. Là, tu plies toute ça ensemble, pis tu me remets ça à 250.

Du montant que j'ai obtenu après avoir compté ma caisse, j'ai soustrait 250, et j'ai retiré la différence du tiroir en m'assurant de laisser plusieurs billets et plusieurs pièces de monnaie de chaque sorte.

Mon gérant a ouvert l'armoire sous le comptoir contre la fenêtre. Il m'a tendu l'enveloppe de plastique qui se trouvait là, j'ai mis mon dépôt et mes rapports dedans et je l'ai glissée dans la fente du coffre-fort.

Je me suis relevé et le téléphone s'est mis à sonner dans le bureau. Stéphane s'est éloigné. Bon esti je vais pouvoir jaser encore un peu, je me suis dit. Lui dire que c'est pas ça que je voulais dire. Que oui, j'écris. Que je suis un poète, pour être plus précis. Pis que j'aimerais rien plus que de lui faire lire mes vers. Mais une file s'était déjà reformée devant la caisse et Val alternait en mouvements habitués entre l'activation des pompes, le scan des articles et l'ajout des montants d'essence à certaines factures.

Bon…

Je cherchais ma contenance…

J'attends un client de plus, je me suis dit. Peut-être que je vais avoir l'occasion de placer un mot. Mais après que Val a eu dit « au plaisir » à un bonhomme, un autre derrière avait déjà ouvert sa trappe.

Fallait que je décâlice. Chaque seconde où je restais planté là comme un beau poircau pas de volonté donnait clairement l'impression à Val que j'étais rien qu'un gamin qui sait pas quoi faire de ses dix doigts.

Mais Stéphane avait-tu encore des affaires à me dire ?

Théoriquement, j'imagine que j'aurais pu m'en aller, mais j'attendais qu'il me donne le go. Je l'entendais parler au téléphone dans le bureau. Plus crier, en fait.

Mes yeux me démangeaient. Sans m'en rendre compte, j'avais glissé mes doigts dans la longue poignée du tiroir à cigarettes sur lequel j'étais appuyé. Je l'ouvrais d'un pouce en avançant le bassin et je me laissais retomber pour le refermer. La largeur du panneau était doublée de petits coussinets, alors le bruit de claquement sonnait comme un oreiller qu'on écrase. Val s'est mise à regarder par-dessus son épaule en scannant deux canettes de Red Bull. J'ai cligné plusieurs fois des yeux, secoué la tête et j'ai croisé les bras.

Elle a souri et ses yeux brillaient.

— T'es pas obligé de l'attendre, t'sais.

— Ah non ? Ah je pensais que…

— Bonjour, elle a dit à l'homme qui venait de poser un sandwich et un sac de Fritos sur le comptoir.

Je me suis dirigé vers les fours à pâtisserie à côté desquels mon sac était posé. J'ai sorti le t-shirt que je portais en rentrant dans le dep la veille. Un dirigeable passait en diagonale dans un ciel aux teintes orangées et au-dessus était écrit *Led Zeppelin North American Tour '77*. Ça, ça veut dire de quoi. Ma mère me l'avait acheté dans un outlet de Pompano Beach quand j'avais 14 ans et il me faisait encore. Sûrement que j'avais l'air fou avec ça sur le dos à cet âge-là parce qu'il m'allait très bien maintenant. J'osais pas me mettre torse nu comme je l'avais fait au début de mon shift, de peur que Val voie mes côtes, mais il fallait que je me change. Montrer mon indépendance d'esprit par rapport à cette job-là faisait partie de l'image que je souhaitais projeter. Maintenant que je savais qu'elle était mélomane, c'était l'occasion parfaite d'afficher mes goûts et ma culture musicale. Et puis de quoi est-ce que j'aurais l'air aux yeux des automobilistes qui me croiseraient sur la piste cyclable le long du boulevard avec mon polo du Pétro ? En libérant mes bras des manches de mon chandail, j'ai pu enfiler celles de mon t-shirt, les coudes collés le long de mon corps. Rapidement, j'ai passé ma tête dans le col du polo que j'ai jeté sur le comptoir et j'ai rabattu mon t-shirt sur mon torse. Mon sac sur le dos, j'ai fait quelques pas vers le bureau de Stéphane. On voyait juste ses jambes derrière la porte entrouverte. Un de ses genoux montait et descendait comme celui d'un drummer qui fait du double kick.

— Salut là !

Aucune réponse.

— Euh… Salut Stéphane !

J'ai fait quelques pas de plus sans le faire réagir. Il avait l'air concentré en maudit. Il disait « ouin », « ouin

ouin ouin », « no-non », « OK ouin ouin, c'est sûr ». Le bras levé devant moi, j'ai cogné sur la porte et il a répondu en me coupant la parole.

— Salut Stéphane…

— Quoi ? Hey attends-moi une minute. Quoi ? Oui, ben oui. Salut, là, bonne journée. On se voit ce soir à la même heure, OK ?

— Yes.

Fuck. À soir ? Qu'est-ce qu'il avait encore à m'expliquer ? Je savais tout. C'est pas compliqué. Tu comptes ta caisse, tu barres la porte, tu torches à la grandeur, t'actives une pompe de temps en temps, tu recomptes ta caisse pis tu sacres ton camp.

— Salut Val !

Aucune réponse. Est-ce que je lui avais dit bye tantôt ? Je savais plus, mes yeux fermaient tout seuls. Esti de téteux.

— Voilà, merci, au plaisir, elle a dit à un client. Hey bye là, à full bientôt j'espère ! elle a ajouté à mon intention quand j'étais déjà en train de pousser la porte.

J'ai souri vers elle en levant les sourcils et je suis sorti dans l'air humide du mois de juillet. Le soleil cognait en maudit et rendu à côté de mon vélo la peau sous mon sac à dos était déjà humide. J'ai pris la piste cyclable, j'ai traversé le passage à niveau, je suis passé devant le complexe commercial à côté de l'autoroute et je me suis levé sur mes pédales pour monter le viaduc en danseuse. Sur le plateau au-dessus de la Transcanadienne, j'ai sorti une cigarette du paquet dans ma poche et j'ai pris mon briquet, tout ça sans tenir mon guidon. J'ai tiré une bonne bouffée et voyant qu'elle était mal allumée, j'ai soufflé sur le côté encore intact. La clope au bec, j'ai remis mes mains sur mes poignées et j'ai dévalé le viaduc en roue libre. La lumière était verte en bas et j'ai continué tout droit. Hostie qu'est belle.

«À full bientôt j'espère», qu'elle a dit. Pourquoi *j'espère*? Elle a le goût de me voir, c'est évident. Elle espère me revoir. J'étais content. Très très content.

Rendu chez moi, en débarrant la porte, la fatigue me faisait tanguer comme après trop de temps passé dans une piscine à vagues. En m'assoyant pour ôter mes souliers, j'aurais pu prendre mon pouls à l'oreille en écoutant mes orteils gonfler et dégonfler. J'ai pris conscience que je m'étais pas assis une seconde de tout mon shift. J'ai compris la seule chose que je devais faire maintenant : me coucher. Je n'avais plus qu'un but dans la vie : me coucher.

Je suis descendu au sous-sol. Après avoir retiré mes pantalons, je me suis tourné vers le miroir posé contre le mur qui me permettait de me voir de la tête aux pieds.

Hostie.

Mon t-shirt.

Hostie de niaiseux. J'ai-tu dû avoir l'air épais. C'est sûr qu'elle voudra jamais de moi. Elle doit s'être dit que j'ai un retard mental. Mon t-shirt… À l'envers… Sur mon torse, on voyait la liste des villes que Led Zeppelin avait visitées en Amérique du Nord en 1977. Mes poings se sont contractés, j'avais les joues rouges. Je me suis déshabillé rapidement et j'ai lancé mon chandail, comme si ça allait changer de quoi. J'ai pris deux oreillers sur mon lit que j'ai placés contre la fenêtre de ma chambre. Il était sept heures vingt-cinq, mais il faisait tout d'un coup nuit noire. J'ai fermé les yeux et la honte est allée se mêler comme de l'huile aux éclairs de fatigue qui pulsaient en moi.

10

Finalement, j'aime ça ici. C'est pas la tâche, c'est lui qui m'énervait. Non mais quel fatigant. J'ai pas été mis au monde pour endurer ça, moi. Toute la semaine avec lui. Au moins, la troisième nuit, il a arrêté de me dire quoi faire. Ça l'empêchait pas de planer au-dessus de mon épaule les huit heures durant pour examiner ce que je faisais à chaque instant, mais au moins il essayait plus de me mener. Les seuls moments où j'avais un break, c'est quand il fallait qu'il prenne un appel. Il allait s'enfermer dans le bureau pour crier dans le combiné, ou il allait dehors avec son cellulaire faire les cent pas en remuant son bras libre en l'air autour des pompes. À qui c'est qu'il pouvait ben parler comme ça, au beau milieu de la nuit?

On a jasé un peu quand même, plus que le premier soir parce qu'il m'avait déjà montré la job. On a pu faire connaissance. Ben. Faire connaissance. Il m'a surtout parlé du deep state. De ce que j'ai retenu, il y a deux marionnettistes : les Rothschild et ceux qui ont construit les pyramides. Voire que le monde sait pas ça, hein! Les Rothschild ont fait fortune avec Napoléon, ç'a l'air. Quand ils ont compris que les Français allaient se planter, ils ont prêté des grosses sommes aux Anglais. Mais ils allaient pas juste se contenter du profit qui allait venir avec les intérêts. Non, ils sont allés foutre la marde dans le bord qu'ils avaient choisi de soutenir, toi! Ils ont volontairement causé la panique dans la Banque d'Angleterre.

— Tu sais-tu c'est quoi les bons de la victoire?

— Oui oui, j'ai répondu pour faire vite.

— Bon ben, c'est ça, il a continué en ouvrant les paumes devant lui sur un air d'évidence. Vu que la panique a pogné, les gens, les Anglais là, les gens en Angleterre, ils se sont débarrassés de leurs bons de la victoire. Pour ravoir leur argent avant que le marché crashe. Mais après, checke ben ça, les Rothschild, esti, la famille, y ont toute racheté !

Steph m'a dit que leur devise était que celui qui contrôle l'argent d'un pays n'a que faire de ses lois. Ou que celui qui contrôle l'argent fait les lois. Ou que la vraie loi, c'est la loi de l'économie. Ou de l'argent. La loi de l'argent. Je sais plus trop, quelque chose de même, mon gérant me l'a dit en anglais. Mais il parle pas vraiment anglais.

Résultat : Waterloo, ça a été le jackpot. Les Rothschild étaient maintenant le créditeur unique de la couronne britannique. Le plus gros empire de l'histoire devait son argent au complet à une seule famille. Pouvez-vous imaginer ! C'est là qu'ils ont vraiment pu prendre leur envol et fonder des banques dans toutes les grandes villes : Paris, Francfort, Vienne, Naples, même à Montréal pis à Toronto ! Ils finançaient des princes ennemis, ils achetaient des journaux pour faire mousser le patriotisme d'un bord pis de l'autre de la clôture, pis ils sont derrière les plus gros scandales des deux derniers siècles !

— Jack l'éventreur, euh... L'invasion de la Chine par les Français. Les guerres de l'opium. Le Vietnam, l'Inde pis Gandhi, euh... Kennedy. *Les* Kennedy. Lady Di. Pis le 11 Septembre, of course !

— Ah ouin ?

C'était à peu près la seule chose que je trouvais à répondre tout le long.

— Ouais. Ouais man. Fou, hein ? Ah oui pis Hitler. Les Rothschild sont juifs, penses-tu que ça leur faisait de quoi qu'Hitler aime pas les Juifs ? En tout cas, le monde *disent* qu'il aimait pas les Juifs. C'est ça qu'on *dit*. Mais OK d'abord : pourquoi les Rothschild finançaient l'armée nazie, hein ?

— Hein ?

— Exact ! C'est fou hein ?

Il m'a expliqué que la famille a personnellement transféré des secrets industriels américains aux Allemands pour les rendre compétitifs dans la guerre, pour qu'elle dure plus longtemps.

Quand je pensais que c'était fini, c'était pas fini.

À un moment donné, il est parti sur le plomb tétraéthyle. Je me rappelle exactement comment ça s'appelle, parce qu'il a dû le répéter cent fois.

— Le plomb tétraéthyle, vraiment, t'as jamais jamais entendu ça ? My god…

C'est ben important pour la combustion du carburant et le fonctionnement des canons, qu'il m'a expliqué.

— Les Américains ont eu cette technologie-là en échange de pas nuker la Lune.

— Nuker la Lune ? Pourquoi faire ?

— C'est juste ça que les Américains avaient comme leverage quand ils négociaient avec ceux qu'ils ont rencontrés là-bas.

Je comprenais rien. Mais il avait du feu dans les yeux. Je voulais pas le vexer.

Toute la semaine, il m'en a appris un peu plus. Les traités signés à Roswell en 1953. La face cachée de la Lune. Les bases nazies en Antarctique. Les pyramides. Qui avait construit les pyramides. Les boules Tesla et l'électricité en Égypte antique. Les autres pyramides dans le monde. La latitude sur laquelle elles sont toutes construites. La nappe phréatique, le champ magnétique terrestre et les courants telluriques.

Esti.

Hey je suis reconnaissant. C'est du savoir pur ça, y est smatte, Steph. C'est un méchant poids à porter pour lui, pis je suis heureux qu'il s'en déleste un peu sur moi. Mais je le comprends. Quand on sait ça, on a comme une responsabilité. D'informer les gens.

Ben oui.

Non mais.

De la recherche, c'est de la recherche que je fais. Fallait je me répète ça comme un mantra.

Fait que j'étais ben content d'avoir enfin la paix à ma deuxième semaine. J'ai pogné mon rythme de croisière, je fume trois grammes par soir. Les niaiseries que Stéphane me faisait faire pendant huit heures, j'arrive à les expédier avant deux heures du matin. Après, je m'occupe comme je veux. Jeudi soir, par exemple, quand je suis allé ramasser les bidons de lave-glace vides, j'ai vu une grosse coquerelle sur le béton entre la pompe 2 et la 3. Mais genre : énorme. Sur le coup, ça m'écœurait, mais je me suis retenu de l'effoirer. Après avoir jeté les bidons dans la benne en arrière, j'ai refait le tour et je la trouvais plus. Ça m'a comme fait de quoi. Quand on voit seulement le soleil une demi-heure avant de se coucher, qu'on parle à personne d'autre que ses clients, qu'on a pour seule conversation des modes de paiement et des numéros d'allées et qu'on fume une once de pot par semaine, une coquerelle, c'est une méchante affaire.

J'ai refait le tour de mes pompes en m'attardant autour des poubelles. Elle était nulle part. Je m'en retournais déçu à l'intérieur quand, plus près de la porte d'entrée, je l'ai aperçue. Elle faisait tranquillement son chemin vers le rack à petites bûches de foyer. J'étais content. Hey, j'en ai vraiment jamais vu une grosse de même, que je me disais. Je me suis dit que c'était l'occasion parfaite pour un exercice d'élocution. À quatre pattes dans le parking, je me suis mis à la décrire à voix haute.

— Son dos est brun avec des reflets ambrés. Son visage de grosse fourmi à ras le sol est caché sous une sorte d'armure qui recouvre ses épaules comme une cape.

Six pattes partent de son thorax et s'agitent rapidement, plus rapidement que celles de n'importe quel autre insecte que j'ai jamais vu.

En la voyant filer vite de même, ses deux grandes antennes repliées en arrière par-dessus son dos comme les moustaches d'un dragon, j'ai compris comment j'avais pu la perdre de vue en une minute à peine.

Un gars dans un gros Ford plaqué F est venu s'enligner devant une pompe et je suis rentré pour la lui activer. Les utilitaires commerciaux, ça peut avoir des réservoirs de 130 litres, c'est long à remplir, fait que je me suis dit que j'allais fumer en guettant ma coquerelle. Peut-être qu'elle sentait des vibrations qui la mettaient sur le nerf avec la pompe en fonction, je sais pas, mais elle bougeait plus. Le bonhomme a fini de tinquer. Il est venu vers moi et s'est penché pour voir ce que je checkais.

— Yiache, est grosse en maudit!

Il a levé sa botte dans les airs et m'a regardé avec le sourire. Mes fesses se sont serrées et j'ai inspiré très fort par le nez en levant la tête vers le gars. On s'est regardés et devant mes yeux comme des deux piastres, son sourire a disparu. Je lui ai fait un peu peur, je pense. J'ai voulu dire «écrasez-la pas», mais je voulais pas avoir l'air d'un débile mental, fait que je me suis forcé à rire et à dire quelque chose pour me sortir de l'équipe des coquerelles et me mettre dans la sienne.

— Haha, ouais. Est vraiment… dégueulasse!

C'était pas vrai que je la trouvais de même. On est rentrés et j'ai fait payer le bonhomme. Il m'a dit «bonne nuit» et je lui ai souhaité la même chose. Ça devient de moins en moins bizarre de me faire souhaiter bonne nuit par des hommes mûrs à tous les jours.

Ça fait déjà trois semaines que je suis là et personne a rien à me reprocher. J'ai une job, comme ma mère voulait.

J'ai pas précisément pété des scores aux examens du ministère, mais les notes sont rentrées et c'est bon là, je l'ai eu mon DES, et puis j'ai même été accepté au cégep dans le programme que je voulais. Pour acheter la paix avec ma mère, j'ai pris des maths, pis si j'aime pas ça, ben je les annulerai, c'est tout.

Dom m'a expliqué que les sciences humaines, c'est ça qu'il faut que je fasse si je veux devenir un intellectuel. Dans un de ses cours au cégep, ils lisent Montaigne. C'est un Français. Ce gars-là parlait d'une tête bien faite. Il disait ça comme ça : l'important, c'est une tête bien faite. Je veux pas travailler au pic pis à la pelle, mais je veux certainement pas devenir comptable non plus. Ni scientifique ni ingénieur. Ça, c'est pour le monde, les gens ordinaires, les autres, pas pour les gens qui ont une vie intérieure comme moi. Une tête bien faite, c'est ça que je veux, moi. Tous les poètes en ont une, cent pour cent sûr. Alors j'essaye de lire le plus possible quand j'ai le temps. Mais c'est dur de me concentrer des fois, et souvent j'ai plus l'impression de lire les numéros dans le bas des pages que les phrases qui se trouvent plus haut. Je voudrais tellement être cultivé comme Dom. C'est long à venir par exemple.

Mais quand même. Plus je lis les livres que Dom me prête, plus je comprends que ce qui se passe en dedans est bien plus important qu'en dehors. Avoir une maison, une voiture, construire des viaducs ou des buildings, se partir en affaires ou étudier en médecine, c'est pour le public, le peuple, la populace, les autres quoi. Quand les écrivains nous ont montré ce qui nous tinte dans la tirelire pour peu qu'on hoche la tête (je dois préciser pour la postérité que «tinter dans la tirelire» est une expression de mon cru – une assonance, qui évoque le bruit de la monnaie, c'est fort, non ? – et que je compte bien l'utiliser dans un texte un jour, merci), on ricane quand les vieux nous demandent qu'est-ce qu'on veut faire plus tard. Plus tard, oui, c'est ça. Faire *quelque chose.* Faire quelque chose plus tard. Comment on serait censés se comprendre quand on a même pas la même notion du temps et des mots, de *plus tard* et de *quelque chose*? Non mais, pour vrai : comment est-ce qu'on serait censés se comprendre? La philosophie, la littérature, la poésie, je vois bien ce que ça fait à Dom. Il rayonne. Et c'est ça que je veux faire moi aussi. Rayonner. En attendant, je fais ce qu'il faut. Fumer du pot me donne l'impression d'être une vague qui se rend compte qu'elle en est une, et qui se transforme d'un coup sec en radeau pour flotter sur le monde pis devenir plus que les autres, davantage qu'une vague comme les autres.

Exactement ça.

J'ai trouvé cette image-là une nuit au dep, et je l'ai écrite en deux trois phrases que j'ai divisées sans ponctuation sur plusieurs lignes de mon cahier pour en faire un poème. À ce train-là, j'aurai bientôt un recueil et demain, la gloire. Fumer me fait rayonner, et la poésie me rend carrément incandescent.

Cette job-là me donne toute la latitude nécessaire pour penser. C'est de ça que j'avais besoin. Je comprends pourquoi ça m'achalait quand Mathilde me demandait des mises à jour sur mon écriture. J'avais juste pas le temps pis l'espace, t'sais. Mais bientôt je vais écrire plus sérieusement, là, la nuit pendant mes shifts. Je sens que ça mijote. Ce poème-là est un bon début. Tu peux être sûr que mon cahier de compositions est dans mon sac à chaque shift. Mais j'attends que ça vienne tout parfait. J'attends le feeling. Je veux pas gâcher ce que j'ai à offrir au monde en faisant des brouillons qui sont pas précisément le chef-d'œuvre que je sais qui s'en vient. Si j'étais né à la bonne époque, j'aurais eu tout le loisir de m'éduquer un peu, de flâner, de me promener dans les Alpes ou sur le mont Saint-Bruno pis de réfléchir en vue d'un grand projet artistique. Je me sens de plus en plus loin des choses et ça augure bien. Pour écrire, il faut une distance entre soi et le monde. Creuser une douve entre soi et les banalités. Être seul sous les néons à pouvoir fumer et manger gratuitement, c'est le meilleur compromis que j'ai trouvé pour vivre comme un aristocrate.

Fumer aussi, justement, ça fait partie de ça. La clope, je parle. Faut voir ça comme une méditation. Je suis en passe de les avoir toutes essayées. Cette semaine, je suis parti sur les Gauloises. Ma mère m'a appris au printemps qu'elle fumait quand j'étais petit, sans que je m'en sois jamais rendu compte. Ça a fessé quand même quand elle m'a dit ça. J'aurais jamais pensé. Faut croire qu'elle a changé de stratégie pour essayer de me faire arrêter depuis le temps qu'elle a appris que je fumais. Elle essaye de m'amadouer, je pense, parce qu'elle a laissé tomber la diabolisation du tabac pour me parler plutôt de la manière par laquelle elle a elle-même vaincu sa dépendance. Récemment, par exemple, une heure ou deux avant un de mes shifts, elle m'a rejoint sur le perron alors que je pensais qu'elle dormait déjà.

— La première étape qui m'a permis d'arrêter, ça a été de réaliser à quel point j'aimais ça. C'est juste quand j'ai réalisé que j'*adorais* ça fumer que j'ai vraiment commencé le processus mental. Tu peux pas juste regarder tout ce que ça te fait de mal. Il faut que tu voies combien t'aimes ça.

Elle a détourné le regard, la tête pointant au loin, des étoiles dans les yeux.

— Il faut que tu voies que t'aimes ça plus que tout ce que tu fais d'autre dans ta vie, vu que tu vas toujours trouver l'argent pis le temps qu'y faut pour ça, pis vu que tu le fais chaque jour, plusieurs fois par jour. Pis *après* tu peux commencer à mettre dans la balance ce que tu sais sur à quel point c'est mauvais pour toi. Mais faut pas se mentir dans la colonne des *pour*. C'est juste de même que tu peux trouver la motivation d'arrêter.

J'ai honte de le dire, mais je l'ai trouvée cool, quand elle m'a raconté ça.

Elle m'a dit qu'elle fumait des Gauloises lights. Ben moi itou d'abord ! Cette semaine en tout cas. Mais les lights sont pas assez fortes, même si le paquet bleu poudre est bien plus beau que le jaune des ordinaires. Je les endurerai pas longtemps je pense. Je vais continuer mon tour des compagnies. Je suis rendu aux produits Benson & Hedges.

La semaine passée, j'ai fait les Imperial.

Les Viceroy, j'en ai fumé un paquet de régulières, mais elles se consument trop vite. C'est décevant, j'ai rien que ça à faire ici, fumer. Même les king size brûlent vite. Je pense que c'est à cause du filtre qui est plus court que ceux de toutes les autres marques sur le marché. Ou ben il y a moins de tabac dans chaque clope. Ça expliquerait le prix. Tu peux tirer ça en dix puffs facile. J'ai compris comment le premier client du matin qui vient à tous mes shifts peut s'en fumer deux paquets par jour. Il arrive vers quatre heures moins quart, longtemps avant le rush des plus matinaux des matinaux. C'est le premier oiseau du chœur de l'aube dont Dom parlait. Je sais pas si c'est la fatigue, le pot, le down de café ou qu'il a juste l'air d'un bon Jack, mais maudit qu'il m'émeut. Il a l'air sobre. Sobre dans le sens de discret, une espèce de forme résiliente de discrétion. Comme si après plein de défaites et d'échecs, c'est cette posture-là, moralement, qui lui permettait de faire son chemin dans la vie. Je m'imagine les épreuves qu'il a dû traverser, les différents stades de sa personnalité qui l'ont amené à ce point-là, très stable, où ça allait être ça son attitude générale dans la vie. Une genre de décence sobre. Il sonne et j'arrive d'en arrière où je me cache des caméras pour lire mes *Tintin*. Je contourne mon comptoir, j'appuie sur le bouton pour déverrouiller et ça sent le cendrier froid jusqu'à moi. Une chemise de jeans lui flotte sur le dos, rentrée bien comme il faut dans ses pantalons. Son col déboutonné expose ses clavicules saillantes. Le front haut sous des cheveux soigneusement pommadés mais jaunis par le tabac, il s'avance vers mon comptoir en regardant par terre. À trois pas, il me dit «bonjour» sur le ton doux que prennent les employés d'hôtel à l'autre bout du fil quand ils appellent pour te réveiller. Je dis «bonjour» aussi et j'ai déjà une boule dans la gorge. J'essaye d'imiter son humilité quand je dis «oui» après qu'il m'a demandé ses deux paquets de Viceroy rouges 20 régulières. Il paye, et c'est seulement là que nos regards se croisent. Ses yeux doux se posent au bord des miens et il me souhaite une bonne journée du coin de la bouche, dans un sourire presque rempli d'excuses, mais aussi d'humanité. Il repart dans sa Corolla argent et l'odeur de cendre reste longtemps dans le dépanneur. Il me touche en esti ce bonhomme-là.

Mais je pense surtout que c'est parce que rendu à cette heure-là, je suis toujours un peu à bout de nerfs. Je viens mélodramatique.

Face aux Viceroy, à l'opposé du spectre, les Matinées, ça, ça dure. Mais ça goûte rien. Les seules personnes qui en achètent, c'est les madames permanentées passé la soixantaine qui sentent le CLSC, qui ont des pierres de puissance dans le cou et des bagues en résine cheap de toutes les couleurs aux doigts. La même clientèle cible que les Rothmans. Celles-là, j'ai même pas terminé mon paquet l'autre jour. J'ai essayé les Pall Mall à la place, mais il y a de quoi de chimique là-dedans, elles goûtent comme le médicament, pas autant que les LD, mais quelque chose d'analogue. Les Marlboro aussi goûtent drôle, pis en plus elles finissent jamais.

Mes préférées d'Imperial, c'est de loin les Player's. Même s'ils ont sorti un espèce de paquet complètement débile. Ça s'ouvre sur le dessus, comme une boîte de chocolats. C'est chic cinq minutes, mais tu te rends compte assez vite que t'es mieux de remarquer les petits détails d'emballage qui te disent qu'est-ce qui est le couvercle et qu'est-ce qui est le fond de la boîte, parce que tu vas passer pas mal de temps à ramasser tes clopes par terre. Maudit qu'elles sont bonnes par exemple. Elles ont une crème tout à fait délicieuse. Et puis elles durent juste assez longtemps, pas trop, dans le parfait mi-chemin entre une Macdo reg et une Philip Morris king size. Tu vois que c'est du tabac de qualité finement haché, parce qu'elles brûlent uniformément, même si tu pompes en malade. C'est rare ça. Les pires là-dessus, je pense, c'est les Marlboro. Ça brûle quasiment comme des indiennes. Il y a toujours un bord du tube plus entamé que l'autre et ça t'envoie de la fumée dans l'œil. Faut le faire, parce que d'habitude avec un long filtre comme celui des Marlboro, tu peux la garder au bec et vaquer à tes occupations. Mais non. Les Player's, par contre ! Les courts filtres feraient croire à une clope qui va te boucaner dans la face, mais pantoute. Ça vole gaiement loin de ton visage en longs filets épais comme si t'avais un plomb de hasch accroché au bout.

Je suis content d'avoir trouvé ma sorte, et je sais que je vais y revenir après mon trip de Gauloises et mon tour du côté des produits Benson. Les Gauloises, c'est bon, mais ça goûte trop le tabac brun. Ça me rappelle les Popular dont Dom m'avait ramené un carton de sa semaine à Cuba avec sa famille l'hiver passé. C'est fort en sale. T'as l'impression de fumer des petits cigares. C'est drôle un paquet, mais après quelques jours ta gorge siffle en permanence. Ben ma mère, elle ment pas quand elle dit qu'elle aimait ça, fumer, parce que pour faire vingt ans sur les Gauloises, faut aimer le goût du tabac, pis pas rien qu'un peu.

Je fume, je mange, je bois du café, toute gratis. La bière aussi j'en prends des fois. Mais je bois jamais sur la job. Pis je vole pas de caisses complètes, quand même. Plus des trucs comme des king cans pis des quilles. Ça casse souvent pour vrai, ces formats-là, fait que ça fait partie des pertes auxquelles un dépanneur s'habitue. Ça paraît moins si t'en piques. Mais une 12 au complet qui disparaît, ça peut donner aux zélés le zèle qu'il faut pour trouver elle est où, donc, cette caisse de 12 qui a juste disparu comme ça. Il doit bien rester trois ou quatre bouteilles intactes qu'on peut vendre à l'unité ? Dans ce cas-là, il y a qu'à regarder les stocks des bières individuelles. Bizarre, pas de bières à l'unité en trop… Un gars motivé qui oublie le salaire qu'il fait pourrait trouver qu'il y a de quoi de louche. Comme Stéphane, par exemple, pour prendre quelqu'un au hasard.

Ça fait que je m'en tiens aux formats individuels. C'est un méchant bon truc pour me faire remarquer dans la gang de Dom. Toutes ses chums du cégep du Vieux Montréal savent c'est qui le gars plus jeune qui arrive dans les chillings avec des bières dépareillées à partager, mais surtout des paquets de smokes de plein de sortes pour qui en veut bien.

J'exagère peut-être, mais pas trop je pense. Vendredi passé, à mon dernier shift de la semaine, on avait reçu la commande de Bic pis je trouvais ça drôle en esti de prendre un rack au complet, encore emballé dans le plastique pis toute. Le lendemain, Dom faisait un party, pis j'ai apporté la palette chez lui, au moins une vingtaine de lighters. Un des gars du Vieux s'était pointé avec sa grosse pipe à eau en forme de dragon qu'il avait achetée au marché aux puces de Chambly. La chambre à air est grosse en maudit pis tout le monde était blasté. Blasté au point où tu sais plus quoi faire pour regrimper une heure après quand tu débuzzes. J'ai fini par mettre un bon gramme dans le bucket pis je me suis dit que le monde allait capoter si je réussissais à tout flamber d'une puff en m'aidant de deux briquets à la fois. J'ai calé le cul du bong entre mes cuisses, j'ai plié le dos et j'ai allumé de chaque main. Mes poumons se sont emplis, j'ai recraché sans tousser et j'ai tout de suite commencé à être buzzé. J'ai tellement fait de boucane que ça criait d'admiration. J'étais assez fier. Après, les autres ont voulu essayer. C'était à qui en grillerait le plus d'une seule shot. On bourrait de plus en plus la pipe qu'on allumait avec de plus en plus de briquets à la fois. J'étais nerveux dans les jours qui ont suivi, mais j'ai pas entendu un mot à propos d'une palette de lighters disparue.

Je me sers dans tout le Pétro, mais les lotos ou l'argent, je touche pas à ça. Pis le gaz, ben, j'ai même pas de char. Les lotos c'est gouvernemental, pis l'argent, c'est l'argent, c'est le cœur même de l'existence, la raison d'être de ce monde-là, les boss. Faut pas se penser trop smatte. Dans les documentaires de criminels sur Canal D, il y a toujours un moment, aux trois quarts de l'épisode, où le narrateur prend un ton suffisant en te décrivant la bêtise du bandit. Ça allait trop ben, le gars aurait pu dire ciao bye, faire une mise de fond sur un cottage à Tahiti, s'acheter un chevalet pis des fusains, mais non esti, fallait qu'il fasse *un coup* de plus. Juste après, il se fait pogner. Il fait toujours *le* coup de trop pis il se fait pogner. Tout le monde est plus con qu'il pense. Pis le service à la clientèle, ça t'enseigne juste à quel point. C'est-à-dire beaucoup. Fait que : loto, argent, pas touche.

II

Anyway, j'en ai assez pour être content. La seule affaire qui me manque, c'est Val. Je la vois quasiment jamais. Seigneur, rien qu'à penser à elle, ça me démange.

Ses beaux cheveux noirs. Entre son polo Pétro et la taille basse de ses pantalons, le duvet blond de son ventre. Sa lèvre supérieure montant charnue vers un joli petit nez qui se retrousse quand elle sourit pour me dire bonjour les quelques fois par semaine où je la croise en changeant de quart de travail. Je mentirais si je disais que je pense à quelqu'un d'autre qu'elle quand je me branle. Esti des fois au milieu de mon shift ça me pogne, j'ai l'affaire qui me pique. J'attrape un *Summum* dans le présentoir à côté des cartes routières et je vais m'enfermer aux toilettes. Je feuillette debout, la queue dans le poing, le magazine posé sur l'évier, mais après quelques photos de pitounes allongées sur des yachts ou un transat sur le bord de la piscine, je réalise que j'en ai rien à cirer de ces filles-là. J'attrape le bord du lavabo, je regarde par terre en imaginant toutes sortes de cochonneries où Val et moi on fait la pirouette à gauche et à droite dans la salle de bain et je viens au bout de quelques secondes dans le fond de l'évier. C'est là qu'un grand vide me pogne. Mais en passant sur la porcelaine du papier de toilette mouillé que je jette dans la cuvette, je me ragaillardis avec la perspective d'aller fumer une clope.

Dehors, à chaque fois, je me dis qu'il faudrait vraiment que je lui écrive un poème. Je pourrais lui glisser ça quand on change de shift, un beau matin.

C'est toujours là que je me rends compte que je suis sûrement en amour. Qu'elle est plus qu'un fantasme, parce que d'habitude, quand je bande sur une fille, elle me quitte tout de suite après l'orgasme. Je suis venu et je pense plus à ça, mon humeur change radicalement. Mathilde aussi au début c'était comme ça. Elle restait avec moi même après-coup. Mais j'ai jamais eu envie de lui écrire un poème, par contre.

Alors, ce soir-là, j'étais encore dehors à fumer et je me disais que ça serait bien que Val soit assise là, avec moi, sur la pile de bûches de foyer. Elle se balancerait de gauche à droite en frottant son épaule contre la mienne. On regarderait le Ultramar en face et la track de chemin de fer au loin en humant l'odeur de levure de l'usine Weston qui embaume la nuit. Je mettrais ma main sur sa cuisse et je prendrais une bouffée de ma cigarette avant de me retourner en disant « hey, toi » et de l'embrasser. Seigneur.

Mais j'étais assis tout seul et le premier client de l'aube venait d'entrer avec sa Corolla dans le stationnement de mon Pétro. Mon bonhomme aux cheveux jaunes qui fume deux 20 reg de Viceroy par jour. Je me suis levé et je suis allé débarrer la porte. Il y en a que je fais attendre la nuit et dans le visage de qui je souffle la fin de ma clope en débarrant le dep, mais pas lui.

À cette heure-là entre la nuit et le matin, c'est là que je me remercie de me mettre des limites sur ce que je consomme. Les clopes aux demi-heures, les cafés aux heures, les joints aux deux heures et pas plus qu'un ou deux gros trips de bouffe par nuit. Mon menu tourne habituellement autour d'affaires de même : Sour Patch Kids, Kit Kat, soupe Gattuso, Ruffles crème sure et oignon avec de la trempette, lait au chocolat, Jack Link's, sandwich en triangle, chocolatine, muffin, Maynard's Juicy Squirts, réglisses surettes arc-en-ciel, Mr. Big, yogourt en bouteille, M&M's aux peanuts, ça me coûte pas cher. Je m'écrase tout ça ben comme il faut dans la face avec trois-quatre

Tums sur le top pis je m'essuie la bouche avec un Crush à l'orange. Tu pognes un high après ça mon gars. À l'heure où les cheveux jaunes passe, il y a plus rien qui me fait rien, sucre, caféine, THC, gras, sel, je roule sur la santé que j'avais dans la tête et dans le ventre en rentrant dans le dep à onze heures la veille. Sauf qu'avec les limites que je me suis mises, j'arrive toujours à toffer.

Après cet homme-là, c'est le vide. On sent que ça dort, tout dort, le Québec au grand complet est allé se coucher. C'est souvent dans ce temps-là que je repense à Mathilde.

Mathilde…

Ouin…

Je pensais que j'en reviendrais plus vite que ça. Mais en même temps je comptais aussi pas mal sur Val pour me changer les idées, mettons.

Ça gosse que Mathilde me revienne encore à l'esprit. Je catche pas. J'ai comme des drôles de feelings en pensant à elle. Mal aux tempes, la mâchoire serrée, des pincements au ventre. C'est quasiment comme si j'avais honte, parce que des fois mon cul se serre pis je soupire ben fort. Pourtant, c'est fini.

Je comprends pas trop ce qui s'est passé, d'ailleurs. C'est bizarre parce que quand on était revenus ensemble, j'étais primé au début, me semble.

Je l'avais appelée un soir de semaine à la fin du printemps, pendant les examens du ministère. Je lui avais dit que je m'ennuyais pis que je voulais vraiment qu'on revienne en couple. Au début, elle était pas sûre. Elle m'a parlé de je sais plus trop quoi à propos de la première fois qu'on a sorti ensemble. De quelque chose dans mon comportement à moi. Pis j'ai dit que je comprenais, oui. Pis que ça serait pas pareil. Que l'affaire qui l'achalait, ben ça serait plus comme ça. C'est con que je me rappelle plus c'était quoi, mais en tout cas je lui ai dit que ça avait juste zéro, mais zéro sens que je puisse un jour penser à sortir avec une autre fille. Qu'il y avait personne d'autre qu'elle. Je le pensais vraiment quand je lui avais dit. C'est vrai que les filles de mon âge à mon école, je m'en foutais ben raide.

Avant de raccrocher, elle m'avait dit que le lendemain elle prendrait un autre bus après son cours au cégep, pis qu'elle viendrait me voir chez nous. Elle avait rien décidé encore.

Le jour d'après, je l'attendais en fumant pas pour avoir la tête qu'il fallait pour lui lancer les dernières fleurs qui allaient me la ramener. J'étais assis dans le sous-sol à écouter les Doors, en regardant les photos dans le livret du CD.

Le cégep finissait plus tard que mes cours au secondaire, fait que j'ai glandé un bon moment.

Ça a sonné, j'ai ouvert. Elle avait les joues rouges, une jupe verte et des jolis bas blancs avec des kiwis dessus.

Rendus dans le sous-sol, je lui ai dit que ça faisait pas si longtemps, que j'avais pas besoin d'y faire faire le tour, rien avait changé.

À y repenser, c'est quétaine un peu comment elle a dit ça, je pense que c'est pour ça que je m'en rappelle exactement, mais elle m'a demandé si moi, j'avais changé, par contre.

Elle m'a reparlé des trucs qui l'avaient gossée pis qui lui avaient fait de la peine.

Après avoir pris mon souffle et ouvert grand les yeux pour les fixer dans les siens, je lui ai redit les mêmes choses que la veille au téléphone, repromis ce que j'avais promis.

— C'est juste… Mathieu, j'ai plus de force pour avoir de la peine comme ça encore. Tu comprends ?

— Je comprends, pis moi non plus. Moi non plus, je te jure.

— T'es vraiment un gars cool Mathieu. Pis je le sais que je peux t'aimer encore.

— Moi aussi, je sais que ça se peut, là. Je le sens.

— Mais on dirait qu'y a de quoi qui te tire par en arrière. Je sais pas comment dire. On dirait que tu mets une distance. Pas juste avec moi, mais avec plein d'affaires, pis je le sais que t'es plus doux que ça. Faut que je sois ton alliée Mathieu. Si on est un couple, faut être une team, faut se dire ces choses-là.

Oui, c'est ça ! En le racontant, ça me rappelle un des trucs qu'elle me reprochait : pas assez lui parler. Je suis plus sûr de quelles choses elle voulait que je lui parle, par contre.

— Je te jure, ça va être différent.

— Je veux savoir ce qui se passe dans ta tête. J'ai envie que tu me connaisses pis que je te connaisse pour de vrai.

— Ça va être différent, je le sais. Je le sais, Mathilde.

Ses paupières se sont mises à battre rapidement.

— Je te le jure.

Elle a souri doucement et ses seins se sont collés contre ma poitrine. Elle a levé les yeux vers moi en souriant et elle m'a dit qu'elle me croyait.

Mais dans les semaines qui ont suivi, jusqu'à ce qu'elle se tanne tout récemment, j'en faisais pas assez à son goût, faut croire.

Peut-être que dans le fond, je suis pas assez mature pour elle. Je sais pas. Je sais pas c'était quoi le problème. C'est dur à savoir ce que ça veut une fille au cégep. Il aurait fallu qu'elle me le dise.

Je pense à ça pis ça me décourage pour Val. Elle doit avoir 20, 21, facile.

Mais en même temps, je me sens prêt. Je me dis que j'ai appris avec Mathilde. J'ai compris là, faut parler.

La nuit, au Pétro, quand un client me pogne à cette heure-là, c'est là que je suis le plus fin. J'ai besoin de sortir de ma tête.

Mais souvent, y a personne et je me joue en boucle les souvenirs de mes conneries. Fait que je m'en roule un autre pis j'écoute de la musique sur le lecteur CD en attendant le livreur de Québecor pis celui de Transcontinental. Des fois, quand j'ai vraiment mal au ventre à cause de ces souvenirs-là, je sors mon carnet en me disant que sûrement que je suis en train de vivre de quoi de significatif et profond, mais je sais jamais trop quoi écrire.

12

La quatrième semaine a passé comme les trois premières, mais grâce à Ilam, les choses étaient sur le point de débloquer avec Val !

En attendant, c'était assez mollo. J'étais dans des genres de limbes à vivre seul la nuit de même. Des fois, je tombais sur des moyens moineaux, si ça peut compter pour des péripéties.

Ce soir-là où Ilam m'a permis de faire des progrès, par exemple, un peu après qu'il est parti du dep, vers onze heures et demie, une madame est rentrée pour savoir si on vendait des petits anges. Elle portait deux manteaux de pluie un par-dessus l'autre, un vert et un jaune, et elle avait un sac à dos rose tellement rempli qu'il lui faisait un dos de tortue. Son visage était tout ridé. J'ai trouvé ça weird, son accoutrement et l'âge, ça collait pas. Après son sac, il y avait trois espèces de pattes de lapins pendues à des mousquetons de couleur. Mais genre, des grosses pattes de lapin. J'ai vu au premier coup d'œil qu'elle était zinzin. Déjà, elle était arrivée à pied à la station-service, ce qui est très suspect. On est pas dans un quartier résidentiel. Et pis elle avait ouvert la porte en posant ses deux paumes à plat sur la fenêtre plus haut que sa tête et en abaissant son menton contre sa poitrine. Sans me regarder, elle a fait le tour du dep, en passant absolument partout, comme un robot-aspirateur à piscine. Elle parlait toute seule, on aurait dit. Je l'ai suivie sur les moniteurs des caméras. Juste à côté de l'écran de la caisse, on a une petite TV cathodique qui montre les images des caméras du magasin en temps réel. Elle est branchée à un enregistreur avec des boutons pour rembobiner.

La madame, si elle marmonnait pas, en tout cas, elle grognait. Quelle asti de bizarre. Au détour de l'allée centrale, elle a bifurqué vers la caisse et a parlé ben fort en levant la tête. Elle regardait dans ma direction, mais comme pas tout à fait, un peu en haut, ou à gauche, c'était pas facile à dire. Ses deux yeux se crissaient l'un de l'autre.

— Des petits anges !

Elle criait.

— Han ?

— Des petits anges, des petits anges, as-tu des petits anges ?

— Des quoi ?

C'était vraiment câlicement agressant.

— Des petits anges, monsieur, as-tu des petits anges, monsieur ?

— J'pas sûr de comprendre.

— Des petits anges, des petits anges !

Elle était rendue choquée. J'ai décidé que c'était assez alors j'ai haussé les sourcils et les épaules pis j'ai fermé ma boîte. Elle a soupiré. J'ai compris qu'elle parlait pas vraiment toute seule deux minutes avant, mais à ses pattes de lapin. Elle les appelait « Minou ». Elle en a pris une et l'a portée près de son oreille.

— Hein ? Oui. Oui oui, Minou. Non y onvaient pas ce que je cherche. On s'en va, Minou. Munute ! Munute, veux-tu !

Juste pour être sûre, elle a refait une battue à travers le magasin, avant d'enfin se diriger vers la porte.

Des petits anges ? J'arrivais pas à déterminer si elle parlait d'un être cosmique qui existait rien que dans sa tête, ou ben donc d'une figurine, un truc pour accrocher après les rétroviseurs, genre.

Pour faire mon smatte, du plus fort que je pouvais, fort comme elle m'avait apostrophé au départ, je lui ai dit « merci bonne soirée au plaisir ».

Mais c'était pas ben drôle, pis je me suis senti mal. C'était pas de sa faute à elle. Un mal de ventre m'a pogné fait que je suis allé me rouler un joint.

C'est juste que des fois, ça fait beaucoup. Travailler avec le public, faut se faire à ça. Au fait de pas avoir d'explication. Tu te demandes tout le temps, qui c'est que c'est ça, voyons ? Ça sort d'où ce monde-là ? Du monde con, du monde bête, du monde pressé, du monde qui disent pas bonjour, pas merci, qui conjuguent rien que l'impératif, qui te regardent jamais dans les yeux, qui jettent leur argent devant toi sur le comptoir comme un gambler cheapo qui pense avoir une main, et puis surtout, ceux qui disent rien. Rien pantoute. Tu dis : bonjour, ça va être tout ?, pompe 3, débit, passez votre carte, votre facture, bonne journée, pis eux, rien, rien, rien, rien pantoute. Haïssable de même, c'est à se demander comment ça s'est rendu à un âge aussi avancé sans s'être mis dans une sérieuse bagarre. Mais ils savent pas ce qu'ils font pour la plupart. Faut se dire ça, sinon on vire fou. Ils savent pas. De manière générale, le monde sont caves, mais inoffensifs. C'est juste que je l'oublie souvent. Je présume tout le temps que les gens font exprès. Qu'ils sont de mauvaise foi et qu'ils me cherchent. En fin de compte, c'est moi que ça rend aigri, pis c'est pas ben beau.

Il faut choisir son camp. Présumer de la malveillance ou de l'insouciance des épais.

Ilam, lui, il le sait que chez la plupart des clients, c'est pas volontaire. Il a de la patience et il est aimable avec tout le monde.

J'en avais eu encore un autre exemple ce même soir-là, avant de commencer mon shift. Pendant que je comptais ma caisse pour relever Ilam, un client régulier est passé. C'est un bonhomme qui vient toujours s'acheter deux quilles de Big Ten cinq minutes avant qu'on ait plus le droit de vendre de l'alcool. C'est pas rare qu'il se retrouve à compter son change quand il est déjà l'heure pile sur notre caisse. Pis pensez pas qu'il va se presser si on lui signale qu'il reste quelques secondes pour que la transaction puisse être conclue légalement. En plus, c'est cave, Ilam m'a dit que le gars vient à plusieurs reprises, plus tôt dans la journée, pour s'acheter une quille à chaque fois.

— Ben pourquoi tu lui demandes pas pourquoi il se les achète pas toutes d'une shot, d'abord ? Là y était chill, mais des fois il arrive vraiment trop près de onze heures.

Ilam a réfléchi une seconde et m'a répondu que c'était par respect. Rapport à la dignité du gars. Je pense que je comprends ce qu'il veut dire. Et puis bon, c'est souvent short, mais à onze heures le gars repart avec ses deux quilles pis son 20 reg de Peter Jackson. La scène que ça ferait si l'heure pile passait... L'humiliation de cet homme-là... Tu peux être sûr qu'il balaierait pas ça du revers de la main en disant too bad. Quand on boit des litres et des litres de bière 10,1 % tous les jours, c'est un cas clinique. Ça te prend ça pour pas passer la nuit à l'urgence. Mais Ilam le juge pas pour autant. Il reste aimable avec. Aussi aimable qu'avec moi, ou qu'avec n'importe qui.

Mais moi, faut croire que je suis bête. Ou que je suis sur la défensive. Pendant un shift ce printemps à l'autre dep, je sais pas s'il s'en rappellerait, mais Dom m'avait dit que j'étais bête avec les gens parce que j'avais peur d'eux. C'est peut-être pour ça que je me moque du monde, comme j'ai fait avec la madame aux anges. C'est de la trouille. Comme quand on était kids, pis qu'on faisait flasher les lumières dans le sous-sol pour faire peur aux fantômes. J'ai trouvé cette image-là l'autre soir en pensant à ça, et je l'ai notée.

Mais c'est ça. Ilam, lui, par contre, il a de l'humanité. Ça veut pas dire qu'il s'en rend pas compte quand le monde se fout de sa gueule, sauf. Les gens sur lesquels il a aucun doute, ceux qui puent la mauvaise foi, il les épargnera pas. Il est plus rough que moi avec les voleurs, par exemple. Moi, je m'en sacre un peu. T'sais, c'est pas mes shits qu'on me prend. Me ferai pas chier. Pis on s'entend que je suis un peu mal placé pour jouer à la police.

L'alcoolique était sorti, ma caisse comptée. J'étais assis sur une caisse de lait, derrière le comptoir, à manger des M&M's en écoutant Ilam me parler du respect, quand un gars qu'il connaît s'est pointé. Le génie bleu qu'il l'appelle. À cause de son track suit bleu.

Le génie bleu a toujours une gang avec lui. Ils sont arrivés les quatre en vélo, mais seulement trois sont rentrés, pendant que le dude avec son kit bleu restait dehors à côté du rack à bûches de foyer. Lui, je l'ai vu en regardant le caméra de la façade.

Ilam veut plus voir la face du génie dans la place depuis la fois des cartes de crédit prépayées. Il avait essayé de se les faire rembourser en disant qu'elles marchaient pas, comme un grand génie. L'affaire, c'est qu'Ilam avait ben vu qu'il venait de les prendre sur le rack à côté de l'entrée. Le génie avait crié, rouspété pis toute, fait qu'Ilam lui avait dit no-non, ciao bye, tu remets plus les pieds ici.

Direct en entrant, les trois amis du génie ont jeté un regard vers le comptoir. Il y en a deux qui sont partis dans les allées pendant que l'autre se dirigeait vers Ilam en parlant super fort.

— Donne-moi un paquet de Macdo 20 reg s'te plaît.

— Bonsoir, monsieur. Bien sûr, qu'Ilam a répondu. Je vais avoir besoin d'une pièce d'identité.

Assis sur ma caisse de lait, je checkais sur l'écran des caméras le dude à shorts rouges et Jordan assortis qui était dans le coin des chips, pis dans une autre portion de l'écran, son buddy tout en noir planté devant les frigos. Il arrêtait pas de passer sa main sur la palette de sa casquette Fox Racing. Le génie bleu, lui, fumait une tope dehors.

Le gars à la caisse était sûrement censé faire diversion. Mais à parler fort de même comme un perdu, ça avait l'effet contraire. Une vraie gang de pas clairs.

Les shorts rouges a dézippé son coupe-vent et a regardé directement dans la caméra. Ça faisait bizarre, comme un prévenu qui te regarderait droit dans les yeux par hasard à travers un miroir sans tain. Ouais, c'est une caméra, le smatte. Toujours une bonne idée de regarder directement dans l'objectif juste avant de commettre un vol à l'étalage. Il s'est gratté le visage, parce que les voleurs ont toujours le visage qui démange beaucoup, c'est connu. Il s'est penché vers le rack en tenant un pan de sa veste ouvert et s'est mis à jeter des coups d'œil rapides vers nous autres en avant. Faut être sûr que le caissier est distrait. Pas fou.

Ilam faisait dos au magasin, penché sur le tiroir à cigarettes ouvert.

— Hey, Ilam, que j'ai dit pas fort, checke le gars.

Ilam a regardé l'écran que je lui pointais. On y voyait les shorts rouges qui arrêtait pas de tourner la tête entre son rack à chips et le comptoir en avant. Envoye, fais ton move le gros, que je me disais.

Les shorts rouges s'est dit qu'Ilam était suffisamment distrait par son chum qui achetait des clopes et puis, bam ! sur l'écran on l'a vu en temps réel crisser dans sa veste un sac de chips que je devinais par le mauve être des BBQ Bold.

Il a rezippé sa veste et s'est reculé de quelques pas en se grattant la joue. Oh oui, il sait pas ce qu'il a hein aujourd'hui, maudit que ça lui pique, c'est weird.

Planté devant l'étagère des chips, le gars secouait la tête en claquant des doigts. Bien important de continuer de regarder le rack, pour faire comprendre au caissier que coudonc, c'est ben de valeur, mais on a pas ce qu'il cherchait, même si on a genre 75 sortes différentes. C'était vraiment un gars d'expérience parce que, tout d'un coup, il a haussé les épaules en signe de déception. Dommage… vous avez pas ma sorte… Du grand art.

Sans rien me dire et en remettant le paquet de smokes du gars dans le tiroir, Ilam a contourné le comptoir et s'est dirigé droit sur les shorts rouges.

— Oh ! Toi, tu t'en vas maintenant, qu'Ilam a dit en marchant vers lui pendant que le dude répondait des « quoi ? quoi ? » pas fort. Tu t'en vas et vite ! Qu'est-ce que tu as dans ton blouson ? Ouvre-moi ton blouson. Qu'est-ce que tu caches dans ce blouson ? Oui, c'est ça. Sale voleur. Allez, tu dégages. Sale voleur. Et tes amis aussi, Ilam a continué en pointant le gars qui attendait ses clopes et l'autre dans le fond près de la toilette. Hors d'ici. Tous les trois.

Après avoir remis le sac de chips sur la tablette, Ilam est repassé derrière le comptoir et a fait comprendre au gars à la caisse, qui était resté planté là comme s'il avait rien capté de ce qui venait de se passer, qu'il devait partir lui aussi. Le gars arguait qu'il avait pas volé, lui, et Ilam lui disait qu'il savait, mais qu'il était désolé, il était coupable par complicité.

— Ah man, c'est fucked up. C'est fucked up.

— Non non, c'est évident votre petit jeu. C'est terminé, vous sortez tous et vous ne revenez plus jamais ici.

— Ah man, come on…

— Il faut que tu t'en ailles.

— Ah gee.

— Je ne veux plus jamais vous revoir ici !

Les trois gars ont passé la porte sous le regard exaspéré d'Ilam qui serrait les mâchoires et hochait la tête.

Mais ça s'est pas fini de même.

Nous on pensait que oui. Alors j'ai reculé la cassette pour qu'on puisse se repasser la scène au complet.

— J'ai pas fait attention. Regarde si son ami a volé lui aussi, qu'Ilam m'a dit.

J'étais en train de rembobiner quand le génie bleu est entré.

La qualité d'un vilain se mesure à sa gimmick. Le génie bleu, lui, est un as du déguisement. Pendant qu'Ilam foutait ses amis dehors, il avait enlevé son coupe-vent bleu et l'avait posé entre deux tinques de propane pour garder seulement son wifebeater. Pour couronner le tout, il avait mis sa casquette des Yankees à l'endroit et se l'était calée bien profond sur le front. Boum. Déguisement. Génie.

Sur le coup, pour vrai, ça a marché. Quand il est entré dans le dep, ni Ilam ni moi on a flashé. Mon collègue lui a même dit un beau bonsoir avant de se repencher sur l'image pixellisée avec moi.

On s'est fait jouer les cinq dernières minutes en portant juste attention au gars en noir devant les frigos. Mmmh. Qu'est-ce que je veux aujourd'hui. Il est tard et j'ai passé la journée à être une petite racaille de merde, à vendre des topes 25 cennes l'unité dans la cour de la polyvalente pis à pousser du monde dans les casiers. Il me faut un truc fort. On le voyait aller vers la canette de 250 ml de Red Bull. Il la prend, la regarde dans sa paume. Un regard vers la caisse. Son ami était en train de crier sa sorte de clopes à Ilam à ce moment-là. Il repose la canette. Il prend un 500 ml à la place. Oh oui, c'est épuisant être un grand chef bandit de 17 ans. Quand il dort pas de la nuit à cause de la peanut qu'il fait à la place d'aller à ses cours de l'après-midi, un gars vient qu'il est brûlé. Sur l'image, Ilam était en train de se retourner pour sortir le paquet de cigarettes au gars qui devait faire diversion. Et bam ! 500 ml de Red Bull dans les culottes.

— Ah ben tabarnac ! On s'est complètement fait avoir, Ilam a dit en voyant l'enregistrement.

Il était vraiment choqué. C'est très rare qu'Ilam sacre comme ça.

La porte du dep s'est ouverte et on a détourné les yeux de notre écran. C'était les shorts rouges.

— Si j'te vois, toi, j'te pète ta yeule ! qu'il a crié en passant le haut de son corps dans le cadre de porte.

— Y est pas sérieux, que j'ai dit à Ilam quand le gars est ressorti.

— Je sais, je n'ai pas peur de lui. C'est tout juste un enfant, ce petit bon à rien.

Si c'était encore censé être une diversion pour qu'un autre fasse un mauvais coup, c'était raté, parce que ça a attiré mon attention sur le génie bleu en déguisement qui était encore dans le fond devant les frigos. J'ai plissé des yeux pis j'ai fini par le reconnaître. C'est là que j'ai checké la caméra de la façade et que j'ai vu sa veste bleue en tapon entre deux tinques de propane.

Ilam a contourné le comptoir pour aller ouvrir la porte d'entrée. Il a crié vers l'extérieur.

— La prochaine fois, c'est la police immédiatement !

Les trois gars dehors étaient déjà loin. Je les voyais sur la piste cyclable par la fenêtre.

Ilam est revenu à côté de moi derrière le comptoir.

Le génie bleu s'est avancé vers la caisse avec un Monster vert. Peut-être que j'aurais dû dire de quoi à Ilam, mais je me disais qu'il allait ben le reconnaître. Le génie a posé sa canette sur le comptoir et a demandé un Macdo 20 king. Son déguisement a fonctionné encore quelques secondes, mais quand Ilam a relevé la tête pour lui dire combien ça coûtait, il l'a reconnu.

— Ah, mais toi, tu ne veux rien comprendre ! qu'il a crié. Rien comprendre du tout. Ce sont tes amis, c'est ça ?

Tout est clair, il a continué en décrochant le téléphone à côté de la fenêtre. Tu vois, j'appelle la police tout de suite. Fiche-moi le camp. Grand génie. Ça sonne maintenant, tu entends ? Tu crois que j'oublie que tu es un grand génie même sans ta veste bleue ! Fiche le camp. Sale voleur. Allez. Allez ! Dégage.

Sans rien ajouter, le génie a laissé la canette sur le comptoir et a viré les talons illico. Quand il a passé la porte, Ilam s'est tourné vers moi et a lâché un autre bon sacre.

— Ah ! Lui ! Lui, par exemple ! Ah ! Quel génie ! Le génie bleu ! Tabarnac !

— T'es-tu en train d'appeler la police pour vrai ?

— Mais non, crois-tu, ils ne seront jamais ici à temps.

En rembobinant encore une fois, on a vu que pendant qu'on regardait notre écran, le génie bleu s'était mis un litre de Marquis de Méricourt dans les culottes. Un litre ! Un vrai malade.

Ilam a sacré encore quelques fois avant de se calmer. Après, il s'est excusé et m'a dit qu'il voulait pas me faire subir ça. C'était pas après moi qu'il était fâché, il m'a assuré. J'ai dit que je le savais ben pis que c'était correct. Que je comprenais pis que moi aussi je serais en crisse si ça m'arrivait sur mon quart.

Mais c'est pas vrai. Je m'en fous. On s'amuse là, mais je suis pas payé assez cher à mon goût pour protéger des sacs de chips empaquetés par un géant de l'agroalimentaire qu'un géant de la distribution livre à un géant des hydrocarbures pour que tout ce beau monde se fasse un petit profit. Ça a l'air altermondialiste dit de même, mais c'est vraiment juste que je m'en sacre.

Il y a quelques jours d'ailleurs, deux gars fin trentaine étaient rentrés dans le dep au milieu de la nuit. C'était des Latinos qui parlaient ni anglais ni français. Ils doivent faire une job pénible dans un des gros rectangles laids du parc industriel qui commence de l'autre bord de la rue, pauvres eux autres. Dans un des entrepôts réfrigérés de Robert Transport, ou ben dans une autre des mille compagnies de distribution et de logistique pas claires dont la raison sociale finit en -bec. Astrobec. Aérobec. Congébec. Construbec. Isolabec. Agrafbec. Atobec. J'invente, mais je suis sûr qu'il y a une de ces compagnies-là qui existe pour vrai.

Je leur avais déverrouillé la porte avec le buzzer et ils m'avaient envoyé la main en souriant avant de se diriger vers les réfrigérateurs au fond du magasin. Ils étaient revenus vers ma caisse, encore tout sourire, avec une 12 de Beck's. Ils me regardaient les deux ben carré dans les yeux en essayant d'avoir l'air avenant. Ils avaient rien que l'air coupable pis j'ai su tout de suite qu'ils le savaient très bien qu'on peut pas acheter de bière après onze heures. C'est ça que je leur ai dit, ce à quoi ils ont répondu en marmonnant je sais pas quoi pis en faisant non de la tête, mais sans arrêter de sourire pis de lever les yeux vers moi. J'avais répété en anglais, même si ça me fait chier de parler anglais. Même affaire. J'avais essayé en espagnol. Ben, en espagnol. Faut pas exagérer. Mettons que j'avais essayé de dire des mots qui sonnaient espagnol. Je connais le verbe pouvoir, au moins. Textuellement, ça devait être genre : moi je pas pouvoir vendre la bière parce que l'heure. J'avais réussi à leur dire ça en espagnol. Je suis sûr qu'ils ont compris. Ils m'avaient répondu dans un anglais fait de monosyllabes, pis là j'étais comme, hostie, je me fais niaiser. J'avais redit en français qu'il était trop tard. Ils s'étaient mis à m'implorer. J'étais tanné, comme Ilam aurait été tanné lui avec, j'imagine. Mais lui, il leur aurait dit poliment de flyer en répétant combien il était désolé.

Moi, je leur avais dit de la prendre, la maudite caisse, que je m'en sacrais.

— Take it ! No, no I can't.

Ils venaient de me mettre deux billets de vingt sur le comptoir.

— Check : juste take it ! You don't understand ! I can *not* scan the caisse. *In* the caisse. I can not sell, in this, que j'avais continué en pointant le scanneur. Take it ! I don't care ! Prendère. Prendère la cerveza. Si si.

Je sais pas trop à quel point ils me comprenaient, mais pas suffisamment, ça c'est sûr, parce que leurs visages s'étaient refermés et ils s'étaient dirigés vers la porte, presque à reculons en continuant de me faire face.

— You... Vous comprenez pas. You don't understand. Je m'en fous là. Take the caisse ! Cervaza, no me importa. No importanté.

Quand ils étaient arrivés à la pile de caisses de Budweiser qui se trouve direct en rentrant (mais qu'on recouvre d'un filet la nuit), ils avaient posé leur 12 de Beck's dessus avant de passer la porte l'air carrément triste.

Ben voyons, calvaire, que je m'étais dit, pourquoi qu'ils l'ont pas prise. Moi aussi, si je travaillais des horaires de fou dans une place de crotte comme eux autres, j'aurais le goût de m'en renverser cinq-six dans le gosier avant d'aller me coucher jusqu'à l'heure du souper. C'est pratiquement ce que je fais. Ils avaient pas compris que j'étais de leur bord.

Fait que ça donne peut-être une idée du soin que je mets, moi, dans la protection de la marchandise.

Le génie bleu, il était déjà passé quelques fois quand c'était moi qui travaillais, pis je me doutais bien qu'il volait, mais j'y prêtais pas attention, je le laissais faire.

Je sais pas si c'est malfaisant de ma part, mais j'avais porté attention aux caméras quand les gars pas nets étaient rentrés dans le dep ce soir-là juste parce que je savais comment Ilam était intraitable avec les voleurs, pis j'avais le goût de le voir en action. Parce que je m'emmerde.

13

Ilam a fermé son quart sur sa caisse. J'ai mis mon tiroir à la place du sien et j'ai ouvert mon étui à CD pour trouver de quoi écouter. J'étais en train de mettre un album de Beck dans le radio à côté de la fenêtre quand j'ai vu mon collègue au bout du comptoir, les deux bras le long du corps, qui attendait que je me retourne.

J'ai baissé un peu le volume de la première toune qui commençait et je lui ai souri en m'accotant sur le comptoir.

— Mathieu, est-ce que je peux te demander une faveur ?

— Ben oui, vas-y. Quoi donc ?

— Mon fils a reçu une mention d'excellence cette année à l'école et je voudrais assister à la soirée de remise des prix. Le problème, c'est que c'est demain soir. Je pourrais faire la nuit à ta place, si tu veux.

On est allés au fond, après les fours, à côté du bureau de Stéphane, regarder l'horaire affiché sur le babillard.

— Ça serait demain. Tu vois ? Ici, de quinze heures à vingt-trois heures. J'aurais dû te le demander plus tôt. Mais, vois-tu, mon fils a décidé de nous informer à la dernière minute. Monsieur a attendu que son dernier bulletin arrive par la poste pour nous avertir au lieu de nous en parler à la fin des classes.

Les vendredis, Val et Ilam font tout le shift à deux, de trois à onze. On travaillerait ensemble !

— Ben oui. Pas de trouble, Ilam.

— Si tu veux, je fais la nuit à ta place.

J'ai tout vu ça défiler dans ma tête, comme dans mes rêves les plus fous. Val est surprise de me voir, on se pète un time tout l'après-midi. Gros rush. On a souvent à se contourner pour ouvrir les tiroirs à clopes. Des fois ma fourche frotte ses fesses, d'autres fois ses seins se couchent sur mon épaule quand elle étend le bras pour attraper des batteries AA sur le rack derrière ma tête. Ou des condoms, même. Imagine. En se penchant vers l'intercom, à côté de mon écran, elle colle ses fesses sur ma cuisse pendant qu'elle demande qu'on raccroche le pistolet avant de rentrer payer. Après onze heures, elle va se changer en arrière. Elle me dit de la suivre. Je cours barrer la porte en avant et je file en arrière. Elle s'allonge, elle me prend, elle se retourne, je la prends. Les douze pompes crient pas assez fort pour étouffer nos bêlements amoureux. Ça cogne sur la vitrine mais on s'en fout. Les deux satisfaits, on s'assoit enfin, adossés aux boîtes de carton vides prêtes à être sorties dans le container. Je lui dis des mots doux, le bras autour de son épaule, pendant qu'elle fouille mon cou avec son petit nez rougi. Ah !

Ouais, peut-être qu'après son shift, elle resterait un peu avec moi. Mieux valait jouer safe et garder ma nuit.

— No-non. C'est chill, vraiment. J'ai besoin d'argent de toute manière ces temps-ci.

— Tu es certain ? Tu vas faire seize heures de suite ?

— Oui oui.

— Quel quart aimerais-tu que je prenne à ta place ?

— Hey non, pense pas à ça.

— Non allez, vraiment. Je peux te remplacer la semaine prochaine si tu veux.

— M'kay. Ici mettons ? Mercredi prochain ? j'ai répondu en me disant que ça me couperait ma semaine en deux.

— Ça marche. Ah ! Merci beaucoup, Mathieu. Merci, Ilam m'a dit en se dirigeant vers la porte.

— Y a pas de trouble.

J'ai eu quelques clients dans l'heure qui a suivi. Dont la madame weird qui parlait à son sac à dos. C'était le flux habituel des gens qui finissent la job tard et qui viennent s'acheter deux-trois niaiseries en revenant à la maison. Du lait, de la liqueur, du pain tranché, de la soupe en canne, du gaz, des cigarettes. C'est facile de catcher qu'est-ce que les gens s'en vont faire des fois. Il y a un gars dans la vingtaine qui m'est arrivé à la caisse avec des chips, un sac de Maltesers pis un 2 litres de Coke diète. Je me suis retourné vers le stationnement pendant qu'il entrait son NIP et dans sa voiture une fille avec un coton ouaté rose attendait en soufflant la fumée de sa cigarette par la fenêtre ouverte. Ça s'est loué un film, y a pas d'erreur. Un homme bien peigné, un cardigan en laine de mérinos sur le dos et des mocassins de plaisancier dans les pieds, est rentré ben vite en faisant tinter son trousseau de clefs. Il est arrivé à la caisse avec un deux litres de lait et a estimé que c'était pas la peine de dire bonjour avant de me demander un Du Maurier 20 king size. Sa Visa était noire et il était ben choqué qu'on prenne pas la puce. « Vous devriez, qu'il m'a dit. C'est plus sécuritaire. » Je sais-tu moi crisse. Il est sorti et a décacheté le paquet, a jeté le film de plastique dans la poubelle à côté du cendrier, s'est allumé une clope et l'a fumée au complet avant de rembarquer dans sa Audi A8. Lui, il a des kids pis une femme à la maison qui savent pas qu'il fume. Sûrement qu'il vient de recommencer. Ceux qui sont les plus faciles à cerner quand ils arrivent devant mon comptoir, c'est les petits vieux qui s'achètent une chiée de loterie. Rien. Tu le sais que c'est ça qu'il s'en vont faire à soir. Rien. Écouter *L'union fait la force* pis espérer gratter le million pour un jour écouter *L'union fait la force* à Fort Lauderdale. C'est dull la vie, pis y a des longueurs vers la fin.

Je suis allé me rouler un joint à côté des fours.

Dehors, c'était particulièrement humide. Chaud et humide. Mais pas un nuage dans le ciel. C'est sûr que ça allait péter dans les prochains jours. Ça avait été de même toute la semaine, brûlant et collant.

C'était mon premier joint de la nuit. Il m'a élevé vers une joie pleine de sens et d'espoir.

Crisse que j'aimais ma vie. Demain, enfin, j'allais passer du temps avec Val !

En attendant : la paix, j'avais la putain de sainte paix.

J'ai jeté mon mégot de carton dans le cendrier. Je me suis allumé une clope. Je l'ai fumée en me disant que j'étais à la bonne place, à faire la bonne affaire. Je suis rentré en dedans à la clim pour aller préparer mes pâtisseries.

La différence de température était tellement intense qu'en mettant des cuillerées de mélange à muffin dans mes moules, le nez a commencé à me couler. En me mouchant dans ma manche, j'ai mis des chocolatines, des chaussons et des croissants congelés sur des plaques et j'ai enfourné le tout. C'est fou comment les pâtisseries sont minuscules dans cet état-là, je me disais. À la fin de la cuisson, elles auront sûrement doublé ou même triplé de volume. Quadruplé, peut-être, même ? Non, pas quadruplé… Mmh… Au moins doublé…

Après quelques minutes à méditer, à mesurer et à apprécier en pensée la transformation de la pâte, j'ai cligné des yeux pis brassé ma tête pour reprendre mes esprits. J'ai parti mes fours et j'ai traversé le plancher pour rejoindre le backstore de l'autre côté du magasin. J'ai pris le pad accroché sur un clou au mur en haut de l'évier pour la moppe et je suis allé noter les quantités de boissons sucrées que j'estimais manquantes dans les frigos. De toutes les niaiseries que Stéphane m'avait montrées, c'était pas mal la seule que j'avais adoptée. C'est vrai que ça allait plus vite de noter à peu près ce qui manquait dans les frigos et de s'en remplir un chariot après.

J'ai ouvert des caisses de carton le long du mur et j'ai pris ce qu'il me fallait de bouteilles en accord avec mes notes. J'avais essayé plusieurs ordres dans ma succession de tâches, mais après une couple de semaines ici, j'avais remarqué que le temps qu'il me fallait pour remplir les frigos correspondait pas mal au temps de cuisson des pâtisseries. Quand je finissais mon remplissage, les muffins étaient prêts et il restait cinq-dix minutes au compteur pour le reste.

Le criard d'une pompe a sonné et je suis allé l'activer. C'était une dame avec des mèches dans une Nissan Murano. Elle avait pas l'air ben futée à ouvrir la bouche grand de même pour chiquer sa gomme, mais je l'ai trouvée fine.

J'ai pris une plaque propre et je suis allé sortir les pâtisseries invendues de la journée de leur présentoir. À d'autres dep où j'ai travaillé, on faisait pas d'inventaire de ce qu'on jetait, mais ici, oui. Fouille-moi pourquoi, Steph s'en fout de savoir si tout est réglo côté vente de tabac, mais les muffins, ça, c'est sérieux, mon gars, faut surveiller la courbe de la demande et le poids de nos pertes.

Au début, je touchais à rien de ce qui sortait du four. Déjà à voler des clopes dès que j'en ai eu la chance, je trouvais que je tirais sur l'élastique pas mal.

Mais il y a deux semaines, j'avais fumé un esti de gros joint, plus gros que d'habitude, dans les dernières minutes avant la fin de la cuisson. J'étais blasté raide, plus qu'en ce moment, pis ça sentait le beurre et le sucre à la grandeur quand j'étais rentré de fumer. Les fours avaient sonné et mes oreilles avaient bourdonné. Oh my god, esti que j'ai faim my god, que je m'étais dit en sortant les plaques fumantes des fours. Mais Steph checke l'inventaire, shit de fuck.

J'avais pris une chocolatine.

La pâte jaune luisait et crépitait. Aux extrémités, le chocolat coulait et s'agitait en petites bulles noires. Je l'avais dans mes mains et c'était tellement chaud que j'avais pas pu m'empêcher de souffler dessus.

Esti j'ai soufflé dessus, c'est dégueulasse on peut pas vendre ça. J'avais pris une bouchée… J'ai pris une bouchée ! Ah, shit, j'ai pris une bouchée ! Je l'avais mise de côté et j'étais allé mettre les autres dans le présentoir. Dans un des paniers, il manquait une pâtisserie asteure. Mais ça paraissait-tu ? Ça paraissait-tu parce que *moi* je savais qu'il en manquait une, ou ça paraissait *pour vrai* ? Je m'étais reculé et j'avais regardé le présentoir dans son ensemble. De la buée s'était déposée sur les panneaux de plastique qui protégeaient les paniers. Tout avait l'air ben plein. J'avais décidé que ça paraissait pas. Ça avait grouillé dans mon ventre, et quand j'étais revenu vers le plateau de croissants qui refroidissaient sur le comptoir, j'avais repris la chocolatine à deux mains et je l'avais enfoncée dans ma face. C'était chaud et sucré et feuilleté et gras et délicieux. Le high de mon joint avait pogné un esti de plateau le fun. Mais mon ventre voulait s'y rendre aussi. Ça serrait et ça tordait en dedans. Quelque chose s'était réveillé. Ça allait pas être assez, ça. J'avais mis mon doigt sur la surface d'un croissant et un peu d'air s'en était échappé. Le croissant s'était affaissé pis j'aurais juré l'avoir entendu siffler. Je l'avais mis dans ma face lui avec. J'avais les lèvres luisantes de beurre. J'en avais pris un deuxième. Je lui avais fait connaître le même sort. En calant mon restant de café froid pour me nettoyer la bouche, j'avais réalisé ce que je venais de faire. Esti d'esti, je capotais. M'as me faire crisser dehors, c'est ben simple, c'est fini, au revoir. Il allait voir que j'avais volé en comparant la feuille d'inventaire pis les factures.

Mais, finalement, dans les jours d'après, j'en avais pas entendu parler. J'avais pris ça comme une autorisation.

Je sais pas pourquoi, mais les pâtisseries, c'est la seule affaire qui me stressait encore un peu. Je m'étais comme persuadé que je m'étais pas fait pogner cette fois-là parce que j'avais été mardeux. Peut-être que c'était juste un adon qu'il ait pas particulièrement porté attention à la concordance entre les ventes et les pertes, le lendemain de cette nuit-là. Ça fait que si je voulais continuer, je m'étais dit, il fallait que je trouve un système. Je me demandais comment j'allais arranger mon décompte sur ma feuille pour pas que ça paraisse que je mangeais au moins deux pâtisseries à toutes les nuits. Faut-tu que j'en enlève une sur la feuille d'hier? Ou c'est l'inverse? Faut-tu que je me rappelle, le lendemain, combien j'en ai mangé la veille? Pis que j'ajuste pour *hier* la feuille de *demain*? Je savais plus, ça me fourrait. Ça me fourrait d'autant plus que les seuls moments où j'essayais de régler ce problème-là, c'était au milieu de la nuit quand j'étais gelé comme une balle pis affamé comme un chien. La solution la plus simple que j'avais trouvée, c'était d'écrire n'importe quoi. De toute manière, après avoir noté l'over de la veille, mon boss m'avait dit, comme si ça avait du sens, de tout foutre ça à la poubelle pour seulement lui laisser la feuille. Et puis comme c'est moi qui sors les vidanges dans le container… Ça, ça s'appelle ciao bye, bonne chance pour me pincer preuves à l'appui.

La Nissan Murano a sonné et je suis allé lui ouvrir. Elle était effectivement ben fine, même si les gros bruits de salive de sa gomme à mâcher m'écœuraient un peu. Elle a payé son gaz et son paquet de Benson & Hedges superslim. Quand elle est ressortie, après un beau ba-bye, je suis allé me servir une tasse de café pour vider la carafe de Colombien.

Les fours ont sonné et j'ai sorti les plaques. Je me suis mis une chocolatine et un croissant de côté sur une napkin derrière le comptoir et je suis allé placer le reste dans le présentoir. Ça sentait assez bon, laisse-moi te dire une affaire. C'est de valeur. Il y a rien que les gens de dep qui savent que les pâtisseries de dep c'est bon en esti. Mais c'est bon rien qu'une demi-heure, quand c'est encore chaud. Pis cette demi-heure-là, elle se trouve quelque part entre minuit et deux heures du matin, ça va dépendre des places. Pis qui c'est qui se prend un muffin aux bleuets à une heure du matin ? Ouais, c'est vraiment de valeur. C'est tout un pan de la gastronomie qui se joue la nuit, dans un secret connu seulement d'une masse dispersée de travailleurs solitaires en polos lustrés.

J'ai jeté les pâtisseries d'hier dans la poubelle à côté de l'évier, j'ai noué le sac et je me suis installé devant ma feuille d'inventaire en sirotant mon vieux café. Ça, frais ou non, chaud ou froid, je m'en fous, du café de marde, c'est du café de marde. Le truc pour que ma fraude de pâtisseries passe pour un vrai décompte, c'est que je regarde quand même à peu près combien il en reste, mais sans compter exactement. Je fais pas trop d'efforts pour me rappeler des chiffres, mais un petit peu quand même, et je jette les vieilles viennoiseries dès le début pour m'enlever le droit de double check. Juste après, je remplis les colonnes de mémoire. J'arrive sûrement jamais bien loin du compte réel. C'est sûr que c'est vraisemblable mon affaire, pis ça me permet de sauver au moins quatre-cinq piastres de bouffe par nuit. Quatre-cinq piastres, ça a l'air de rien, mais ça vaut une demi-heure d'ouvrage.

On ajoute un paquet de clopes à 6 $. Pis mettons une palette de chocolat à 1,20 $. Deux sandwichs en triangle à 4,50 $ chaque, fait que 9 $. Une soupe Gattuso : 1,50 $. Peut-être un sac de jujubes à 1,75 $ pis un beef jerky à 1,20 $: disons 3 $.

Donc si je calcule ça fait 6 + 1,20 = 7,20. 7,20 + 9 = 16,20. Plus 3 $ comme on a dit, donc 19,20. Mais là-dessus je compte pas la taxe depuis tantôt fait qu'on va dire 22 $ pour arrondir. Mettons un soir où je mange juste deux pâtisseries à 1,75 chaque, donc 3,50, en tout ça fait 25,50. Vingt-cinq piastres qui me seraient coupées de ma paye quotidienne s'il fallait que je dépense pour ces affaires-là ! Non mais hey, c'est quasiment trois heures d'ouvrage ça. Le salaire minimum est à 8 $, ça fait que oui ! Dans le fond c'est presque précisément trois heures d'ouvrage. À toutes les nuits. Presque la moitié de mon shift qui passerait là-dedans. Je suis pas cave. J'ai beau pas être syndiqué, j'ai quand même des avantages sociaux.

Le temps est long par bouts ici, par exemple, surtout quand je pogne mes down. Il y a des demi-heures entre l'ivresse d'un joint qui disparaît et le prochain que je roule où j'ai le temps de contempler ce qui va pas. J'en ai déjà parlé, je sais, mais ça revient à chaque fois : je repense à Mathilde, à Val que j'ai pas l'occasion de côtoyer assez à mon goût, pis aussi à mes amis du secondaire que je vois pu ben ben. Qui passent un été complètement différent du mien, qui se font des chillings où je peux jamais aller parce que je suis ici cinq nuits par semaine. Je pense même à l'école, à ce qui m'attend l'an prochain au cégep. Penser à l'école au mois de juillet, c'est dire comment je peux venir down… C'est qu'il y a pas grand monde pour me changer les idées.

14

Dom passe me voir des fois, au moins. Comme ce soir-là.

Je reconnaîtrais entre mille les phares de sa Mazda Protegé. J'étais en train de fumer une tope dehors et je l'ai vue arriver au bout du boulevard, éclairant plus fort à gauche qu'à droite et d'une manière globalement moins brillante que la majorité des chars sur la route. C'est parce que les verres protecteurs sont tout grafignés. Je sais pas comment il a fait ça. Je pense que c'était de même quand il l'a achetée.

On en a fait, des tours, dans sa Mazda. Il y a pas un stationnement de la Rive-Sud qu'on a pas visité pour se faire des petites bourrées dans sa pipe, fumer un joint tranquille ou hotboxer son char. L'arrière du Provigo sur de Mortagne. La cour intérieure de la polyvalente. Au IKEA, à regarder les chars passer sur la 20. Juste avant Varennes, au bord de l'eau, le terrain en gravier au pied de l'immense pylône électrique qui tend ses câbles par-dessus le fleuve jusqu'aux raffineries de l'est de Montréal. Les innombrables stationnements des shops du quartier industriel, où on allait faire des beignes dans la neige l'hiver (il m'a même laissé conduire une couple de fois, ça m'a quasiment donné le goût de passer mon permis). Le stationnement à étages, étrangement dépourvu de guérite, juste à l'extrémité de la ville, près du golf avant Longueuil. Le McDo sur le bord de la 132, où l'été passé c'était le party à chaque soir, au grand malheur des employés qui pouvaient rien faire pour chasser les dizaines de jeunes qui se massaient là comme des effrontés à fumer au bong pis à boire des 24. Quand on savait pas quoi faire, Dom pis moi, on allait faire un tour là-bas, il y avait toujours du monde. Ils ont réglé le problème cette année, ils ont juste pas remis le mobilier extérieur quand le printemps est revenu. Et puis les petits centres d'achats, les écoles primaires, les centres sportifs, les caisses populaires. Souvent aussi les parkings des Belle Province, où on botchait un dernier joint avant d'aller s'enfiler une couple de hot-dogs pis de rentrer se coucher.

Et puis avant la Mazda, c'était en vélo que je parcourais la ville. L'été il y a deux ans, avant que je devienne chum avec Dom, Simon et moi on a visité si souvent chacun des parcs de Boucherville que je pourrais les dessiner de mémoire. Tous les modules de tous les terrains de jeux pour enfants. On avait nos préférés. Les meilleurs, c'est ceux loin de la rue, ou qui ont des structures avec des murs, comme ça la police voit rien quand bien même elle passerait juste en face. On aimait ben les petites maisonnettes pour les kids avec des tables et des banquettes, où on peut s'asseoir les genoux collés au ventre et installer notre matériel de party. Mais le meilleur des meilleurs, c'était le bateau pirate sur du Perche. Un bateau en bois gros comme une tente-roulotte, planté dans le sable, où on s'installait avec d'autres chums pour la soirée. Après avoir glandé sur le bord d'un dep jusqu'à ce que quelqu'un nous sorte des clopes et de l'alcool, on installait notre caisse de Black Label sur la table du capitaine, pis le Motorola Razr de Simon avec son petit speaker Bluetooth pour mettre des tounes.

Mais pas cet été. Ça non. Cet été, je croupis dans mon dep à la semaine longue. Pis le week-end, quand je pourrais enfin chiller, Dom est souvent à Montréal chez ses amis du cégep qui ont des apparts. Pis les parents de Simon ont déménagé à Varennes cet hiver. Au moins, Dom passe me voir sur mes shifts.

Je trouve pas ça *si* dull que ça. Mais c'est pas comme avant mettons. C'est différent. Si j'avais une blonde, au moins, je me sentirais moins isolé. Mais comment c'est qu'on fait pour rencontrer quelqu'un avec un horaire de débile comme le mien ?

Pas étonnant que Mathilde et moi ça ait échoué, je me disais. Quand est-ce qu'on se serait vus ? Je veux ben faire des efforts, mais là, je peux pas faire de miracles. C'est pour ça que Val et moi, ça faisait juste du sens. C'est sûr que dès qu'elle comprendrait ça, elle voudrait qu'on se mette ensemble. C'est logique, là. Ça serait la meilleure solution pour nous deux. Pour elle autant que moi, certain. Mais en attendant… Ça avançait pas ben vite mon affaire. C'est tough de faire un move quand t'as quinze minutes entre deux shifts, pis que ce quinze minutes-là t'es planté à côté de quelqu'un qui s'occupe d'un line up de fou.

Mais enfin ! Enfin demain j'allais avoir un shift avec elle !

Dom a parqué sa Mazda en avant de moi. Il a donné plusieurs coups rapides sur le klaxon et a fait un appel de phares. J'ai ri. Limp Bizkit jouait dans le tapis. La voix de Fred Durst répétait « Rollin' rollin' rollin' ». Quand il a éteint son moteur, j'ai remarqué qu'il était accompagné. Les portières se sont ouvertes pis j'ai vu que la personne avec Dom, c'était une fille. Elle m'a souri en sortant de la voiture. Une fille ! Ayoye. Crisse qu'il est fort Dom, que je me suis dit.

— Hey le pompiste !

— Salut man.

— Tabarouette le gros, t'à veille de fermer, toé, t'as déjà baissé les stores, checke-moi ça, ces p'tits yeux-là, qu'il a dit en me pointant et en se tournant vers son amie.

— Haha ouais. C'est parce que je n'ai fumé un gros y a genre une demi-heure, c'pour ça, j'ai répondu fièrement.

— Tente-tu d'en fumer un autre ?

— Ouais sure.

— Faut juste j'aille pisser avant.

— Pas de trouble.

Je lui ai débarré la porte d'entrée et je me suis allumé une nouvelle clope. J'ai réalisé avec effroi que j'allais être tout seul avec la fille tout le temps que Dom allait prendre pour pisser. Esti.

Dom a ouvert la porte du dep dans mon dos.

— Crisse Math, c'est barré. Envoye, je vais me pisser dins culottes !

— Oh shit scuse.

Ma clope posée en équilibre sur le bord de la fenêtre, je suis entré et Dom a bifurqué à droite. Fallait-tu que je lui tienne la porte ouverte elle aussi ? Elle allait tu rentrer ? Elle s'était pas tournée vers nous. J'ai laissé aller la porte en la regardant. Ses épaules montaient et descendaient. On aurait dit qu'elle riait. Mais ça avait pas l'air d'être à propos de quoi que ce soit qui se passait en ce moment. Si c'est sa blonde, je comprends pas qu'il m'en ait pas parlé avant. J'espère que mon été enfermé ici va pas nous éloigner.

J'ai entendu la clenche de la porte des toilettes cogner dans sa gâche.

— Dude !

— Oui oui, minute.

J'ai lâché la porte d'entrée et je suis allé derrière mon comptoir appuyer sur le bouton qui débarre celle de la toilette.

Dehors, la fille avançait sur une ligne jaune par terre, en posant un pied droit devant l'autre comme un funambule. Elle est donc ben buzzée coudonc.

Une toune s'est terminée et des notes de piano ont jailli du lecteur CD posé à côté de ma caisse. Que c'est que j'avais mis, donc ? Ah oui, une compil de blues de Ray Charles. Ouache, ils allaient me trouver quétaine. J'ai ouvert le couvercle du radio et j'ai remis le CD dans mon étui à zipper. Nirvana, The Strokes, The Roots, un live des Ramones pas écoutable, Jean Leloup, *Big Shiny Tunes 11*, The Doors. Ouais, The Doors, c'est une bonne idée ouais, ça va mettre la bonne ambiance dans place. Quelle chance, quand même, pouvoir mettre sa musique. Hey, j'ai travaillé à une place il y a deux ans, un Ultramar, où le contrôle des speakers était dans le bureau de la boss. J'avais expliqué à ma gérante qu'asteure je pourrais réciter les paroles de *Saskatchewan* ou ben des *Étoiles filantes*, à l'envers, sur l'air de *Vive le vent* ou de *Pète pis répète* si on me mettait au défi, pis que c'était pas normal, ça. Elle avait accepté d'éteindre la radio quand elle partait. Mais, évidemment, des fois elle oubliait, pis j'étais pogné à écouter K. Maro, Jonathan Painchaud, Pascale Picard pis Dumas pendant huit heures de temps. Les pires, c'est les Couche-Tard. Couche-Tard, c'est vraiment des hosties pour plein de raisons, ne serait-ce que pour le nombre de clients mystères qu'ils envoient pour faire chier les caissiers, mais surtout à cause de Radio Couche-Tard. Entre quinze minutes de Radio Couche-Tard ou une quinzaine de coups de poing dans gorge, pour vrai la réponse est pas *si* évidente que ça. Mais dans tous les Pétro que j'ai faits, c'est DJ privé à longueur de journée.

Juste comme Morrison commençait à chanter, le téléphone a sonné. C'est mon boss, que je me suis dit. C'est le seul qui appelle jamais ici. Surtout à cette heure-là. Il fait des check up des fois. C'est fatigant, mais au moins il se fâche pas quand ça répond pas. Il le sait qu'un gars de nuit ça se promène partout pis ça va souvent s'enfermer derrière les frigos à coups de vingt minutes. J'ai baissé le volume et j'ai décroché.

— Pétro-Canada.

— Oui salut, hum… Ça va bien?

— Oui ?

— Ouiii…

— Je peux-tu vous aider ?

C'était pas mon boss, mais une espèce de voix traînante. La voix a gémi et a émis un bref rire nerveux. Elle a continué.

— Hum. Marc ? Marc ?

— Y a pas de Marc ici, monsieur.

— Mais je suis bien au Pétro-Canada ?

— Oui.

— T'es pas Marc ? Marc, arrête de niaiser, mon coquin. C'est-tu toi ?

Marc ? Peut-être qu'il voulait parler du gars de nuit avant moi. Je l'avais jamais rencontré, ce gars-là. C'était mon gérant et Ilam qui faisaient les shifts pour assurer l'intérim quand j'avais été embauché. Je savais pas depuis combien de temps il était parti.

— Y a pas de Marc. Je pense que c'est un mauvais numéro.

— Oui, mais je suis bien au Pétro-Canada.

— Oui oui.

— Bon, qu'il a conclu sur le ton d'une preuve bien faite.

Je savais pas trop quoi lui dire. Il a continué.

— Bon ben c'est ça. Marc ? C'était-tu Marc son nom ? Peut-être pas Marc… Martin ?

— Non, pas de Martin non plus, monsieur.

Il a gémi à nouveau. Un peu comme un vieillard qui a des brûlements d'estomac. Mais la voix sonnait pas vieille. Ben, c'est-à-dire : plus vieille que la mienne. C'était un adulte, là, c'est sûr. Mais pas vieille-vieille, t'sais. Entre-temps, l'amie de Dom avait sonné à la porte et j'avais appuyé sur le bouton pour la laisser entrer. Elle était devant le rack tournant de lunettes de soleil maintenant. Elle en essayait et se regardait dans le petit miroir accroché au sommet du présentoir. Dom est sorti de la salle de bain. Il avait de quoi de différent sous les néons de même et j'ai réalisé que c'est parce qu'on voyait son visage au complet. D'habitude, il avait les cheveux qui lui tombaient un peu dans face comme moi, mais là ils étaient aplatis vers l'arrière. Il ressemblait un peu à Sheldon Souray. C'était pas laid, mais ça faisait plus douchebag que d'habitude. Ça devait être son amie qui lui avait dit de se les arranger de même. Elle s'est tournée avec au visage des lunettes de soleil très grosses et rondes. Dom a pincé les lèvres en haussant un sourcil et a levé les bras en marchant vers elle. Ils se sont frenchés. OK, bon, c'était peut-être pas l'*amie* de Dom d'abord. Faut croire que c'est sa blonde. Câline. Dom a une blonde. Déjà qu'on se voit à peine ces temps-ci, quand est-ce qu'on va trouver le temps asteure?

— Mais peut-être que toi tu peux m'aider. C'est quoi ton nom?

J'avais un peu abaissé le combiné vers mon menton et j'écoutais plus. Je l'ai remonté sur mon oreille.

— Hein?

— ... ton nom?

— Non, c'est ça, monsieur. Je suis désolé, ça doit être un autre Pétro-Canada. Y a pas de Marc ici.

— Hum...

— Je regrette. Au revoir.

J'ai raccroché. J'avais été poli. J'avais été poli, non? Ben oui, j'avais été poli. Méchant perdu.

— C'était qui?

— Je sais pas, un mauvais numéro.

— Tu veux-tu que je roule?

— No-non, je peux le faire. J'ai mon stock en arrière. Tu veux-tu cut?

— Ouais, tiens.

Il a sorti de sa poche une boîte de menthes en métal dans laquelle il y avait une couple de cocottes. Il en a brisé une en deux et m'a donné la moitié.

— Je te prends des Skittles, OK ?

— Ouais, vas-y, j'ai rien vu. Mais mange-les dehors, s'te plaît.

Je suis allé m'installer plus loin sur le comptoir à côté des fours.

De la poche avant de mon sac à dos, là où je mets toutes les petites bébelles que je veux pas perdre dans la grosse poche, j'ai pris ma boîte à crayons de cire, en métal comme celle de Dom, dans laquelle je garde mon weed. L'envers du couvercle est plein de petits picots orange, des brûlures des cigarettes avec lesquelles je me suis taqué des plombs.

Dans le fond de la boîte, il me restait une belle cocotte d'un gramme et la moitié d'une autre. Il était encore tôt. J'en apportais trois comme ça à chaque soir. J'ai comprimé la demi-cocotte entre mes doigts au-dessus du couvercle et elle s'est émiettée comme une pincée de sel.

Depuis que j'ai cette job-là à temps plein, j'ai un peu plus d'argent et je me suis mis à acheter mon weed à coup d'onces. Je garde tout ça à la maison dans un pot de tabac à rouler. En plus d'économiser en achetant en plus grande quantité, j'ai enfin le temps de faire sécher mon weed. C'est super facile de l'égrainer, même pas besoin d'une grindeuse. Y a rien de plus chiant qu'acheter une petite crisse de dime toute mouillée à un dealer qui te passe les boutes de branches qu'il a coupés sur son plant une heure avant d'embarquer dans son char pis d'aller faire sa run. Même dans une égraineuse ça voudra pas se défaire, ça prend des ciseaux. Pis bonne chance pour allumer ça si tu mets pas au moins autant de tabac que de pot dans ton batte, tellement c'est gommant. Mais je suis content du weed que j'ai ces temps-ci. J'appelle mon dealer chaque week-end. Je suis une source de revenus fiable pour ce gars-là, 105 piastres qui rentrent dans ses poches à tous les dimanches. Je pensais à ça en défaisant tranquillement les cocottes, le pot de Dom aussi s'égrainait bien. C'était pas le même par exemple, même si on achète au même gars. Ça avait l'air d'être du kush. Il était orange aux extrémités, alors que le mien est vert foncé et plus pâle sur les bords. Du M39 ben ordinaire, rien de fancy, mais c'est le meilleur deal que mon gars me fait. Sûrement du out, j'y ai jamais demandé.

J'ai mis un peu de tabac dans mon mix, j'ai tiré deux papiers à rouler du paquet et j'ai mouillé la moitié de la bande d'une des feuilles. Je l'ai collée perpendiculairement à l'extrémité de l'autre pour faire un L. J'ai sorti mes topes de ma poche et j'ai déchiré un morceau du paquet. Les deux languettes sur les côtés, parallèles aux clopes, ça fait des bons cuts. Le morceau de carton replié deux fois en accordéon, je l'ai enroulé sur lui-même, puis je l'ai mordillé un peu pour qu'il prenne une forme plus cylindrique.

En tapotant avec mon index sur mon case en métal, j'ai vidé le weed émietté dans ma paume. Après avoir posé le L, les faces autocollantes vers le bas, sur le petit tas que j'avais dans le creux de ma main, j'ai pressé ma paume libre bien à plat sur l'autre et, d'un mouvement rapide, j'ai retourné mes deux mains en même temps. J'ai levé la main du dessus. Pas pire, que je me suis dit. Le pot était presque tout déjà logé dans le périmètre de mon L. Je l'ai étalé le long du pli central. À l'extrémité, j'ai mis mon filtre. J'ai replié le pape sur lui-même, en commençant par pincer autour du filtre, avec mes deux pouces et mes deux index à la fois. Je me suis mis à donner des quarts de tour à l'ouvrage au complet, m'arrêtant des fois pour m'assurer qu'il y ait pas de faux plis. Une fois l'affaire bien conique à mon goût, j'ai léché les bandes autocollantes des deux papiers et j'ai scellé le tout. Il restait du papier vide au bout que j'ai pincé et froissé. En tenant la mince extrémité, j'ai fouetté l'air avec le batte. Le mouvement a achevé de compacter le pot plus près du filtre. J'ai arraché l'excédent de papier avec mes dents et j'ai mis le joint sur mon oreille.

La manœuvre au grand complet avait pas dû me prendre plus que quarante-cinq secondes. Ouais je sais, je roule vite.

Dom et son amie (ou sa blonde, je savais plus) m'attendaient dehors. Les deux étendaient les mains loin de leurs corps, face vers le sol. OK, c'est pas juste elle qui est défoncée. Combien de battes qu'ils ont fumé eux autres ?

— Ouais, on dirait ouais… disait la fille. Ah ouais ! Oui ! Oui ! Je le sens là !

— Tu vois ! Tu vois ce que je veux dire !

— Oh my god wow…

Elle a ouvert les yeux et a regardé autour avec l'air d'avoir vu le messie.

— Pis le jour, la vibe est complètement inversée, Dom a dit. C'est comme si c'était le monde à l'envers.

— Oui trop.

— On dirait que ça prend ce silence-là, la nuit, pour qu'on sente de quoi.

— Vraiment. Qu'y ait pas de chars ça aide, surtout, j'imagine.

Je comprenais rien…

— Pis c'est bizarre, à Montréal, même si y a des parcs, j'ai jamais eu ce feeling-là. Pis y en a beaucoup des parcs quand même. C'est weird. Pis des arbres. Peut-être que c'est qu'il y a juste vraiment, vraiment trop de béton pis d'asphalte pis de buildings, justement.

— Je sais pas si c'est juste le high, mais je le sens pour vrai.

— Avoue hein. Non mais, c'est ça, faut juste être réceptif. Pis demain dans le jour, essaye d'être à l'écoute. De viber. Tu vas voir comment c'est différent.

… rien pantoute.

— C'est vrai qu'à Montréal, je me suis jamais sentie de même. À part genre au mont Royal.

— Ouais, mais le mont Royal, c'est une grosse grosse patch de vert, là. Checke autour, qu'il a continué en pointant le terrain vague qui menait au chemin de fer, derrière lequel on apercevait le cinéma et le gros resto-bar collé dessus. Tu vois le combat icitte? Béton, patch de vert, béton, patch. C'est genre ça, à l'infini.

J'ai mis le joint dans ma bouche pour l'enduire de salive et je l'ai allumé en faisant ben attention de tenir la flamme de mon briquet juste assez loin pour qu'elle lèche à peine la pointe du papier. Y a rien de pire qu'un side burn, pis si tu startes mal ton batte, tu vas en avoir un c'est garanti. Avec une grosse puff dans les poumons, j'ai eu le goût de participer à la conversation. Je catchais vraiment pas de quoi ils parlaient, mais j'espérais que c'était ça. De toute façon, si je commençais ma phrase en retenant mon souffle pis en expirant de la fumée après quelques mots, ça allait me donner une contenance, pis c'était sûr que j'allais avoir l'air cool.

— On est genre… comme… à l'avant-poste. Genre des colons. Des colons de la ville qui viennent gruger la nature.

— Exact! Dom a répondu.

Yes, j'étais tellement content qu'il soit d'accord. Je lui ai passé le joint et il a continué.

— Pis y a de quoi de triste pis beau en même temps. Le monde à Montréal, ils viennent après le combat. Ils ont gagné la guerre. Mais nous autres ici en banlieue, on est en plein dedans. On a les deux mondes.

J'étais dans la conversation, c'était au moins ça. Pas sûr encore du sujet, mais bon.

— Ayoye oui, que la fille a répondu. Je sais pas comment je me sens par rapport à ça, elle a continué en ricanant, l'air désolé. Mais c'est tellement triste pareil. La nature, les animaux pis toute.

— Pas tant si tu y penses. Pas tant… Je veux dire. Y a des façons de vivre avec. Nietzsche, y dit une affaire, là. Y dit : amor fati. Ça veut dire aimer le fait. Ou aimer le faire. Aimer ce qui existe, je pense. En tout cas. Parce qu'on peut pas le contrôler. Ce qui existe, je veux dire. Pis moi, je trouve que c'est une bonne façon de voir le monde par rapport à nous. Dans la vie, ce que tu peux pas contrôler, tu fais juste let go. Pis t'enjoy. C'est genre nihiliste. Mais le nihilisme, c'est pas nécessairement la mort, là. C'est ça que j'ai catché. C'est que c'est aussi une façon d'accepter les choses.

C'est ça ! je me suis dit. C'est ce savoir-là que j'avais hâte d'aller chercher au cégep !

— D'être en paix, genre ? que j'ai continué.

— Ouais, cent pour cent, que Dom a répondu.

— Oh my god ça buzze donc ben ! Haha.

Après avoir éclaté de rire, la fille m'a repassé le joint en s'étouffant. Elle toussait gras.

— C'est peut-être parce que j'ai mis du piece tab.

— Ah c'est ça. Je fume pas la clope moi. Wou j'ai la tête qui tourne.

— Scuse j'ai pas pensé.

Dom nous regardait tour à tour avec un sourire en coin. D'un coup, il a levé les sourcils et a reculé un peu la tête. Il est parti à rire.

— Hey ayoye je vous ai même pas présentés.

Bon enfin, crisse.

— C'est ben trop vrai, la fille a renchéri en atteignant une note très haute à la fin de sa phrase.

Elle a toussé encore un peu et m'a regardé comme si elle venait de prendre conscience que j'étais flambant nu, puis elle a éclaté de rire. J'ai ri un peu et j'ai dit que ben oui, je savais même pas comment elle s'appelait. Jade, son nom. Je lui ai dit le mien.

— On aurait-tu eu l'air niaiseux la prochaine fois qu'on se serait vus, elle a dit.

— C'est clair. Vous vous connaissez-tu du cégep ?

— Ouais.

— Cool.

— Vous avez faite quoi à soir ?

Les deux ont pas répondu tout de suite. J'étais comme, voyons j'ai-tu dit de quoi ? Je commençais à me sentir mal. Ils regardaient dans le vide. Dom a fini par lever la tête et lâcher un « Ah ! ». Il s'est tourné vers Jade.

— Jade !

Il la regardait avec une face d'évidence, comme quand tu joues à la boulette pis que tes coéquipiers comprennent pas que tu mimes l'affaire la plus simple au monde, genre soleil ou pompier, maison ou maman, ou bedon épluchette de blé d'Inde, pendant que le temps file.

— Le gars sur l'acide, Dom lui a dit.

— Ah oui !

— Voyons que j'ai eu un blanc de même.

— Je sais moi aussi, my god.

Les deux ont éclaté de rire. Sont peut-être sur l'acide ?

— Hey, y était-tu bizarre, ce gars-là.

— Je sais ! Jamais vu un gars perdu de même !

Je riais un peu moi aussi, mais par peur de pas être dans le coup. Je pouvais pas croire qu'ils étaient sur l'acide. Un soir de semaine random de même, ça serait intense un peu. Dom a dit à Jade qu'il fallait qu'il me conte ça.

15

— On est allés chez un de mes chums à Montréal, y reste au métro Frontenac. C'est crap, man, dans ce coin-là. Mais leur appart est sick. Genre, y a un de ses colocs qui fait pousser du weed dans des tentes dans sa chambre, pis on peut même dessiner sur les murs. Y a des gros dessins qu'on a faits quand on a pris de la MD l'autre fois. En tout cas, c'est sick. Là on arrive, pis y a un gars qu'on avait jamais vu. Fucking smatte le gars. Mais tellement brûlé man. J'ai jamais vu ça. Y est un peu plus vieux, y doit avoir 24, 25, quelque chose de même. Tu y dis n'importe quoi, man : salut, ton nom, que tu t'en vas pisser, que t'aimes les baleines, n'importe quoi, y part à rire. Là on jase, toute, y avait une petite gang, pis on se disait qu'on devrait faire de la MD en fin de semaine. Pis là, on se dit que dans le fond, on devrait faire du mush, vu que ça fait longtemps.

— Ah ouais, vous allez faire du mush ?

Les deux se sont regardés et sont partis à rire. OK, peut-être qu'ils étaient sur le mush, dans le fond.

— Ouais, samedi sûrement.

— Chez c'te gars-là ?

— Non, une autre place. À Bouch. C'est un party chez une amie à Jade.

— Cool.

Je me suis tourné vers Jade en souriant. Est-ce qu'elle allait m'inviter ? Son regard est resté fixé sur Dom. Non ? Ben tant pis, coudonc.

— Fait que là. L'ami du gars chez qui on était, le gars qui rit à rien, y nous dit qu'y en a du mush pis qu'y en vend. J'y demande si y est bon. Y me dit que ouais. Ç'a d'l'air, qu'y dit. C'est ça qu'on m'a dit, qu'y dit. Pis y part à rire encore. Je catchais pas. J'étais comme, crisse, y va-tu m'empoisonner, lui ? Je le trouve comme brûlé, fait que j'y demande s'y en a fait à soir. Mais y me dit qu'y en fait pus depuis longtemps. Y fume juste du weed. Mais j'étais genre : ce gars-là est *pas* juste sur le weed. Im-pos-sible. Y avait l'air tellement parti. Y parlait comme quelqu'un qui parle dans son sommeil genre. Hey man, y portait des lunettes 3D, pour te donner une idée ! T'sais les lunettes de cinéma, avec un verre rouge pis l'autre bleu ? Y les a pas enlevées de la soirée. J'y ai demandé pourquoi y faisait pus de mush, pis y m'a dit qu'y est tout le temps buzzé naturel. Je catchais pas. Le monde qui disent des affaires de même, d'habitude, c'est genre des téteux, là. T'sais des estis de crampes comme… comme Antoine Carignan mettons.

Je suis parti à rire. Ayoye. Antoine Carignan… Crisse, ça faisait longtemps j'avais pas pensé à ce gars-là. Quelle crampe, ce gars-là, ouais. Dom s'est tourné vers Jade.

— C'est un gars de mon secondaire. Mathieu sait c'est qui. Un esti de téteux. Un genre de straight edge qui répète sans arrêt qu'y boit pas pis qu'y fume pas, pis y se trouve donc ben supérieur à cause de ça. Y dit des affaires cringe comme qu'y est high on life. En tout cas, que Dom a continué à mon intention. Mais c'est ça, le gars, là, y m'a expliqué que de l'âge de 15 ans à genre 20 ans, y a fait de l'acide à tous les jours. À tous les jours, man !

— Tabarnac.

— Ouais, pis là y me dit ça, pis y me dit qu'asteure y est tout le temps défoncé. J'y ai demandé de me décrire ce que ça faisait. Y a dit qu'y voyait des affaires bouger pis les couleurs changer.

— C'est ben sketch.

— Ouais, sont un peu pookie, cette gang-là. Fait que là, y m'explique ça. Pis y me dit que le mush, ça y fait rien.

— Hey, ça doit être badtrippant. Lui, sa vie est finie.

— Mets-en. J'y ai demandé si je pouvais y acheter du mush. Pis y a dit ouais, qu'on pourrait passer chez eux tantôt. Plus tard, on arrive chez eux, devant un bloc. Là, on rentre au rez-de-chaussée. C'est un appart correct, un peu crap, mais fucking grand. Y avait une couple de gars qui gamaient dans le salon. On traverse l'appart. On sort dehors par en arrière. Pis là on voit dans le fond de la cour qu'y a une petite roulotte. T'sais les petites roulottes que t'accroches en arrière d'un pick up pis ça dépasse quasiment pas en arrière du truck. La roulotte est plantée là dans le fond de la cour. Mais pas sur un pick up. Juste posée sur quatre grosses perches en métal. Y ouvre la porte pis le gars a son lit dans le fond, deux-trois armoires, une couple de patentes dans des sacs d'épicerie, pis sur une des surfaces, là, des genre de petits comptoirs, il a sa PS2 pis une petite télé.

— C'était nice ! Jade a dit.

— Ouais, c'était moins pire que tu penses, pour vrai.

Les deux ont arrêté de parler. Dom me regardait l'air incrédule, un gros sourire dans la face. Après un moment, il a froncé les sourcils. Il avait l'air mêlé un peu. Ça devait être le mush. Le mush ou l'acide ? Ou juste le pot ? Je savais plus.

— Voyons. Que c'est je disais ?

OK non, c'est sûr qu'ils sont sur le mush.

— La roulotte du gars, j'ai répondu.

— Ah, oui, c'est ça ! Fait que là on y achète du mush. Mais peut-être que tu vas nous trouver wack dans le fond…

— Hey, c'est tellement pas si grave, Jade a dit. Penses-tu qu'il va s'en rendre compte ?

— Non, mais c'est pas ça le point. C'est juste un peu wack. Y est perdu ce gars-là.

— Ouin.

— So on s'en va pour lui acheter du mush. Mais le gars a pas sa balance. Y nous dit qu'y revient pis y retourne en dedans. Y nous laisse assis sur son lit avec un gros sac d'épicerie plein de mush. Y en avait vraiment beaucoup. Je sais pas combien ça pèse du mush, mais mettons imagine dix onces de pot, mais transforme ça en champignons, pis c'était ça.

— Sacrament.

— Ouais.

— En avez-vous piqué ?

— Ben oui man.

— C'est clair.

— Mais le gars revenait pas, tu catches ? C'était long là. Mais genre fucking long. Sa PS2 était ouverte avec Crash Bandicoot dessus. J'ai eu le temps d'y passer deux niveaux. Fait qu'en jouant je checkais Jade pis de temps en temps je prenais un petit champignon, rien qu'un à la fois, pis je le mettais dans la poche de mon hoodie.

— Pis y en avez-vous acheté ?

— Oui oui quand même. Y a fini par revenir. Quand y est revenu, y a vu le sac de mush pis y a froncé les sourcils. Mais on l'avait déplacé comme un peu plus loin sur le lit, pour qu'y pense qu'on l'aurait peut-être pas vu. Y a rien dit.

— Hey y a l'air brûlé ce gars-là.

— Brûlé, tu dis ? Pour vrai, j'ai jamais vu ça. En plus, si y est dealer… Je sais pas comment y fait. C'est un miracle qu'y soit encore en vie. Tout le temps défoncé sur l'acide de même. Genre, juste traverser la rue ça doit être un esti de gamble à chaque fois. Ça a l'air cool, là, mais c'est pas cool, man, être dealer dans le fond. Genre Eddy, là… notre dealer, qu'il a ajouté en se tournant vers Jade. Eddy, y s'est fait fucking cocktail molotov son char l'année passée.

— Hein, tu sérieux ?

— Je te jure gros.

— What the fuck.

— Pourquoi tu penses qu'y est sur le nerf de même ces temps-ci.

— Tant qu'à moi, y a toujours été sur le nerf, que j'ai dit en riant.

— Ouais, mais genre cette année c'est pire depuis cette affaire-là.

— Crisse, il vend juste du weed, Eddy.

— Tu le sais pas ça, man.

— J'avoue.

Le batte était presque fini. Dom me l'a tendu, mais je l'ai laissé avoir la puff de guerrier, j'en avais eu assez. Il avait bien brûlé, j'étais content. J'ai sorti mon paquet de cigarettes de ma poche et je m'en suis allumé une. Elle était bonne. Après un joint, c'est toujours les meilleures. Comme caler un verre d'eau quand on est lendemain de veille, ou bien se brosser les dents après avoir mangé.

J'en revenais pas de son histoire. J'étais jaloux. Moi j'étais pogné ici cinq nuits par semaine pendant que Dom remplissait son esprit d'histoires incroyables et de personnages de romans ! Pis il s'était fait une blonde à part de ça ! Honnêtement, j'étais un peu découragé. Où c'est que j'allais trouver l'inspiration pour écrire ? Dans les Ruffles pis le seau à moppe ? Pis si ça marchait pas avec Val ? Une chance que Dom était là pour me donner un aperçu du monde en dehors des limites du parking du Pétro.

16

Un char est entré dans le stationnement. Deux gars de notre âge en sont sortis. J'ai déposé ma smoke sur le bord du cendrier et je suis allé leur ouvrir la porte. Ils étaient pas jasants. Ils ont acheté un sac de chips, deux Coke, une Rolo, une Oh Henry !, pis celui des deux qui m'a demandé un paquet de clopes avec ses affaires avait l'air jeune, de mon âge mettons, mais je l'ai pas carté. J'essayais d'être sympathique, mais ils me regardaient même pas. Ils avaient même pas l'air buzzés, en plus. Je les ai trouvés vedges pis j'ai décidé qu'ils étaient noobs. Ils sont retournés dans leur voiture et sont partis dans la direction opposée d'où ils étaient arrivés sur le boulevard. Je suis ressorti, j'ai pris ma clope encore allumée sur le cendrier et je suis retourné au coin de la bâtisse où on chillait, un peu plus loin après la fin de la baie vitrée, pour pas que Stéphane voie sur les caméras que je flânais dehors avec du monde. J'ai pensé à quelque chose.

— Hey, voulez-vous voir mon œuvre ?

— Ton œuvre ? que Dom a répété.

— Ouais, venez. Checkez ça.

On a fait le tour du dep jusqu'en arrière où se trouve la remise à bières vides qui fait partie de la structure de la bâtisse, mais à laquelle on peut juste accéder par cette porte-là qui donne sur l'extérieur. J'ai sorti mon trousseau de clefs et j'ai ouvert la porte. Les deux sont partis à rire en voyant mon trône.

— T'es ben séquelle, esti que c'est bon.

C'était un grand siège fait avec des caisses de 24. Il avait des accoudoirs et même un appuie-pieds. Je m'installais là pour fumer des fois, pour faire changement. Les deux arrêtaient pas de rire. J'étais comme : voyons. C'est pas *si* drôle. En fait c'était pas *drôle*. Je dirais plus que c'était *cool*. J'ai ri moi aussi au début, mais je pouvais pas les suivre, ça aurait pas été naturel. Ils étaient sur le bord de perdre le contrôle. Je voyais les larmes aux bords de leurs yeux. Ils ont fini par se calmer.

— Hey, scuse-moi, mon gars.

— Vous vous moquez pas de mon trône, j'espère.

— Haha. No-non. Hey. C'est parce qu'on est buzzés, là. Je t'ai pas dit. Je sais pas pourquoi je te l'ai pas dit tantôt. On a fait un peu de mush. Pour l'essayer avant en fin de semaine. Mais on a micro dosé, on a juste pris une tête chaque.

Et voilà ! Je le savais. Jade a tapé dans ses mains et les a portées à ses joues en me regardant.

— Ah my god, c'est vrai, qu'elle a dit. T'as pas pris de mush, toi ! J'avais tellement pas pensé.

— Haha ben non. Quand est-ce que j'aurais fait ça ? j'ai répondu.

Ils m'en ont proposé, mais j'ai dit non merci. Y a toujours ben des limites. On a refait le tour du dep et je me suis rallumé une nouvelle clope. On a jasé encore un peu. Ils m'ont dit que le buzz était smooth. Qu'ils en avaient pris juste assez. Ça les mettait de bonne humeur pis ils avaient le goût de parler. Jade a dit par contre que le joint qu'on avait fumé l'avait pas mal fessée. C'est surtout ça qu'elle sentait depuis quinze minutes. Mais là le mush commençait à revenir, elle disait.

Dom a dit que le pot, ça fait souvent ça avec les autres drogues. Ça leur donne un second souffle. J'ai dit que j'étais d'accord et qu'une fois, le lendemain d'une nuit sur la MD, j'avais fumé un joint et j'étais reparti ben raide. Pas longtemps, mais c'était weird en sacrifice. Ça avait pas été juste le pot que j'avais senti. Ça m'avait fait peur sur le coup. Les seules fois où ma mère m'a parlé de drogue dans ma vie, c'est pour me dire qu'il y a des gens qui ont des maladies mentales qui sont déclenchées par la dope. Je m'étais dit cette fois-là : ça y est, je suis viré schizo. Finalement, ça avait passé.

Je leur ai demandé s'ils étaient dans le même programme au cégep. Ils ont dit non. Elle est en communication. Mais ils ont des cours de tronc commun ensemble. C'est là qu'ils se sont rencontrés. Elle reste à Longueuil chez sa mère. Même si elle était high et qu'elle portait le chandail à capuchon de Dom trop grand pour elle, il se dégageait de quoi de mature de sa personne. Elle avait l'air posée. Posée, mais pas plate. Plus une sorte de calme ironique. Un genre de sens de l'humour réservé, qui se détecte par son sourire en coin. C'était son aura. Je sais pas si c'est clair. En tout cas, je la trouvais belle pis clever.

Hey, mais si elle, j'ai pensé, une fille à peine plus vieille que moi, me donnait cet effet-là, comment est-ce que j'allais avoir l'aplomb nécessaire pour pas avoir l'air d'un gamin aux yeux de Val ? À chaque fois que je repensais à elle, j'en revenais pas comment j'avais été cool la première fois que je lui avais parlé. Je pense que c'est le sang-froid du vieux Jacques qui avait versé un peu en moi ce jour-là. Ça m'avait donné la nonchalance qu'il faut. Pis aussi, aller me crosser dans les toilettes une minute avant, ça avait dû me rendre nonchalant ça avec, mettons. Quand je revoyais Val asteure, je sentais mon visage chauffer et j'étais persuadé que je la dévisageais sans le vouloir, fait que je détournais le regard le plus possible, pis quand je me retrouvais seul quelques minutes plus tard, j'étais convaincu qu'elle pensait que j'étais autiste parce que je regardais tout le temps ailleurs quand je lui parlais. Mais checkez-moi Dom et Jade ! Devant moi, à ce moment-là, pendant qu'ils me parlaient du cours qu'ils avaient ensemble, ils se regardaient ben carré dans les yeux en s'adressant l'un à l'autre. Et même que quand l'autre parlait, celui qui écoutait avait le coin des lèvres qui remontait d'une manière complètement attendrissante. Comment me rendre là ? Comment me rendre là avec Val ? J'avais le goût d'en parler à Dom, mais j'étais trop gêné à cause de Jade. Elle allait me trouver loser. Dom m'a dit de quoi, j'étais persuadé qu'il avait lu dans ma tête.

— Hey, tu sais pas qui j'ai vu l'autre jour.

— Non, qui ça ?

— Mathilde.

Aïe aïe aïe. Je voulais pas vraiment le savoir.

— Ah ouais. Où ça ?

— Dans un party.

— Ah ben.

J'ai détourné le regard, mais avant de l'amener ailleurs, je l'avais posé dans le sien. Il a vu mon visage se défaire, c'est sûr. Ma face est devenue brûlante. D'un coup, out of nowhere, j'ai eu l'intuition que c'était moi qui étais dans le tort dans l'histoire avec Mathilde. Pourquoi je pensais ça, esti, ça avait pas rapport. Mes oreilles étaient brûlantes. Elles devaient être rouges. Peut-être que ça paraissait pas dans la pénombre sur le bord du dep ?

— Hey scuse. Ça te fait-tu rusher ? Je sais pas pourquoi j'ai dit ça. Je pense que j'ai pas de filtre. C'est le mush.

— No-non, c'est chill. C'était avec la gang de Varennes ?

J'ai comme pogné une crampe. Que c'est que c'était ça ce feeling-là ? De la honte ? Pourquoi j'aurais honte ? Bottom line, c'est elle qui m'avait laissé, non ? Y avait pas d'affaire à avoir honte. C'est moi la victime dans tout ça, si on y pense deux secondes.

— Ah, chus épais ! Scuse man. Je sais pas pourquoi je parle de ça.

— Ben non, j'te dis. C'est pas grave.

— C'est parce qu'elle a commencé à dater un gars que Jade connaît. J'pense. Mais je *pense*. Chus pas sûr, là.

— Ah.

Je savais pas trop quoi répondre. Pis Dom non plus. Alors j'ai répété.

— Ah. Ah ben.

Là, d'un coup, la honte a disparu pour laisser toute la place à la colère, pis ça a brassé de la jalousie. Elle voyait un autre gars ! Hey, j'avais pas à me sentir mal, esti ! C'est pas moi qui suis dans le tort, c'est elle qui voit un autre gars ! Mais j'ai comme su tout de suite que j'avais pas raison d'être fâché, fait que c'était ben laid. C'était laid en crisse en dedans de moi. Pis j'ai eu honte d'être laid de même. En revenant par la bande, la honte m'a remis à ma place. Je suis qui pour être jaloux, moi ?

— Pauvre bébé, Jade a dit. Tu l'as fait capoter.

— No-non, je vous jure. C'est chill.

— Mais anyway, y a une nouvelle fille dans l'œil, là ! Dom a dit en se tournant vers Jade.

J'avais plus le goût d'en parler. J'avais plus le goût de parler asteure.

— Haha arrête. Ben non, voyons.

— Ah ben là tant mieux, Jade a dit.

— Un beau bonhomme de même, Dom a continué.

Il venait de me complimenter sur mon apparence. Devant une fille. J'aurais voulu m'enfoncer sous terre.

— Hey, un beau gars de même. C'est ben normal. Tu le trouves-tu beau, mon ami, Jade ?

Ta yeule, Dom ! Oh my god, j'en revenais pas. J'étais tellement gêné.

— Ouais, y est cute. Y a des beaux cheveux je trouve.

— Ben penses-y même pas, y est en amour par-dessus la tête, le gars. Y travaille ici juste parce qu'y est tombé en amour avec une des caissières.

— Hein, ben là, c'est ben romantique.

Non, c'était pas romantique. C'était cave pis c'était un plan de marde pis j'arrivais à rien. Oh my god.

— Ouais, mais à date ça marche pas fort mon affaire.

— Tu y as-tu dit ? Jade m'a demandé.

— Dit quoi ?

— Ben que t'avais le kick sur elle.

Voyons, elle est tombée sur la tête, elle, que je me suis dit. Lui dire, ben oui, c'est facile, j'ai juste à lui dire. Mais en même temps. C'était une fille. C'est sûr que Jade, c'était une fille… Elle devait savoir des affaires que je savais pas. Elle avait peut-être raison. Lui dire…

— Mettons que c'est tough de faire un move.

— Mais t'es pas obligé de faire un move ici, Jade a continué. Invite-la à faire de quoi.

— Comme quoi ?

Elle est partie à rire.

— Ben là, je sais pas, moi. Je sais pas ce que t'aimes faire dans vie. N'importe quoi. Invite-la au cinéma. À prendre une marche.

Prendre une marche. Inviter une fille à prendre une marche. Inviter *Val* à prendre une *marche*. J'étais shifté.

— En tout cas, elle a continué sur le ton d'une affaire entendue. Tu devrais vraiment y demander. Sinon tu le sauras jamais.

Aussi étrange que ça puisse paraître, Dom avait l'air du même avis.

Un camionneur était arrivé entretemps. On a refait le tour de la bâtisse et je suis rentré lui activer la pompe. À l'intérieur, le téléphone sonnait, mais j'ai pas réussi à me rendre derrière la caisse à temps.

17

Au bout du comptoir, à côté des fours, il y avait encore mon stock pour rouler qui traînait. C'était un peu sketch. On pouvait pas voir à partir du magasin, ni, surtout, des caméras, mais quand même. Je me suis dit que je pourrais rouler un dernier joint pour eux autres. Si je me grouillais, ils allaient assurément me complimenter sur la vitesse à laquelle je roule. J'ai fait ça vite, en effet.

J'ai fait ça vite surtout parce que je me sentais tout croche, là. J'avais encore comme une crampe aux abdos. J'essayais de m'étirer en levant un bras dans les airs pendant que j'égrainais avec l'autre main. Le pot, ça aide pour les douleurs d'habitude.

J'avais toute moffé ! Toute toute moffé... Câlice qu'elle était hot Mathilde. C'était sûr, esti, qu'elle allait se refaire un chum en deux secondes. Elle est tellement nice. Comment je vais en retrouver une autre comme elle ?

En léchant la colle du papier de mon joint, je nous ai revus ensemble, l'été dernier, au tout début de notre relation. C'était pas longtemps après notre premier french.

On s'était rejoints dans le parc entre Varennes et Boucherville, pas loin de l'endroit où la rivière aux Pins se jette dans le fleuve. Il y a une plage, des marais, des champs, des gros arbres et toutes sortes de sentiers pour les cyclistes et les ornithologues.

On était à la fin juillet, en milieu de semaine, et il y avait pas grand monde alentour.

Avant de se rejoindre, on avait passé une heure au téléphone. On préparait chacun de notre côté la moitié du pique-nique qu'on allait manger là-bas.

Rendus sur le bord du fleuve, on a mangé un peu, mais pas beaucoup. J'avais pas trop faim. Elle non plus. J'avais comme mal au ventre, mais pas de la même manière que ces temps-ci. D'une manière agréable.

Il faisait beau en maudit. Pis chaud. Le soleil a bougé et on s'est trouvés sous ses rayons. On crevait pis on s'était pas crémés, ça fait qu'on s'est levés pis on a marché à côté de nos bicyclettes pour trouver un spot à l'ombre.

Pas loin d'une famille d'outardes qui flânaient entre une souche et une mare, on a repéré dans l'herbe haute plus loin un grand saule très vieux. On a coupé à travers le champ en traçant un mince sentier derrière nous.

Même au pied de l'arbre, l'herbe montait à nos hanches. Il faisait frais tout d'un coup, et ça sentait bon. On a laissé tomber nos vélos et j'ai dit à Mathilde de checker ça, que j'allais nous faire une nappe à pique-nique. Je me suis laissé tomber au sol et j'ai roulé d'un bord pis de l'autre pour aplatir l'herbe. Mathilde riait. Elle s'est laissée tomber avec moi et m'a imité. On roulait comme des moissonneuses.

— Les blés sont murs madame. Vite vite ! Faut faucher ça ! On va n'en manger du pain croûté c't'hiver, madame ! que je disais pour faire mon comique.

Fallait-tu qu'elle me trouve de son goût rien qu'un peu pour rire.

En roulant, on s'est retrouvés nez à nez. On s'est embrassés.

On s'est tellement embrassés qu'on a fini par se déshabiller et il s'est passé toutes sortes de choses assez le fun merci.

Je l'avais jamais fait, alors elle m'a guidé.

Je retrouverai jamais une fille hot de même.

Câlice que je suis cave. Câlice que je suis cave, que je me disais.

Mais non mais Val. Val aussi est hot en maudit. C'est sûr que nos débuts vont être aussi beaux que mes premiers pas avec Mathilde.

Mon joint roulé sur l'oreille, je me suis dirigé vers la porte. Le téléphone a sonné à nouveau. J'ai fait demi-tour et j'ai décroché.

— Pétro-Canada.

— Allô, hum.

C'était le gars de tantôt.

— On s'est parlé tout à l'heure. Euh…

— Oui. Qu'est-ce qu'y a ?

Il répondait pas. J'ai raccroché. Voyons donc, il est donc ben lourd, lui.

Dehors, le camionneur remplissait encore son truck. Il avait mis le bouchon de sa tinque sur la gâchette du pistolet et il fumait une cigarette un peu plus loin. Il marchait de long en large près du gazon, loin des pompes. J'ai allumé mon joint.

— Crisse t'en avais un autre.

— Non, je l'ai roulé live.

Dom a dit que j'étais une machine et j'ai souri. Jade a pas fumé sur ce joint-là. Dom a seulement tiré quelques puffs, alors je me suis ramassé à le fumer quasiment tout seul. Ils sont restés encore pour une clope, pendant laquelle on a vu le camionneur retourner près de la pompe. Il a ôté le pistolet de sa tinque et l'a raccroché. Rendu à côté de la porte, il m'a vu m'approcher, mais il m'a dit de finir ma cigarette, ça le dérangeait pas. J'ai dit merci.

Dom et Jade m'ont dit bye. Ça me faisait de la peine de les voir partir et je leur ai dit que c'était cool qu'ils soient passés me voir. Je me suis redit que j'aimerais ça dire à Dom que j'allais enfin avoir un shift avec Val demain, mais j'étais vraiment trop gêné devant Jade.

Quand il a mis la clef dans le contact, la voix de Fred Durst a rejailli à tout rompre. Je l'ai entendu skipper des tounes. Le scràtch au début de *My Way* est parti dans le tapis.

Je suis allé débarrer la porte au camionneur et, de retour sous les néons, tout brillait comme si on m'avait tiré du sommeil en me foutant une flashlight dans face. Sacrifice. J'étais blasté raide. Le monsieur m'a dit le nom de sa compagnie de transport et j'ai pris dans un tiroir la pochette de plastique qui contient les cartes de crédit corporatives pour trouver la bonne. Je l'ai fait glisser dans le lecteur, j'ai fait signer la facture au monsieur, je lui ai donné sa copie et j'ai mis la mienne dans le tiroir-caisse avec les autres doublons de factures crédit et Interac. Le bonhomme m'a dit salut et j'ai répondu « au plaisir ».

Au plaisir ?

Seigneur, j'étais défoncé pis c'est vrai.

18

Je suis resté longtemps adossé aux tiroirs à cigarettes. Complètement dans la graisse de bines, incapable de faire quoi que ce soit. Mes neurones crépitaient comme un feu de camp derrière mon front et ça me massait la racine des cheveux. Mais, au moins, je pensais plus. Je pensais plus à ça. J'avais plus honte. J'étais plus en colère. J'étais juste là. À écouter mes tympans gricher comme une vieille radio à batteries. J'avais un grand calme dans le fond du ventre. Quelle merveille, le pot, pareil…

Après un temps, j'ai réalisé qu'une partie du ronronnement dans ma tête venait en fait des machines qui ronflaient un peu partout. J'ai toussoté, je mourais de soif. Je suis allé me caler trois verres d'eau. J'étais de retour à la case départ. Je me suis dit que je pourrais lire un peu pour passer le temps, et j'ai sorti le premier tome de *Guerre et Paix* que je traînais partout depuis des mois sans arriver à dépasser la première moitié. Hey, pis il y en a un autre aussi épais après ça ! C'est Dom qui me l'avait passé pis j'étais rendu à espérer qu'il ait oublié parce que j'étais un peu gêné du temps que ça me prenait pour passer à travers. Je savais que c'était un livre important pis je voulais en venir à bout, pour le mettre à mon tableau de chasse des quelques lectures sérieuses que j'avais faites dans ma vie, à côté de Nelligan, Saint-Denys Garneau, Henri Laborit, Alexandre Jardin et Bernard Werber. Sans oublier Boris Vian, évidemment. J'avais jamais lu un livre tough de même. Sauf que j'étais trop loin pour le lâcher asteure. Je lisais quelques lignes et ça parlait d'autre chose. Mes yeux remontaient vers le haut de la page, je repassais sur les mêmes phrases et un paragraphe plus bas, je lisais le nom de Val. C'était pas supposé, fait que je relevais les yeux. De retour en haut, je refaisais le même chemin et cette fois-ci Pierre Bézoukhov avait des lunettes fumées, des tics nerveux pis il sacrait après sa PSP. Dans les salons moscovites, il y avait des samovars pleins de Van Houtte brûlant pis des canapés de Paris Pâté sur des Pringles. Mes yeux étaient posés sur la page, mais ils faisaient plus la mise au point. Tout était flou. Ça sert à rien, je me suis dit. Une chance que je m'apportais tout le temps un *Tintin* aussi.

J'ai remis mon livre dans mon sac et je suis allé faire du facing dans le présentoir à sandwichs. Il y en avait un aux œufs qui avait l'air drôle. Je l'ai senti, mais j'arrivais pas à savoir si ça sentait la bonne affaire. En fait, je savais pas si ça sentait quoi que ce soit. Il était emballé dans son espèce de Tupperware triangulaire en plastique mou. En le rapprochant de mon nez, pourtant, ça sentait bizarre. Sauf que la date était encore bonne. Peut-être que mon odorat marchait plus ? En même temps, c'était pas normal que je sente de quoi à travers le plastique. C'était scellé, ça, non ?

Il faudrait que je sente autre chose pour voir.

J'ai regardé autour de moi, mais je voyais pas avec quoi j'aurais bien pu faire des tests. Tout était emballé dans du plastique. Il y avait le présentoir Vachon à côté de moi. J'ai pris un May West et j'ai plaqué le sachet sur mon nez.

Rien.

Un Jos Louis ?

Rien non plus.

Les pâtisseries ! C'était ben la seule affaire à l'air libre ici. En m'approchant du présentoir, j'ai constaté que l'odeur qui embaumait le magasin une heure avant s'était dissipée.

J'ai pris une chocolatine et je l'ai approchée de mon visage. Ça sentait un peu le sucre… un peu le beurre…

J'ai collé la pâte directement sur mes narines et j'ai perçu le parfum du chocolat. Je l'ai remise dans le panier avec les autres et je me suis dit que j'étais pas complètement fou, j'arrivais quand même à sentir quelque chose. Le plus sûr, c'était sûrement de checker les dates. J'ai fait tout le présentoir à sandwichs, là où il y a aussi les berlingots de lait, les portions individuelles de Ficello, de P'tit Québec, de Babybel, les wraps, les bouteilles de yogourt à boire. La date était encore bonne pratiquement partout. Sauf pour un sandwich à la salade de poulet qui était dû depuis hier. Je suis allé le mettre dans la poubelle en me disant que j'allais demander à mon gérant quoi faire avec les trucs passés date à l'avenir, s'il fallait que je le note, ou quelque chose.

Le téléphone a sonné. C'était peut-être lui. En me rendant derrière la caisse, je me suis demandé s'il se mettait des alarmes au milieu de la nuit pour me lâcher des appels de même de temps en temps. J'ai décroché. Hostie. C'était lui. Pas mon gérant, je veux dire. C'était l'autre. L'autre de tantôt.

— Es-tu sûr qu'il y a pas un Marc qui travaille ici, mon grand ?

— Non, je vous garantis qu'il y a personne qui s'appelle de même ici.

— Il travaillait de nuit... dans cette station-service... hum...

— Ben je suis désolé.

— Pis toi c'est quoi ton nom ?

J'avais rien à faire.

— Mathieu.

— Salut Mathieu. Moi, c'est Robert.

— Ben salut Robert.

Là ça a pogné une coche, je vous avertis. J'invente rien là, je le jure.

— Hum... Mathieu... Je suis avec mon amie. Anne. Elle s'appelle Anne, mon amie.

— Ok…

— Elle est vietnamienne.

— Ok…

— Marc l'avait déjà rencontrée. On s'était vus. Moi, Marc, pis Anne.

Je comprenais pas. Je savais pas trop quoi répondre. Il a dit «ok» sur un ton interrogatif, avec sa vieille voix plaintive. J'ai dit «ok».

— Pis euhm. Aimes-tu les femmes, toi?

Franchement. Pas gêné. J'étais un peu bouché.

— Peut-être que t'aimes pas les femmes. Marc, il aimait les femmes.

— Oui, j'aime les femmes.

— Tu l'aimerais, Anne. Elle est juste à côté de moi. Elle est vietnamienne.

— …

— Ok?

— …

— Ok?

— Ok.

— Elle est vraiment cochonne.

J'ai senti mes oreilles chauffer. Ben voyons.

— Notre ami qui travaillait où tu travailles, il l'aimait beaucoup, Anne. Elle a vraiment des grosses boules. Ok?

Sacrifice!

— Ok?

Quand il le répétait une autre fois comme ça, il haussait le ton un peu et laissait traîner la dernière syllabe en la beurrant de friture. J'ai dit «ok».

— Elle fait du double d. Pis elle est vraiment petite. Toute petite. Mais elle a des énormes boules. T'aimes-tu ça, les grosses boules?

J'en revenais pas. J'avais envie de dire oui. Parce que c'était la vérité. Mon ex avait des gros seins. Val aussi. Ça me faisait de quoi les gros seins. Mais j'étais pas pour dire ça à un inconnu comme ça. C'était tellement, je sais pas comment dire, c'était tellement audacieux, cavalier. Mais il sonnait pas arrogant. Il avait une espèce de crépitement dans le fond de la gorge, et il parlait presque en murmurant. Moi, j'avais quasiment perdu la voix. Il a répété sa question. Il m'a redit qu'elle faisait du double D. J'ai dit oui. Mais pas clairement. D'une voix étouffée qui m'a surpris moi-même. Il a continué.

— Ce qu'on faisait, Mathieu, c'est qu'on allait voir notre ami des fois. La nuit. Quand il s'ennuyait et qu'il était excité. Je l'appelais quand j'étais avec Anne, mon amie Anne. Je téléphonais pour voir si notre ami, à soir, il était excité. Es-tu excité en ce moment, Mathieu?

— ...

— Es-tu excité en ce moment?

— Je sais pas.

— C'est pas grave. C'est pas grave. Si tu voulais, on pourrait venir te voir. S'amuser un peu. On aime juste ça se faire du fun, Anne pis moi. Aimes-tu ça avoir du fun, toi?

Hey, il va pas venir ici toujours. Maudit fou.

— Non non, venez pas ici.

Ça l'a fait capoter un peu.

— Non. Non. Hey. Inquiète-toi pas. Inquiète-toi pas. On veut que tout le monde ait du fun. Il faut que tout le monde ait du fun, sinon personne a de fun. C'est juste ça qu'on aime nous. On veut juste se faire un peu de fun.

Ciboire. J'en revenais pas. Je me demandais si c'était une joke. Mais il avait vraiment de quoi de visqueux et d'enjoué dans la voix. S'il me niaisait, il était bon en maudit parce qu'il décrochait pas pantoute. Il soupirait et gémissait beaucoup. Il respirait fort direct dans le combiné et ça faisait peaker le téléphone de mon bord. À la fin de ses phrases, il attendait que je le relance. Je savais pas quoi faire. Quoi lui dire. Je me disais qu'il fallait rien que je lui dise. Qu'il fallait pas que je lui dise de quoi d'incriminant. C'est le mot auquel je pensais : incriminant. Ça fait que quand il répétait ses «OK?», je faisais juste finir par dire «OK» moi aussi. Et il repartait. Il me parlait des seins de son amie. De ses longues jambes fines, malgré sa taille. De combien elle était cochonne.

Il m'a demandé si j'aimais les hommes. J'ai fini par dire que je savais pas. Je voulais pas dire non pour pas le froisser. Pis, en même temps, je sais pas. Peut-être que j'aime les hommes. Quand on était petits, quand même, entre amis des fois on se branlait les uns à côté des autres. Il faut ben que j'aime un peu les hommes pour avoir fait ça, que je me suis dit quand il m'a répété sa question. Vu que je répondais pas, tout de suite après, il a pris un ton un peu offensé, mais sans perdre le sirop qu'il avait dans le fond de la gorge. Il m'a dit que peut-être que j'aimais pas les homosexuels. Je voulais pas le blesser. Alors j'ai fait ma première phrase de plus de trois mots depuis dix-quinze minutes.

— Non, j'ai rien contre les homosexuels. Je vous jure.

— OK. Hum... OK. T'es gentil. T'es vraiment gentil, Mathieu. T'as une belle voix, Mathieu. Aimes-tu ça les pieds?

Baptême.

Je sais pas combien de temps ça a duré. Dix minutes, une demi-heure, une heure? J'étais comme hypnotisé. Il m'a décrit ce qu'il faisait à Anne quand elle était excitée. Il commençait par les pieds. Il lui léchait un orteil à la fois. Anne ça la rendait folle, ça a l'air, les pieds. Se faire lécher les orteils. Se les faire suçoter aussi. Pis elle voulait tout de suite lui faire la même affaire. Marc aussi aimait ça. Souvent, la voix m'a dit, Marc s'assoyait sur un fauteuil près du lit pour se toucher pendant que le gars au téléphone suçait un à un les orteils de Anne. Il m'a rappelé son tour de poitrine et la taille de ses bonnets de brassière. « OK ? OK ? » J'ai fini par dire « OK ». Une des pompes a sonné, et j'ai repris conscience de l'endroit où je me trouvais.

Câlice de tabarnac que j'étais blasté.

J'ai activé la pompe et j'ai annoncé à la voix que j'avais un client. Il a commencé une phrase mais je l'ai pas laissé finir. J'ai dit « au revoir » et j'ai raccroché.

19

Je sentais mon pouls battre dans mes tempes. Voyons donc, câlice. J'ai porté ma main à mes pantalons : j'étais bandé. Oh my god. Je m'en étais même pas rendu compte. Quel malade, ce gars-là. Mais moi aussi je suis un malade. Ça m'a frappé. Je suis un malade. C'est sûr et certain. Qui banderait ? Qui banderait ?

C'était une petite Echo à la pompe. Ça se remplit vite une Echo, trois-quatre gorgées pis t'es rendu à Québec. Il était deux heures et quart du matin. La conductrice, une femme dans la trentaine qui portait un habit d'infirmière, est entrée dans mon dépanneur. Elle est allée au fond vers les réfrigérateurs et est revenue vers moi avec un Red Bull. Elle avait les cheveux mouillés. Sûrement qu'elle commençait sa journée. Je suis un craqué mental, que je me suis dit en la saluant. Après avoir payé, elle m'a souhaité une bonne journée, avant de ricaner et de se corriger : une bonne nuit. Il fallait que j'aille fumer. Je suis sorti quand la Echo s'est éloignée sur le boulevard.

J'en ai grillé une autre après la première. Puis j'ai fait le tour des pompes, mais sans raison, j'avais vidé les poubelles il y a deux jours. Celles à l'extérieur se remplissent pas très vite. Je voulais pas retourner dans le dep, fait que j'ai marché jusqu'au bout du parking. C'était bizarre et ça m'a donné un vertige, la forte impression de faire quelque chose de mal. J'étais ben trop loin du dep. À ma gauche et à ma droite, parallèle à la chaussée, il y avait la piste cyclable. C'était une perspective à laquelle j'avais rien que droit à sept heures du matin, quand je rentrais chez moi. Je voyais le passage à niveau avec ses barrières rouges et blanches à la verticale, un peu plus loin à la prochaine lumière, et puis même encore plus loin, à quelques centaines de mètres, la pente du viaduc qui enjambe la Transcanadienne. En me retournant, j'ai contemplé le Super Relais au grand complet. Les douze pompes sous leur auvent, les grandes places de stationnement vers la gauche contre le terrain vague, là où les camionneurs viennent souvent se ranger pour dormir un peu. La grande baie vitrée de la façade qui brillait blanche et rouge. À droite, les bennes à ordures, derrière lesquelles on voyait, plus loin dans le champ, l'usine Weston à côté des gros pylônes d'Hydro qui partaient jusqu'à Saint-Bruno. J'ai tout embrassé ça du regard et je me suis dit : c'est à moi ça !

Je devais vraiment être fatigué. C'est pas à moi pantoute.

Je voulais pas retourner en dedans. Avec raison, parce qu'après avoir refait le tour du parking, en rentrant à l'intérieur ça sonnait. J'ai décroché. C'était lui. J'en revenais pas. Mais faut que j'accepte mon sort. Je suis fou raide, pas mieux que lui. Il m'a encore parlé de son amie. De ses mensurations. De ses cheveux qui lui arrivent aux fesses. De ses fesses, justement. De ce qu'elle aime. De ce que lui aime. De ce qu'ils aiment faire ensemble. Plus il parlait, plus il entrait dans les détails, des détails que je rapporterai pas ici, parce que c'était vraiment des méchantes cochonneries. C'était tellement cru que j'étais comme pétrifié. Des fois, il perdait de l'élan et me redemandait « OK ? ». Il fallait que je dise « OK » pour le repartir.

Par exemple, il me disait qu'une fois, ils avaient fait un trip à cinq avec le gars qui travaillait ici avant, sa blonde, et un gars de plus. Il en était à me décrire le panorama d'un moment particulier de leur partouze. C'était saisissant mettons. Voulant voir si je suivais, il a dit « OK ? ». Je répondais pas et il continuait. « OK ? OK ? » J'ai fini par dire « OK ». Puis la toile s'est animée, il m'a dit comment un tel avait changé de place, comment l'autre avait viré l'autre de bord pour la prendre de même plutôt que comme ça. Seigneur. Pis il en avait des histoires. Je pensais pas que la moitié des positions qu'il me décrivait existaient réellement en dehors des films de porn. J'étais complètement figé.

Par la vitrine, j'ai vu la voiture du livreur de journaux et une bande de lumière à l'horizon pis j'ai pris conscience de l'heure qu'il était. J'avais même pas passé la moppe ! Encore moins rempli mes réfrigérateurs. En fait, à part mes pâtisseries, j'avais rien calicé de la nuit.

Esti.

J'ai raccroché.

20

J'ai dit salut au livreur de Transcontinental quand il est entré et j'ai traversé le plancher pour aller remplir un seau au plus crisse. Du backstore, pendant que je vidais l'eau sale de la veille, j'ai entendu le gars me crier de passer une belle journée. J'ai répondu la même affaire, toi aussi, merci.

Fallait toujours bien que je lave le plancher, quand même. Pis fallait que ça soit sec avant mon rush du matin, sinon il y aurait des traces de semelles partout pis c'est sûr que quelqu'un allait finir par se péter la gueule.

Je suis ressorti de l'arrière avec mon seau à roulettes et en commençant à mopper le plancher, j'ai vu que la lumière avait encore changé. Le ciel pâlissait dehors et rendait petit à petit les néons du magasin moins intenses.

Le matin, il y a tellement de fournisseurs qui rentrent à tout bout de champ en disant «je te pose ça là?», «je te mets ça ici?», «je mets ça en arrière, c'est-tu beau?» qu'à un moment donné tu sais plus qui est qui, pis tu fais juste dire «oui oui» sans lever les yeux.

Je vadrouillais en cinquième vitesse. Mettons que j'y allais assez sommairement. Tant que ça sentait un peu le savon quand mon boss rentrerait, ça irait. Pis si y avait pas trop de livreurs à matin, ça aiderait.

Le gars des journaux est sympathique, mais il y a certains fournisseurs qui disent pas un mot. Comme le gars du lait mettons. J'aurais cru le contraire. L'image paroissiale, passéiste, t'sais. Le livreur de lait, y a une romance rustique là-dedans, on se dit. Pantoute. Encore ce matin-là, j'ai juste pris conscience de son passage après qu'il est parti. J'étais retourné en arrière porter ma moppe et prendre le panneau jaune de plancher mouillé quand j'ai entendu le fracas des caisses de lait sur le grillage à l'entrée. Je suis retourné en avant placer mon panneau. Le truck du gars de Québon était déjà rendu sur le boulevard. J'ai pris les caisses pour les mettre au frais dans le frigo à bières. Il les laissait toujours là, dans le chemin d'une des deux portes, pis ça me faisait chier parce qu'une fois quelqu'un avait trébuché dessus et tout avait sacré le camp, le porte-journaux avec. Le client m'avait traité d'épais, pis toute. Ce laitier-là a vraiment décidé à un moment donné que son mandat à lui se terminait au moment précis où ses doigts lâchent les poignées de ses caisses, merci bye.

Non, les plus jasants, c'est le monde du tabac. Ça t'arrive tout bien habillé, complet cravate, une serviette en cuir sous le bras, pis ça te sort des pages et des pages de littérature. Les compagnies ont plus le droit de faire de la mise en marché nulle part depuis des décennies. Nulle part sauf auprès des commis de dépanneur. Nous autres, on en a de la pub. Des beaux guides techniques en couleur sur papier glacé qui expliquent pourquoi tel nouveau format de paquet, ou tel nouveau filtre, c'est le bout de la marde. Ils te font aussi des cadeaux personnels, des calendriers, des stylos, des bloc-notes. Le stock que j'aime le plus c'est celui d'Imperial. Il y a les schémas en coupe latérale de leurs nouveaux paquets, comme les slide packs des John Player's standard et les filtres troués des Du Maurier. Un représentant m'a dit que les filtres à moitié creux comme ça avaient été inventés pendant la guerre pour les pilotes de chasse. Ils pouvaient garder leur clope en bouche et leurs mains sur le manche sans que le filtre devienne tout moite et que la fumée leur arrive dans les yeux. Hey, dégommer des Allemands au-dessus de la Manche avec du tabac blond de la Virginie qui te grille au bec. C'est-tu pas assez sexy ?

Je comprends pourquoi la pub est interdite. Mais Imperial, j'aime surtout leur stock à cause de la bande dessinée du bonhomme Player's. C'est jamais plus long qu'une seule planche. Il fait pas grand-chose, le bonhomme. Il pêche, il fait de la randonnée, il regarde au loin, ça met le produit en récit. Et c'est ça que je veux, en tant que consommateur. Sentir que ma trajectoire personnelle est tissée de récits plus grands que le mien. Me sentir en adéquation avec le marché. Me semble.

Tellement de fournisseurs de trente-six millions d'affaires que, c'est ça, je sais plus qui est qui des fois.

Je commençais déjà à avoir quand même pas mal de clients, quand le gars de Pepsi s'est pointé avec son dix-huit roues dans le driveway. Sacrament. Fallait que ça tombe aujourd'hui esti. Le lait, les journaux, ça va, ça s'endure même dans un rush, mais une livraison de même, ça allait me foutre le bordel partout. On approchait cinq heures, le flot de clients allait juste augmenter à partir de maintenant.

C'est parce qu'il faut comprendre que Pepsi, c'est pas juste Pepsi. Le gars de Pepsi, c'est aussi le gars de Mountain Dew, Mug, Aquafina, Rockstar, Amp, les cafés froids en bouteille Starbucks, Gatorade, Brisk, Lipton, et puis encore quelques jus, comme Tropicana et Pure Leaf. Mais ça c'est rien que les trucs qui se boivent, là. Attends minute. Parce que Pepsi c'est aussi Cheetos, Crispy minis, Doritos, Lay's, Ruffles, Smartfood (le popcorn froid déjà éclaté et assaisonné), les bretzels Rold Gold pis toute la gamme de Tostitos avec la salsa pis les coulis épicés ou sucrés qui viennent avec.

J'ai commencé à capoter. Mon facing dans les allées était même pas fait, mes tiroirs à clopes pas remplis, j'avais pas refait de café depuis trois heures du matin, je savais même pas la salle de bain avait l'air de quoi, le soleil se levait, il y avait au moins une personne en permanence en train de gazer à une de mes douze pompes, bientôt les camions de vidange et les camionnettes Trévi allaient se vider à ma porte comme un cortège de minibus bourrés de préadolescents en journée pédagogique à la cabane à sucre, le plancher était mouillé, pis t'as un malade avec son dix-huit roues qui s'en venait me domper des tonnes de liquides et d'aliments à base de sirop de maïs riche en fructose. Esti.

Le livreur est allé se parquer à droite des pompes, à l'abri de mon regard, là où les camionneurs se stationnent pour faire une sieste, mais je savais que pendant que j'étais en train de faire payer son gaz et son café au gars en chienne de travail que j'avais devant moi, lui il devait être rendu sur son monte-charge avec un plein transpalette de jus pis de chips.

J'ai appuyé sur le bouton sous le comptoir pour ouvrir la porte au prochain client et j'ai réalisé que ça avait pas de sens. À l'heure qu'il était, j'aurais dû avoir débarré depuis un méchant bout. En me rendant à l'entrée la main dans la poche pour chercher mon trousseau, j'ai failli me planter sur une flaque pas séchée. Mon équilibre repris, les narines ben débouchées, j'ai réalisé que j'étais encore pas mal buzzé.

En canon, à quelques secondes d'intervalles, trois sonneries de pompes se sont mises à chanter derrière la caisse. En y retournant, je suis passé à côté du coin café. Quelqu'un avait laissé trois sachets de sucre déchirés sur le comptoir. Personne les a élevés, je me suis dit. J'ai pris les sachets et je suis venu pour les mettre dans la poubelle cachée sous le comptoir, mais ma main a été arrêtée par le clapet en bois. J'ai poussé plus fort et j'ai entendu un froissement. Les cochonneries montaient plus haut que le bord de la poubelle. Par terre à mes pieds, il y avait des napkins froissées.

Les pompes criaient encore.

J'ai ramassé les papiers et je les ai jetés dans la poubelle à côté du robinet derrière la caisse, en chemin pour aller activer la 3, la 6 et la 7.

L'homme à qui j'avais débarré attendait pour payer devant moi. J'ai scanné son Pepsi diète, appuyé sur le bouton de mon clavier qui ajoute un grand café à la facture et j'ai ajouté aussi la pompe 2 à sa demande. Pendant qu'il entrait son NIP, je regardais l'écran de contrôle sur lequel les montants d'essence montaient en temps réel à plusieurs endroits. J'avais sept pompes en marche. Le gars a pas voulu sa facture, je lui ai souhaité une bonne journée et je suis allé en vitesse à côté des fours me pencher sous le comptoir pour sortir trois sachets de doses de café précalculées. Une chance qu'on a des thermos de rechange. Je les ai mis les trois sous les cafetières dont j'ai ouvert les couvercles. J'ai renversé les vieux filtres dans la poubelle, heureusement pas pleine celle-là, j'en ai mis des nouveaux et j'ai déchiré les trois sacs pour y vider les doses de café. Au moins, les machines sont reliées par câbles aux conduites d'eau, ça se fait vite. Pis c'est tant mieux parce que, juste le temps de faire ça, il y avait déjà un gars qui attendait à la caisse. Pendant que je m'y rendais, la porte s'est rouverte. C'était mon livreur avec son transpalette plein. Sacrament.

Il y a certains deps où j'ai travaillé où les livreurs devaient rentrer leur stock à bras. Ils amenaient leur palette au pas de la porte et faisaient le reste du chemin à l'intérieur avec quelques caisses à la fois dans les mains. Mais c'est un Super Relais ici, l'entrée est large en tabarouette. Un client qui entrait a aidé le livreur à tenir la seconde porte ouverte pour qu'il puisse rentrer son jigger. Il l'a remercié en riant. Pendant que l'homme à la caisse sortait des billets de son portefeuille, j'ai dit au livreur qu'il pouvait poser tout ça là-bas dans le fond près du backstore, à côté des toilettes. Il m'a dit qu'il savait, en souriant.

J'ai rendu sa monnaie au client qui m'a dit salut et le téléphone a sonné, mais le monsieur qui avait tenu la porte ouverte était en train de me dire que j'allais lui donner un Peter Jackson 20 king pis un Lotto Max all dressed. J'ai scanné le paquet pendant que la valideuse imprimait le billet. J'ai ajouté le billet et j'ai donné le total. Le gars fouillait dans son portefeuille et comme il amenait sa carte vers la machine Interac, il a dit « ah oui ! Le gaz ! La pompe 3 ». J'ai ajouté ça et j'ai dit qu'il pouvait y aller en tendant le bras vers le téléphone qui sonnait toujours.

— Pétro-Canada.

— Hum… Allô… Mathieu ?

— Ah non ! Ah non ! Ça va faire, là !

J'ai raccroché. Maudit pervers. J'avais plus le temps pour ça là. Je suis un gars normal qui travaille moi. Un gars complètement ordinaire qui est choqué par ce qu'il a entendu dans le combiné cette nuit.

Le gars a pris sa facture.

Pendant qu'il y avait personne à ma caisse, je suis retourné vers le coin café. Des essuie-tout sortaient de la trappe. J'ai tourné la clef qui déverrouille le panneau sous le comptoir pour tirer la poubelle en plastique vers moi. J'ai appuyé sur les déchets avec mes deux paumes à plat et après avoir libéré le sac des rebords du bac, je l'ai noué, tiré vers le haut, posé à côté de moi, et j'ai mis un sac neuf avant de remettre la poubelle sous le comptoir et de refermer le panneau.

Que c'est que j'allais faire avec mon sac plein, moi, asteure ? J'avais certainement pas le temps d'aller dehors jusqu'à la benne et de revenir avant que les gens qui gazaient entrent.

Le sac dans une main, j'ai contourné la palette que le gars de Pepsi venait de laisser dans le chemin, je suis allé dans le backstore, et j'ai calé mes vidanges ben serré entre deux piles de caisses de bières. En me retournant, j'ai vu une longue traînée brune sur le plancher. Hostie. Quelqu'un avait dû jeter un café plein dans la poubelle.

Les pompes sonnaient en avant.

J'ai pris la moppe sale juste à côté de moi et j'ai débarbouillé le plancher qui se trouvait à ma portée. Je ferai le reste quand j'aurai le temps. Si j'ai le temps.

En tournant le coin, de retour sur le plancher, je me suis éclaté un tibia dans la palette du livreur. Câlice. D'hostie. De câlice. Que ça faisait mal.

Hey, pis le gars de Pepsi était ressorti sans me faire signer son slip de livraison : il allait revenir, c'est sûr. Rien qu'une palette, ça allait, on pouvait encore passer dans le corridor pour aller vers la salle de bain ou le backstore. Mais là, deux...

J'étendais la traînée de café au sol avec ma semelle pour pas que ça paraisse trop en progressant vers ma caisse, où des pompes sonnaient, quand le gars est entré à nouveau.

— C'est la dernière, mon homme, que le gars m'a dit.

Une chance esti.

— Vous seriez pas capable, par hasard, de mettre ça en arrière ?

— C'est parce que la palette est trop large pour ta porte de backstore.

— Ouais, mais c'est ça, mais mettons sans la palette là. Juste les... boîtes. Empiler les boîtes en arrière ?

J'ai manqué de conviction en fin de phrase. J'y allais fort un peu. Le gars m'a regardé en levant les sourcils. Il avait l'air crampé. Il a été poli par exemple.

— T'sais, j'ai mal au dos un peu, mon petit gars, il a dit, une main à sa hanche, le sourire fendu jusqu'aux oreilles.

Les pompes criaient encore à l'autre bout du plancher. Comme j'étais pas loin de la salle de bain, j'ai poussé la porte juste pour voir, vite vite. C'était pas si pire, mais la poubelle débordait de papier brun. J'ai écrasé le contenu à deux mains pour faire de la place. Il y avait aussi de la pisse sur le bord de la bol. J'ai passé un papier sur le rebord, je l'ai mis dans la cuvette et j'ai tiré la chasse. Je suis retourné en vitesse vers ma caisse en continuant de frotter la coulisse à terre d'un pied et en ramassant au passage le panneau *Plancher mouillé*, que j'ai glissé entre un des fours et le comptoir à côté, et je suis allé appuyer sur les boutons qui commandent la 3, la 8 et la 12. C'était mes poseurs de piscines dans leurs Econoline blancs. Les trois conducteurs, leurs pistolets dans les mains, regardaient dans ma direction. Quand j'ai eu fini d'activer, il y en a un qui a levé son bras vers le ciel avant de le laisser retomber violemment. Les nerfs, tabarnac, les nerfs. Tu mourras pas d'attendre trente secondes que je t'active ta pompe. Tes chums vont achever de me foutre le bordel dans le coin café pis de me vider mon stock de Red Bull, comme à tous les matins, fait que viens pas me faire de l'attitude. Je venais à connaître leurs liqueurs préférées, et la nuit j'en stuffais toujours deux-trois de plus que la rangée peut en prendre quand je remplissais les frigos, mais là, ils allaient me vider mes stocks en deux secondes, c'est clair. Des gars de même, ça peut rouler quarante heures semaines au gros soleil pas de calotte un été de temps rien que sur le Jack Link's, le fromage en grains, la taurine pis la nicotine.

Une Pontiac Trans Sport 98 s'est garée près de la fenêtre. Ah ben câline !

Rendu à l'intérieur, j'ai vu que le vieux Jacques avait une grosse sacoche en cuir sous le bras. Il m'a lancé un clin d'œil pendant que je scannais le milkshake Oh Henry ! d'un éboueur. Il est passé derrière le comptoir.

— Salut ti-gars.

— Salut Jacques, ça va ?

— T'étais en amour pis c'est vrai toi pour venir ici.

— Hein ? Haha. Quoi ? que j'ai répondu en me demandant comment il savait ça lui.

Il sait vraiment toute coudonc.

— Je t'ai vu aller, mon grand. C'est ici la plus belle job que t'avais faite. Là t'as toutes tes nuits pour admirer ton beau parterre. Penché comme ça, il a continué en baissant la tête et en mettant deux doigts devant lui pour mimer une paire de ciseaux, t'étais beau à voir. Comme un Chinois avec son bonzaï.

— Haha oui, c'est sûr que je m'appliquais, j'ai répondu en me demandant si c'était chinois les bonzaï.

— Penses-tu ! C'était pas du paysagement, c'était de la chirurgie plastique ton affaire.

Il a posé sa sacoche sur le comptoir à cigarettes et a fouillé dedans pour sortir un pad et un trousseau de clefs.

— Haha oui, c'est ça. Je peux pas m'empêcher de, euh… de regarder mes belles platebandes. Je me vois presque comme un artiste pour être honnête.

— Un artiste, il a dit avant d'éclater de rire. Tu me fais rire, ti-gars.

S'il savait qu'en fait, pour vrai, c'est même pas des blagues ça, que j'en suis un, un artiste, eh qu'il resterait simple…

Il est allé au bout du comptoir débarrer le bureau de Stéphane. Je savais pas qu'il avait les clefs du bureau. En fait, j'ai flashé : c'est sûr qu'il a les clefs, c'est un genre de concierge. Il fait tout le temps l'aller-retour entre les différents Pétro de la ville. Mais j'aurais jamais cru qu'il faisait aussi du travail de bureau… Hey, travailler dans un dépanneur, mais dans un bureau… Faut-tu être sauté pareil.

Le livreur de Pepsi est venu vers ma caisse et j'ai réalisé qu'il avait déjà déposé sa deuxième palette dans le fond. J'ai signé son slip et il m'a donné la copie carbone.

Jacques est revenu vers moi et s'est excusé. Je me suis écarté pour qu'il puisse ouvrir l'armoire où se trouve le coffre-fort. Il a sorti un cartable que j'avais jamais vu d'en dessous du comptoir, et il s'est installé un peu plus loin, dos aux clients, avec un pad pis un paquet d'autres feuilles. Devant moi, un homme me disait « pompe 3 », mais je pouvais pas ajouter le montant à la facture.

— Vous avez pas raccroché le pistolet, monsieur.

— Esti de câlice, le gars a dit, avant de tourner les talons et de se diriger vers la porte.

J'ai pilé sur mon orgueil et j'ai répondu :

— Je suis vraiment désolé.

— Ouan, l'homme a dit en poussant la porte. Je reviens.

J'ai regardé Jacques du coin de l'œil. Il avait l'air d'évaluer des correspondances entre deux piles de papier posées devant lui. Il avait un sourire en coin et il hochait légèrement la tête. Crisse qu'y est ben cet homme-là.

Le client est revenu dans le dep, m'a demandé un Mark Ten pour accompagner son gaz, a jeté un paquet de gomme à la menthe sur le comptoir pour faire un trio, a passé sa carte dans le lecteur et est ressorti sans sa facture.

Vers ma gauche, j'ai entendu un « ayoye câlice ». C'était un poseur de piscine qui avait mal scellé le couvercle de son gobelet à café. En l'empoignant, sa main avait comprimé les bords et fait verser du café sur ses doigts et le comptoir. Il va ramasser j'espère. Il s'est essuyé la main avec du papier brun. Il a tiré encore un peu de papier du distributeur et a épongé la surface devant lui. Bon, OK, merci. Mais de loin on voyait que c'était encore crotté.

Ses collègues étaient devant moi en file, j'avais pas le temps d'aller torcher ça proprement.

Entre deux clients, j'ai entendu des coups à l'extérieur et j'ai tourné la tête. Esti, Stéphane. Il avait déverrouillé le couvercle du cendrier et était en train de vider le pot en métal rempli de mégots dans la poubelle. Autour de lui, les rayons du soleil traversaient le gros nuage de cendre dégueulasse qui s'était formé. Je l'ai trouvé épais, ça allait sentir le botch pendant une demi-heure. Puis je me suis demandé si je devais être inquiet. Comme toujours quand un patron entre dans mon champ de vision. Je pense que c'est ça qui me fait le plus chier avec les boss. Leur simple présence suffit à ce que je me fasse mon propre procès. Je me demande : Que c'est que j'ai fait? De quoi de pas correct? Mais je me suis rassuré : pour vrai, pas mal sûr qu'il m'avait jamais dit qu'il fallait que je vide le cendrier, alors je me suis dédouané de toute responsabilité.

Mais on a beau s'acquitter autant qu'on veut, juste savoir qu'on est subordonné c'est avilissant.

Ça gosse crisse, j'étais toute de bonne humeur de voir le vieux Jacques, pis là Stéphane me pète ma baloune.

J'ai passé un client, puis j'ai salué l'autre, et j'ai douté encore. Attends, il me l'avait-tu dit? C'est sûr que c'était à moi de vider le cendrier, esti.

Ça faisait déjà quasiment un mois depuis ma semaine de formation. Je pourrais prétexter que j'avais oublié. Personne peut t'en vouloir d'*oublier.* Si t'oublies, c'est pas de ta faute, parce que *techniquement*, c'est comme si tu le savais pas.

Sauf qu'en quelque part, j'étais content de le voir. Quand il rentrait tôt de même, souvent il m'aidait avec le rush du matin en prenant la deuxième caisse.

Il est entré dans le magasin sans me regarder. Plutôt que de venir vers moi, il a tourné à droite vers le backstore. Shit, mon sac à vidange. C'est sûr que ça avait continué de couler pis que ça avait fait une grosse flaque.

Pis la commande. J'avais zéro eu le temps de ranger la commande. Il y avait des dizaines de caisses empilées devant la toilette.

J'ai dit au monsieur devant moi le prix pour son gaz, son Lotto Max, son café et son *Journal de Montréal*. Je l'ai fait payer et quand il s'est éloigné, j'ai vu mon gérant ressortir du backstore avec une moue dans la face. Il fait toujours la moue, non? Il avait l'air un peu cave avec ses lunettes soleil, à abaisser les coins de ses lèvres comme ça vers son menton. Mais c'était toujours ça, sa face au repos, me semble?

Il avait pas le droit d'être fâché, esti. Je l'aurais ben rangée, la commande, mais checke-moi la file que j'ai depuis tantôt. Il a bifurqué en chemin vers la caisse pour aller se poster devant le coin café. Il me faisait dos. Et il bougeait plus… Non mais sacrament, passe une guenille toi-même si ça t'écœure! Je commençais à me pomper. Depuis que j'occupe des emplois comme ça où comprendre le français et avoir un ou deux doigts qui plient fait de n'importe quel candidat un employé surqualifié, je me méfie des gérants. Les gérants zélés surtout. Ce que ces boss-là comprennent pas, c'est que malgré tout ce que les clowns avec des DEP en PowerPoint qui ont lu trois-quatre livres de management vont leur dire, pour qu'un employé comme moi assure le roulement normal d'une place comme ici, y a rien de plus à faire que le strict minimum. C'est pas de la faute du commis si la place va mal pis c'est pas grâce à lui si ça roule. Ça le sera jamais.

J'ai fermé les yeux quelques secondes entre deux clients. C'était juste une époque, juste une phase. Un jour, je serai un poète connu et j'aurai plus besoin de travailler.

Mais j'avais beau me rappeler que j'étais promis au panthéon, toutes les consignes que Stéphane m'avait données durant la semaine où on avait fait les nuits ensemble me revenaient en tête, et je rageais. Dans chacune des jobs de dep que j'avais eues, même si je faisais mon smatte, je travaillais quand même un peu. Je restais dans les limites de ce que j'avais déterminé être, aux yeux de tel ou tel boss en particulier, le minimum acceptable dans un quart de travail. Et pis peu importe la force de l'illusion que j'avais de l'emporter sur eux en en faisant le moins possible, c'est toujours ben moi qui gardais le compte de mes travers, même cachés. Il faut rien de plus pour se trouver une job et la garder dans la vie : intérioriser les critères des boss, se prendre la main dans le sac et se punir soi-même. Tout ça en silence dans notre petite tête corvéable. Au moins, je suis formé pour le monde de l'emploi asteure. J'avais eu assez de jobs pour qu'un boss ait même plus besoin de me passer en revue comme un pauvre con de fantassin au garde-à-vous. Il avait juste à se pointer le nez pour que je me reproche en silence tout ce qu'il aurait à redire s'il savait combien de coins ronds que je tourne. C'est pour ça qu'on dit aux ados que des places comme le McDo ça paraît ben sur un CV. Ça dit tout ce qu'un employeur a besoin de savoir avant d'engager un adolescent au salaire minimum : que ce kid-là est capable d'endurer huit heures de tâches à la con sans jamais voir le fruit de ses efforts, et de le faire en souriant aux clients à part de ça. Que plutôt que sur la qualité ou le résultat concret de son travail, c'est uniquement sur sa capacité à *faire ce qu'on lui a demandé de faire* que cet ado-là va se juger lui-même.

Planté maintenant devant le coin café, c'était pas juste Stéphane, c'était tous les boss, c'était l'autorité, c'était encore une contrainte qui m'empêchait d'avoir la seule chose que je souhaitais depuis que j'avais fini d'apprendre à lire et à compter : la paix.

Il bougeait toujours pas.

Voyons, y est-tu bogué, je me suis demandé.

— Allô ?

Mais c'était moi qui étais bogué. Le client devant moi avait la main tendue.

— Je peux-tu avoir ma facture ?

— Ah oui. Scusez. Voilà, bonne journée.

J'ai entendu un frottement sur ma gauche. Mon gérant avait sorti la poubelle de sous le meuble du coin café et était penché pour voir jusqu'où son regard pouvait plonger sans être obstrué par des déchets. Quel malade. Une chance que j'avais changé le sac, quand même.

Il est passé derrière le comptoir pour se planter de biais à trois pas de moi derrière mon épaule gauche.

Salut, que je me disais en imitant sa voix dans ma tête. Salut Mathieu, comment ça va ? Passé une bonne nuit, Mathieu ? Pas pire, merci. Super, content d'entendre ça !

Mais non, il me disait même pas bonjour. Il était juste planté là dans mon angle mort comme une grosse araignée, chacun de ses yeux noirs derrière ses verres fumés.

C'est si tough que ça de saluer les gens ?

Un client devant moi m'a donné son numéro de pompe et, pour mon plus grand malheur, il m'a demandé un paquet de cigarettes. Oh non, que je me suis dit. Je savais ce qu'il fallait que je fasse et j'avais honte. À quelles petitesses j'étais réduit. C'est sûr qu'il avait besoin de rien d'autre ce gars-là. Il me l'aurait demandé, pensez-vous ? Et puis s'il oubliait quelque chose, c'était son problème. Un problème pas bien grave, qu'il aurait pu régler en revenant en dedans ou en arrêtant ailleurs en chemin vers sa job. Mais je l'ai dit pareil, parce que je suis rien qu'un petit crisse de pion. Un jobeux exploitable qui porte un t-shirt avec son nom dessus pour faciliter les plaintes.

— Avez-vous besoin d'un briquet avec ça ?

— Hein ? Un quoi ? Ah, non. No-non, ça va.

— Débit ?

— Oui.

Je lui ai rendu sa facture. Câlice que j'avais pas d'amour-propre. Après une défaite de même, je voulais me venger de Stéphane. J'en ai mis plus que le client en demande pour prouver mon point.

— Merci, au revoir. Bonne journée, à la prochaine !

— Salut, merci.

Un client content. C'est pas un client content ça ? Y a-tu moyen de faire plus poli que ça ? Mais ça a l'air que c'était pas correct. Stéphane s'est ouvert la trappe.

— Ton « au plaisir », Mathieu.

— Salut Stéphane.

Je jouais avec le feu, je le savais.

— Oui. Salut Mathieu. Ton « au plaisir ».

— Mmh ?

— T'as pas dit ton « au plaisir ».

— Ah ! Ben oui, excuse-moi.

C'est ça la vie. C'est-tu rien que ça la vie ? On apprend à marcher, à dire « maman », à faire du tricycle, du vélo à petites roues, du vélo pas de petites roues, on perd ses dents de bébé pour des plus grosses qu'on se fait brocher jusqu'à ce qu'elles soient bien droites, on les brosse le matin, le soir, on se douche, on se lève tôt tous les jours pour que des professionnels passent des heures, des semaines et des années à nous donner des notions d'histoire, de géographie, d'algèbre et d'anglais. Ils nous évaluent là-dessus, on se fait une blonde, on a mal pour la première fois, on s'en fait une autre en se disant qu'on grandit intérieurement, on devient de plus en plus apte à se faire des amis, à discuter, à écrire sans fautes, on apprend même un instrument ou bien quelqu'un nous fait remarquer qu'un de nos hobby, c'est peut-être plus qu'un hobby, un talent, qui sait ? On pense à l'avenir, à tout ce qu'on pourra faire quand on va avoir le droit de vote pis une carte de crédit. Pis tout ça pour ça ? Tout ça pour ça ? Quand est-ce que j'allais trouver le temps d'écrire mes poèmes ? Ça a l'air que c'est ça, la vie. Mais c'est tellement honteux, tellement décevant que personne va te le dire. Faut l'apprendre par soi-même. À la dure. Ma seule consolation, c'est de m'efforcer de me souvenir le plus possible des choses qui m'arrivent et du caractère des gens que je rencontre pour espérer en faire un livre un jour. Mais je sais, au fond, que c'est pas possible. Le pot m'enlève la mémoire et, si je garde l'envie de mettre les gens en scène, leurs mauvaises manières me donnent le goût de le faire juste pour leur rendre coup pour coup. Je pense que je cherche des coupables. Mieux vaut prendre son trou, travailler, attendre la retraite, s'acheter une Subaru, un kit en Gore-tex et espérer avoir encore un dos et des genoux pour faire du ski de fond le plus longtemps possible, jusqu'à tant que la prostate lâche pis que tu te fasses placer.

Mon plus gros problème, on dirait, c'est que mes beaux projets de création littéraire que j'entretiens derrière ma caisse, ben dès que je fume un pétard, ils se réalisent. En dedans de moi, c'est-à-dire. Sans que j'aie à les concrétiser réellement. Dans un cahier ou dans ma tête, après un batte, c'est vraiment le même feeling. Mes projets me comblent d'avoir seulement été imaginés. À quoi bon les mettre sur papier ? C'est déjà tout écrit dans ma tête pis je m'envoie même des fleurs ! Je trouverai ben le temps à manné de noter ça…

— Stéphane ?

C'était Jacques qui appelait depuis le bureau. Tant mieux pour moi. Stéphane s'est retourné et est allé le rejoindre.

Ma file diminuait pas, mais au moins je regardais plus l'heure. À voir la hauteur du soleil, il devait être six heures et demie, genre.

Six heures vingt-deux sur ma caisse. Fort.

En tout cas, au moins, avec un rush comme ça, j'aurais pas à défaire la commande de Pepsi. Olivier allait s'en charger cet avant-midi. Olivier, c'est l'autre gars qui travaille ici. À part Stéphane, Val, Ilam pis moi.

J'ai servi encore quelques clients et le téléphone a sonné. C'était mon maudit vicieux. Je lui ai parlé le plus bête possible, mais sans l'insulter.

— Là, ça suffit, monsieur. Je trouve plus ça drôle. Plus drôle pantoute. Arrêtez d'appeler, c'est-tu compris ? Bye.

J'ai raccroché. Non mais. Ça fait, là.

— T'as des problèmes conjugaux ? Jacques m'a dit en pointant le téléphone du menton.

J'ai ri et je lui ai expliqué l'histoire, mais en ôtant toute mention de cul, évidemment. Stéphane aussi était sorti du bureau et il était revenu se placer à quatre pas de moi, mais je l'ai ignoré pour me concentrer sur Jacques.

— Tu te fais harceler en bonne et due forme, toi, mon gars.

— Mets-en. Pis pourtant ça fait plusieurs fois que je lui dis *poliment*, très *poliment*, d'arrêter d'appeler.

— Y a du monde seul dans vie, ça, tu peux être sûr.

— Ouan.

— Le gars avant toi, par exemple, sa blonde passait quasiment toutes les nuits à lui tenir compagnie, pauvre lui, tellement qu'il s'emmerdait.

Je sentais que Stéphane rongeait son frein au-dessus de mon épaule.

— T'aimes-tu ça ici, au moins, mon grand ?

— Oui oui ! Ça me fait économiser sur la crème solaire en tout cas !

Oh qu'il a eu l'air de la trouver bonne celle-là, Jacques. Il a pas émis un seul son, mais un coin de sa bouche a remonté jusqu'à son oreille d'un bord en me dévoilant son partiel, et il a hoché plusieurs fois rapidement la tête, les yeux mi-clos. J'étais fier de moi. Dans mon angle mort, Stéphane faisait pas un son. Maudit fou.

— Stéphane, on regarde ça ? Jacques lui a demandé.

— Oui oui, donne-moi un moment, je te rejoins. J'ai besoin d'une petite minute avec Mathieu.

Jacques s'est dirigé sans se presser vers le coin café. Il a passé du papier brun sur le comptoir et a placé un cup sous un thermos. Un client mettait du sucre dans son café à côté de lui. Il a éclaté de rire et je l'ai entendu répondre à Jacques « … c'est sûr que… compter… l'avant-midi… », mais j'ai pas trop compris le reste. J'étais pas le seul à l'aimer, il faisait vraiment le même effet à tout le monde, ce bonhomme-là.

Stéphane s'est planté dans mon champ de vision.

Décroche esti le gros.

Il s'est installé très près de moi et s'est mis à me donner de la marde en chuchotant, les dents serrées. J'en revenais pas. À l'entendre, je faisais rien de correct. Afin de garder ma dignité à travers ma mauvaise foi, je m'étais accroché un sourire en coin pendant qu'il me disait qu'il avait «jamais vu ça» un coin café crotté de même, qu'il prenait ça «personnel» étant donné que c'était lui-même «en personne» qui avait eu la «patience» de tout me montrer. Il parlait le moins fort possible, pour pas que les clients entendent. J'ai jamais tourné le regard. Je faisais juste hocher la tête et dire que je comprenais et que j'étais désolé.

— Pis me semble que je te demande pas grand-chose : «au plaisir». C'est-tu si compliqué? «Au plai-sir.» C'est-tu si compliqué que ça, hein, Mathieu?

— Non, je comprends. Excuse-moi. Bonjour, y avait de l'essence avec ça?

— T'es un gars brillant, me semble, Mathieu?

— Ça fait 46,74 $, débit?

— Je le sais que t'es un gars brillant, Mathieu. Pis je t'aime ben aussi. Je me dis : Stéphane, sois patient avec lui, ça va valoir la peine, tu vas voir. C'est un gars brillant.

— Merci. Au plaisir.

— Je le sais que t'es un bon gars, Mathieu.

— Bonjour. Oui, la Camry ? Trente-deux pile. Débit ? Crédit.

— T'sais, on est une team, là. Je demande juste que tout le monde soit un team player.

Ça finissait plus. Je le laissais pas paraître, mais j'étais hors de moi. J'en revenais pas du culot qu'il avait. Mes mains tremblaient de colère et de fatigue. Le plus simple était de répéter « désolé, oui, je comprends » et de me concentrer sur les clients et les factures.

Enfin, Jacques est revenu vers nous.

— Je pense que tout est clair là, Mathieu, hein ? Stéphane a encore dit.

— Oui. Cent pour cent, j'ai répondu sans le regarder.

— Stéphane, commence par me sortir la feuille du mois passé, s'il te plaît, Jacques a dit.

Il a répondu « oui » et est allé s'assoir dans son bureau.

Jacques est venu s'accoter au comptoir face à la deuxième caisse. Il soufflait sur son café chaud pendant que je faisais payer un gars qui venait de rajouter un sac de crottes de fromage avec son Pepsi Max pis son 20 piastres de gaz. Mes mains tremblaient encore. Mon vieux Jacques a pointé du pouce vers le bout de l'allée et a émis un bruit de ronflement en fermant les yeux pour imiter quelqu'un qui dort. Cré Jacques. J'ai ri nerveusement.

— Faut t'en prennes pis t'en laisses, t'sais.

— Ouan, j'imagine, j'ai répondu.

— C'est pas de ta faute, dis-toi ça. C'est que ç'a l'air qu'y a un petit voleur dans place. Fait que Stéphane est sur le gros nerf, penses-tu.

Mon sang a fait un tour. Bon ben that's it. C'est fini. J'ai voulu dire « Ah ouais ? », mais j'ai eu peur que ma voix me trahisse.

— Savais-tu, toi ? il m'a demandé.

— Han ? Non. Pantoute. Je savais pas.

Grillé. Je suis grillé.

Olivier est rentré dans le dep. Il avait un casque d'écoute sur les oreilles, un t-shirt de Manowar sur le dos et des bracelets de studs aux poignets.

Peut-être que lui aussi il vole, pis que c'est lui qu'ils ont pogné ?

Ça serait surprenant. En dépit de son look, c'est un gars ben square.

Je dois dire que c'est pas parce que je l'aime pas que j'avais pas parlé de lui avant aujourd'hui. J'en avais pas parlé parce que… Ben parce que je sais pas. Il est ordinaire. J'ai rien à dire sur lui. Ordinaire dans le sens de ben correct. Peut-être même qu'il est pas ordinaire. Il est peut-être super smatte. En fait, il *est* smatte. Je le sais qu'il est smatte. Ce que je veux dire, c'est que peut-être qu'il est cool quand on apprend à le connaître. Il a à peu près mon âge en plus. Ben fin, toute la patente. Mais je sais pas. Il porte des bottes à cap pis les cheveux longs qui lui descendent jusque dans le dos. Je pense que je trouve ça nul. C'est censé être cool, ça, dans sa tête, je pense. Métal pis toute. Pis je suis pas mal sûr qu'il fume du weed aussi. Ouin. Peut-être que c'est ça, je le trouve nul. Adopter à ce point-là les codes edgy d'un style de trippeux de musique, ça rend ça super conformiste en fait. Y est comme dweeb. Ça se commande pas, l'intérêt, regarde. Je sais que c'est snob que ça soit parce qu'il porte des t-shirts de Manowar, mais qu'est-ce tu veux. On entendait les hautes de sa musique jusqu'à mon comptoir.

— Ah ben. Tiens, salut Jacques, qu'il a dit en s'approchant du comptoir et en enlevant ses écouteurs.

— Monsieur Olivier.

J'avais vraiment pas vu le temps passer. Ma caisse affichait 6:46:54. C'est tout le temps comme ça dans la dernière heure de mon shift. Gros soleil. Plein de monde.

Ça passe en deux secondes. Olivier m'a regardé en secouant un peu la tête pour dégager les cheveux qui lui tombaient dans le visage.

— Salut.

— Salut, j'ai répondu.

— Ça va ?

— Ouais pas pire, toi ? j'ai dit.

— Ouais.

— Cool.

— Yes.

Bon, c'est ça, vous voyez. On s'entend bien là. Y en a pas de problème. C'est juste que, c'est ça. J'ai rien à dire sur lui.

Eh que j'espère qu'il vole lui aussi pis que c'est lui qui va se faire pogner.

Il est allé porter son sac à dos à côté des fours. Pendant qu'il enroulait le fil de ses écouteurs pour les ranger, Stéphane est revenu en avant.

— J'ai affaire à te parler tantôt, il a dit.

— Ouais, pas de trouble, Steph, Olivier a répondu.

Il avait l'air de s'en câlicer. Sûrement qu'il avait rien à se reprocher. Ou il était crissement bon acteur. Stéphane a passé un paquet de feuilles à Jacques qui l'a mis sur son pad.

— OK, viens me montrer ça, le vieux Jacques a dit.

Ils se sont dirigés vers le backstore. Bon ben too bad pour mon sac à vidange. C'est sûr que ça avait continué à couler pis qu'il y avait une flaque à terre asteure. Je nettoierai tantôt à mon autre shift avec Val. C'était bizarre de parler de mon autre shift. Je pouvais jamais dire « demain ». À strictement parler, je travaillais deux fois par jour. Pis là, en plus que je prenais le shift d'Ilam pour faire un double, j'allais juste avoir huit heures entre les deux. Entre les trois en fait… On dirait que j'ai juste flashé à ce moment-là que j'allais avoir passé 24 heures sur 36 à travailler entre tantôt quand j'étais rentré le jeudi soir et samedi matin à la même heure que présentement. Ça m'a fait chier pis j'ai cherché à qui en vouloir.

Olivier a ouvert le tiroir de la deuxième caisse dans laquelle on garde l'autre fond de change pour les changements de shift et il a compté pour voir si tout était bien à 250.

Les minutes se sont envolées, on était rendus à moins d'une minute de l'heure pile. J'avais encore une file de clients. Après avoir souhaité bonne journée, sans parler de plaisir, à un gars de construction qui s'achetait un beigne préemballé pis un Red Bull, j'ai dit «ça sera pas long» au monsieur en arrière et j'ai sorti mon tiroir de la caisse et la banderole de l'imprimante.

Olivier a mis son tiroir à la place du mien et a dit salut au bonhomme en appuyant sur les boutons pour rentrer un petit café et *Le Journal de Montréal.*

— Quarante piastres de super dans la 4 aussi s'te plaît, le monsieur a ajouté.

Ça m'a fait lever la tête. Ben oui. Ça que je pensais. Y a ben rien que les boomers qui font des prépaiements. Parce qu'ils «checkent leurs affaires». Les boomers ou ben donc les ados qui ont juste 20 piastres dans leurs poches pis qui veulent pas buster par inadvertance. J'ai regardé le char à la pompe 4. Une Mustang décapotable. J'ai reposé mes yeux sur le bonhomme. C'était sûr : calvitie. Ça, c'est un gars qui a attendu de devenir rentier avant de commencer à vivre. Pis au gros soleil, le toit ouvrant baissé, quand les maringouins éclatent sur son front luisant qui file à 130 dans la voie de gauche tout le long jusqu'au chalet, il oublie pendant une heure qu'il est passé à côté de sa vie.

Je suis allé changer de t-shirt dans le fond plus loin que le bureau de Stéphane, là où il y a les breakers.

En revenant en avant, j'ai dit bonne journée à Olivier. Il m'a dit la même affaire. C'est ben simple, y en a pas de problème entre moi pis ce gars-là !

Je me suis dirigé vers le fond en contournant la pile de boîtes de produits Pepsi-Cola. J'ai posé la main sur la poignée de la salle de bain par alibi et j'ai tourné la tête pour jeter un œil par la porte du backstore ouverte dans mon dos. Personne en vue, mais j'entendais les deux hommes parler au futur de quelqu'un qui allait appeler un fournisseur de je sais pas quoi pour poser une affaire de je m'en fous. Je les voyais pas. Ils étaient plus loin derrière le coin, vers l'arrière des frigos à bière. J'ai lâché la poignée des toilettes, je me suis tourné complètement, j'ai fait trois grands pas rapides sur la pointe des pieds, et j'ai attrapé le nœud de mon sac à vidanges qui jutait. Il y avait une belle grosse mare de café à terre. J'ai pris la moppe et j'ai épongé. En voulant reprendre mon sac et poser la moppe d'un même geste, je me suis enfargé dans une caisse de Pepsi Max et le manche de la moppe est allé rebondir au sol.

— Salut Stéphane bonne journée ! que j'ai crié pour signaler que c'était moi pis pas un poseur de bardeaux ou un chauffeur de lift en train de voler une caisse de Monster.

— Hein ? Ah salut Mathieu, Stéphane a répondu sans se montrer.

J'ai vu un talon passer le coin et l'arrière d'une tête s'avancer. J'étais planté là avec mon sac dans les mains. C'était le vieux Jacques. Il m'a fait un clin d'œil en claquant la langue et en pointant vers moi sa main pliée en revolver.

Je me suis dirigé vers la porte d'entrée à reculons, en essuyant le plancher à mesure avec mon soulier. Dehors, j'ai fait le tour de la bâtisse et je suis allé balancer mon sac dans le conteneur. Ça avait coulé partout dans le stationnement. Mais à manné, je veux dire, ça va sécher. On va pas virer fou.

J'ai continué dans la même direction pour enjamber la chaîne de trottoir qui termine le terrain asphalté du dep et j'ai fait quelques pas dans l'herbe haute du terrain vague qui s'étale sur des centaines de mètres, jusqu'au pylône d'Hydro plus loin et au cinéma derrière. J'ai relevé mon vélo caché là, je suis retourné sur l'asphalte et j'ai roulé entre les pompes jusqu'à la piste cyclable.

Les oiseaux chantaient et il faisait déjà chaud. On sentait que vers midi, ça allait être un vrai four. Au moins, à vivre de nuit tout l'été, j'aurai pas crevé de chaleur. Et puis, avec ma chambre dans le sous-sol chez ma mère, j'ai aucun problème à m'endormir même si la clim est fermée pis qu'il fait 30 dehors.

Après le passage à niveau, je me suis calmé. Ils pouvaient pas me pogner à voler. Ils auraient beau regarder les caméras, ils pourraient pas me coincer. J'étais subtil quand même.

Le seul truc qui pourrait m'incriminer, c'était les paquets de clopes. Mais en même temps, comment ils pourraient voir? Ça me prenait une fraction de seconde pour en piquer. J'accotais mes fesses sur le tiroir, que j'ouvrais légèrement, d'à peine cinq centimètres. Avec les deux doigts d'une main, dans mon dos, je pinçais le premier paquet de la rangée pour le mettre dans la poche arrière de mon pantalon. Le transfert s'opérait à toute vitesse. Et puis si je voulais une sorte en particulier qui se trouvait pas dans un des tiroirs du haut qui m'arrivent aux hanches, j'attendais d'avoir à remplir une rangée. Je laissais un paquet dans le carton de la sorte que je voulais, et je mettais l'emballage « vide » à la poubelle. Mais c'est ça. Il était pas vide. Quand je sortais les vidanges dehors, loin des caméras, j'ouvrais le sac et je prenais le paquet voulu dans le fond du carton.

Pour le reste, j'étais blindé. À chaque fois que je prenais quelque chose sur le plancher, je revenais vers la caisse, je faisais semblant de le scanner en posant ma main sur le code-barre. Puis, j'ouvrais la caisse et je sortais de l'argent imaginaire de ma poche que je posais dans le tiroir et je le refermais aussitôt. Et voilà.

Pas de stress. Y en a pas de stress.

— Ben non, c'est ça. Aucune chance, que j'ai dit à voix haute.

J'étais vraiment brûlé à m'exclamer de même. En lâchant mon guidon, je me suis allumé une dernière cigarette pour me garder les yeux ouverts le reste de la route.

Tantôt, esti, dans même pas huit heures, fallait que j'y retourne. J'ai eu envie de me coucher. Mais l'envie d'aller me coucher concernait pas ce que j'allais faire en arrivant chez moi dans dix minutes. J'avais envie d'aller me coucher samedi matin après le shift de seize heures. J'étais fatigué là, mais j'étais aussi fatigué demain.

Eh boy.

La vie est trop courte pour travailler.

Mais tantôt, je me suis rappelé, tantôt je vais voir Val !

Ça m'a requinqué !

Aujourd'hui enfin. Ma chance. Tout ce pour quoi j'avais travaillé fort de même !

Val. Oh Val !

21

Je me souviens pas m'être endormi, pis à peine six heures plus tard ça a pris trois-quatre claques sur mon cadran, avec une dizaine de minutes entre chaque sonnerie, pour que je vienne à bout d'ouvrir les yeux.

Baptême que j'étais dans le gumbo.

Le matin, je me sens toujours vide. Vide dans la tête pis vide dans le ventre. Comme l'épouvantail dans le magicien d'Oz. À tous les matins.

Pis là, en plus, c'était même pas le matin, il était deux heures de l'après-midi. C'est pas gai se lever à des heures de même.

Le café. C'est la première affaire qui me rend un peu d'humanité, avant que le pot finisse de m'incarner pour vrai.

J'ai mis un t-shirt et je suis monté au rez-de-chaussée partir la cafetière. Il avait l'air de faire chaud en sale dehors.

Pendant que la machine faisait ses glouglous, j'ai parti la petite télé posée sur le comptoir de la cuisine. J'ai mis RDS, mais je sais pas à quoi je m'attendais, l'été ça parle rien que de golf. Le golf. Tuez-moi. Y a-tu un sport plus décadent que le golf? Quand ils vont faire les manuels d'histoire en Islande, au Kamchatka et dans le sud de l'Argentine après l'effondrement généralisé des écosystèmes, des marchés et des États-nations, vous pouvez être sûrs que les graphistes vont mettre une photo d'un terrain de golf sur la page couverture du chapitre «Apogée et déclin du capitalisme tardif».

J'ai mis MusiquePlus. C'était *123 punk!*. Rej Laplanche était planté devant un palmier avec une casquette *Independent Truck* de travers sur la tête pis des shorts trois quarts camouflage, et expliquait avec sa flemme habituelle, qui était censée être de l'« attitude », qu'il avait eu la chance d'aller rencontrer The Offspring en Californie. Ça a coupé vers un montage complètement débile d'une succession de plans ultra courts. En caméra épaule qui tanguait de droite à gauche, un zoom in suivi d'un zoom out sur : un barbu en chopper dans une rue pleine de vacanciers ; une fille assise sur un vélo avec un perroquet sur son avant-bras ; un gars qui fait du break dance en bedaine en dessous d'un palmier ; des surfers qui marchent sur la plage ; une partie de volley-ball au moment où une équipe marque un point ; un zoom ultra rapproché sur la portière d'un taxi où les armoiries de la ville d'Huntington Beach prennent tout l'espace ; puis, une série de plans encore plus courts (je savais pas que c'était possible) de filles en bikinis qui se font bronzer et de surfers qui prennent des vagues. Enfin, les plans se sont concentrés sur un bâtiment en particulier : la porte d'entrée ; un corridor avec des disques platines sur les murs ; un étui à guitare ; un tatou de squelette qui fait un finger sur un avant-bras ; des amplis ; un autre disque platine. Une chance j'avais pas déjeuné, ça aurait ressorti tout de suite. Ça a fini par arriver à l'entrevue. Le chanteur parlait de leur nouvel album. Mais j'étais trop dans les vapes pour me concentrer à décoder l'anglais, pis laisse faire lire les sous-titres.

Je suis descendu au sous-sol chercher de quoi me rouler un joint. Mais un petit quand même. Une aiguillette, là, je suis pas fou. Seize heures d'ouvrage, t'sais… Pis Val, je voulais avoir toute ma tête pour Val !

J'ai pris ma boîte à crayons de cire toute cabossée et je suis remonté m'installer au comptoir avec mon attirail. La cafetière a toussoté et je me suis levé pour me servir une tasse. J'ai versé deux secondes de lait dedans et j'ai mis une cuillerée de sucre.

Rassis au comptoir, j'étais en train d'égrainer une cocotte quand j'ai entendu un frottement au-dessus de ma tête. Que c'est ça ? Des roues de chaise de bureau ! Shit ! Ma mère était là. J'entendais ses pas dans l'escalier. Esti de câlice. J'ai tout refoutu dans ma boîte à crayons que j'ai mise dans ma poche. Ça devait sentir le pot. Je me suis levé du tabouret de comptoir et je suis allé ouvrir la porte-patio derrière moi, mon café dans ma main.

— Salut mon petit loup, ma mère m'a dit.

— Hey fait chaud aujourd'hui hein ouf, que j'ai répondu sans me retourner.

J'étais planté debout dans le cadre de porte en pensant avoir l'air des photos qu'on trouverait si on tapait « confident professional business office young man suit city window » dans la barre de recherche de Shutterstock.

— Ferme donc la porte, on perd la clim.

— Oui, scuse.

— T'es debout tôt, toi, coudonc. Ben, tôt… Haha. Par rapport à ton shift je veux dire.

— Tu travailles pas aujourd'hui ? que j'ai demandé pour pas répondre.

— J'ai un rendez-vous avec un médecin à trois heures, mais là je rentre mes calls.

— Ah.

— Tu dois être fatigué, rendu comme ça à la fin de ta semaine, mon chou.

— Ouin, c'est pas si pire. Je commence à pogner le beat.

Elle a mis de l'eau dans la bouilloire et l'a mise sur un rond qu'elle a allumé.

— En tout cas, tu vas être riche, qu'elle m'a dit en ouvrant le frigo.

Je savais pas quoi répondre. Est-ce que c'était une question piège ? Est-ce qu'elle disait ça pour me faire comprendre qu'elle allait arrêter de payer pour mes affaires? Pour mon linge, la bouffe pis toutes les bébelles dont j'avais besoin? Quand le cégep commencerait et que je travaillerais moins, je savais pas comment j'allais faire pour garder le même train de vie si elle me donnait pas de l'argent pour mes lunchs avec lequel je pourrais m'acheter ce qu'il me faut pour chiller.

— Ouin, I guess. Mais je suis au salaire minimum, t'sais.

— Mais quand même, logé nourri, t'as pas de dépenses. J'espère que t'en mets de côté.

Je comprenais pas ce qu'elle voulait dire. Si j'avais pas de dépenses, pis que je gagnais de l'argent, veux-tu ben m'expliquer pourquoi je travaillais si c'était pas justement pour dépenser? J'ai répondu ce que je répondais toujours pour jouer safe.

— Oui oui.

Ma mère fouillait dans le frigo. Le clip de *Original Prankster* passait à la télé. Le monteur avait dû bâcler son cours technique à la même place que l'autre crinqué de MusiquePlus parce qu'on avait droit au même genre d'enchaînement rapide de plans rapprochés. Il y avait un peu plus de fish eye, là, par contre.

Le band jouait dans un stationnement plein de chilleux avec du gel dans les cheveux. À un moment donné, il y avait un gars qui jonglait avec des scies à chaîne pendant qu'une fille sexy passait en rollerblade à l'avant-plan. Entrecoupée avec ces plans-là, on suivait l'histoire d'un petit gars qui préparait un sandwich à la crotte de chien pour son père. Le père se doutait de rien. Il s'assoyait dans le salon, allumait la télé, son sandwich dans une assiette devant lui. Profitant d'un moment de distraction, le kid échangeait les assiettes pour mettre sur la table du salon celle avec le sandwich à la crotte.

— Ouache !

— Quoi ?

— Han ? Ah, c'est le clip. C'est dégueu.

— Hmm, ma mère a répondu sans regarder l'écran. En veux-tu toi aussi ?

J'ai tourné la tête pour voir de quoi elle parlait. Devant elle sur la planche à découper il y avait de la laitue, du parmesan râpé, un citron. Le micro-ondes a sonné la fin de son cycle et ma mère en a sorti une assiette avec du bacon précuit. J'ai plissé les yeux pour voir s'il y avait pas de la crotte à quelque part, mais non. C'est sûr que non, voyons.

— C'est quoi ?

— Une salade, mon petit loup.

— Ah c'est correct, j'ai pas déjeuné encore.

— Soupes-tu avec moi ce soir ?

Je lui ai dit que non, parce que je travaillais plus tôt aujourd'hui.

— Ah oui comment ça ?

— Je remplace un collègue.

— Il prend ton shift en échange ?

— Non j'en fais deux de suite.

— Mon doux tu vas être fatigué, t'es sûr que t'es capable ?

— Ben oui.

— C'est fin de ta part ça en tout cas. J'espère qu'il le sait. Si toi t'as besoin de te faire remplacer à un moment donné, y est mieux de le faire pour toi.

— Oui oui, il me remplace la semaine prochaine.

— As-tu besoin que j'aille te porter ?

— Non, c'est correct, je vais y aller en vélo.

— T'es sûr ? Je pars dans une demi-heure.

— Oui oui.

— Il t'a pas forcé à le remplacer, ton collègue, toujours ?

— Han, c'est quoi le rapport ? Ben non.

— Je peux mettre ton vélo dans ma voiture pis aller te porter avec si tu veux.

— Oui, non, c'est correct...

— T'es sûr, sûr?

— Je veux pas te faire faire de détours, que j'ai dit parce que je voulais surtout profiter d'assez de temps seul pour fumer un peu de pot.

— Allez. Ça me dérange pas, je te dis. T'es sûr?

— Oui oui.

Ma mère fuckait mes plans. Je voulais bien paraître devant Val, quand même, pis si j'étais blasté, j'allais pas être capable d'être naturel. Je veux dire, j'imagine que dans ma situation, être blasté c'était paraître naturel, mais dans le sens que j'allais pas être quick, pas toute là avec elle. D'un autre côté, si je fumais pas j'allais pas m'endurer. Fait que c'est pour ça que j'avais décidé de mettre mon cadran un peu plus tôt, pour avoir le temps de fumer, de débuzzer, pis après de partir au Pétro.

Vu que j'avais pas fumé, j'avais pas faim, fait que j'ai fait too bad le déjeuner pis je suis monté à la salle de bain.

L'eau de la douche coulait depuis cinq minutes déjà, mais j'étais tout nu devant le miroir qui s'embuait.

J'ai pincé la peau d'un de mes flancs et j'ai tiré très fort. Depuis que je me suis mis en bedaine pour la première fois devant d'autres gens à mes cours de natation quand j'étais tout petit, j'essaye de cacher mes côtes comme ça. Je suis gêné d'être maigre de même. Je suis pas médecin, mais je pense que tirer fort et souvent comme ça sur la peau de mes flancs, ça va la rendre plus souple et la faire décoller des os. Pis on verra moins ma cage thoracique. Mais ça doit faire dix ans que je fais ça, pis ça marche pas. Encore aujourd'hui, à la piscine, quand je suis pas dans l'eau, ma position au repos est de croiser mes bras et de poser mes paumes à plat sur mes côtes. Habillé ça paraît pas, mais en bédaine, je suis tellement mal à l'aise. Quand Val et moi on le ferait pour la première fois, il faudrait fermer la lumière. Mathilde avait jamais rien dit à propos de ça tout le temps qu'on a été ensemble. J'imagine qu'elle s'est retenue… J'avais espéré que la puberté me donnerait de la masse musculaire, mais ça m'a juste amené la tête plus haut que tout le monde dans les airs. J'étais petit pis maigre pis asteure je suis grand pis maigre. À la verticale ça va, mais à l'horizontale je suis pas plus avancé. Pourtant, quand je fume le soir, c'est fou ce que je peux engloutir à force d'allers-retours entre la cuisine et le futon au sous-sol. Mais je prends pas de poids.

Ma mère a cogné dans la porte.

— Quoi ?

— Je pars dans vingt minutes.

— Ok !

Pourquoi elle me disait ça ?

Je suis entré dans la douche et je me suis assis au sol. Après dix minutes à regarder des rigoles se former sur le verre des parois, je me suis relevé et j'ai fermé le jet.

J'ai descendu deux étages et dans ma chambre j'ai mis mes jeans noirs avec lesquels je crevais toujours de chaleur en vélo vers le dep, mais qui étaient indispensables à la clim.

J'entendais ma mère faire du tapage au rez-de-chaussée. Elle avait ses talons et marchait de long en large. Ça m'a gossé. J'ai fini de rouler le joint que j'avais abandonné plus tôt et je me suis allongé sur mon lit en attendant qu'elle parte. Mon cadran affichait l'heure moins vingt-cinq. Ça commençait à être short là. À rouler peinard, ça me prend quinze minutes me rendre au dep. Si elle partait dans les cinq prochaines minutes, j'allais pouvoir tirer deux-trois puffs ici, et rouler assez tranquillement pour fumer ma cigarette d'après-batte sans m'essouffler. Elle devait bien être sur le point de partir ? J'étais de plus en plus en colère après elle. Elle comprenait pas qu'elle fuckait mon horaire ? Me semble que c'était évident, calvince. Et puis, qu'est-ce qu'elle faisait ici en plein jour la semaine ? Ça avait juste pas rapport. Je jouais avec mon briquet, le joint dans ma bouche. Sans m'en rendre compte, concentré sur ma frustration, j'amenais la flamme de plus en plus prêt de mon spliff. Pourquoi pas une petite puff au Bounce, dans le fond ? Ben oui ! C'était le plus simple. J'ai ouvert le tiroir de ma table de chevet et j'ai pris ma pipe que j'ai bourrée d'une pincée de pot. Du même tiroir, j'ai pigé trois feuilles de la boîte d'assouplissants à lessive que j'avais prise dans la salle de lavage il y a longtemps, et je les ai froissées dans le tube du rouleau de papier de toilette que je garde sur ma table de chevet.

J'ai tout tiré en juste une puff, jusqu'à ce que plus rien brûle, pour pas qu'il y ait de fumée qui s'échappe du bucket. J'ai gardé la boucane le plus longtemps possible. Plus tu la gardes, moins il y en a qui ressort quand t'expires. Pis en plus, c'est économique. J'ai déjà entendu que, pour le pot comme la cigarette, ça prend au moins sept secondes avant que les éléments actifs dans la fumée se répandent dans les poumons. C'est fou le gaspillage pareil. À manné j'en pouvais plus et j'ai collé ma bouche sur le tuyau de papier de toilette pour expirer. Oh bo-boy, je l'avais gardée longtemps ! Ma tête s'est allumée comme une traînée d'essence. Je la sentais déjà. Câline de câline de bine que ça faisait du bien. En ressortant à l'autre extrémité du rouleau; la boucane sentait le sucre et le détergent. Le « tango pomme et mangue » en fait, si on croyait la boîte d'assouplissant.

Je me suis rallongé.

Ouf.

Ma mère faisait encore des allers-retours au-dessus de ma tête.

Elle pouvait ben prendre son temps. Je m'en foutais.

Ouf…

J'ai fermé les yeux en me disant qu'il y avait pas de danger, ma mère claque tout le temps les portes, quand elle allait partir ça allait me réveiller et je saurais que c'est l'heure de me pousser. Juste deux minutes…

Ouh, c'était une grosse puff, ça.

Je ressentais une grande bouffée d'air frais qui partait de mon ventre et se répandait dans mon torse. Ça me chatouillait et dans ma tête, après l'éclat initial, j'avais l'agréable sensation d'un chocolat qui fond sur la langue.

— Mathieu !

Sacrament, je m'étais endormi, moi ! Combien de temps ?

J'ai regardé l'heure. J'étais encore correct.

— Maaa-thieu !

Voyons donc crier de même. J'allais quand même pas répondre à ça. Elle a recrié. Hey ça se peut-tu ? Mais en fait, j'ai flashé d'un coup, j'avais beau avoir fumé dans un Bounce, j'allais quand même pas prendre la chance qu'elle descende ici. J'ai gueulé aussi.

— Quoi ?

— Mathieu !

— Quoi ?!?

— …ten… m'… loup !

Rien compris. J'ai crié « attends » et j'ai pris le Clear eyes dans ma table de chevet. Je m'en suis versé deux gouttes dans chaque œil, je me suis épongé les paupières avec du papier de toilette et je me suis levé.

En haut, ma mère était plus là. Je suis allé dans la cuisine. Pas là non plus. Tout était propre et rien traînait, à part une boîte à lunch au milieu du comptoir.

— Maman ?

Pas de réponse. J'ai répété plus fort. Toujours rien. J'ai entendu la porte de garage se refermer. Je suis sorti sur le perron. Ma mère était en train de mettre mon vélo dans son coffre d'auto.

— Allez, viens-t'en mon loup. Je t'attends.

— Hein ? Non mais j'ai pas besoin de lift je t'ai dit.

— Ben pourquoi tu m'as dit oui tantôt ?

— J'ai jamais dit ça.

— Ben oui.

— Ben non.

— Je t'ai dit « ça me dérange pas d'aller te porter », tu m'as dit « OK super, merci ».

— Non. Pantoute. T'as dit : « t'es sûr que tu veux pas », pis j'ai dit : « oui oui ». J'ai dit oui, mais ça voulait dire non, là.

— Bon. En tout cas. Mais là j'ai toute vidé mon coffre pour faire de la place pis ton vélo est dedans.

Se mêler de ses affaires, c'est pas dans ses plans hein, on entretiendra pas de doute là-dessus.

— OK... mais je suis même pas prêt à partir là...

— Pas de problème, mon loup. Ramasse tes affaires, faut que je fasse un appel. Je t'attends dans l'auto.

— OK.

— Je t'ai fait un lunch sur le comptoir.

De retour en dedans, je suis monté à la salle de bain me brosser les dents. J'ai hésité, mais j'ai sorti le flacon de parfum que ma tante m'avait offert à Noël il y a deux ans. J'ai éloigné la bouteille le plus loin possible au bout de mon bras et j'ai envoyé deux push. J'ai mis du déo et j'ai donné un coup de séchoir à mes cheveux encore mouillés. J'aurais pas dû me rallonger dans mon lit. Ça s'était tout aplati en arrière, pis ça me remontait autour des tempes comme une couronne. Maudit de maudit. J'allais avoir l'air de quoi devant Val ? De quoi j'avais l'air le premier jour où elle m'avait vu, d'ailleurs ? Mes cheveux étaient pas comme ça en tout cas. Ils étaient un peu plus courts, mais longs pareil. Je pense qu'ils étaient beaux. Ils étaient plus aplatis, moins gonflés, ça c'est sûr. Comment j'avais réussi à arranger ça donc ? Je m'en suis rappelé : c'est parce que j'avais eu chaud dehors. J'étais vaguement en sueur tout cet après-midi-là, ça fait que mes cheveux étaient un peu plus humides et avaient moins de volume. Ils tombaient dans mon cou en boucles brillantes comme ceux de Jim Morrison. Mais là, on aurait dit que j'étais passé à la sécheuse sur le même cycle que Jimmy Page.

J'ai enlevé mon t-shirt et j'ai ouvert la porte de la douche pour partir le jet. En gardant les pieds à l'extérieur, je me suis mouillé les cheveux. J'ai épongé avec ma serviette. Après, j'ai rapidement passé l'air chaud du séchoir sur mes cheveux que je tenais à plat sur mon crâne pour pas qu'ils gonflent. C'était mieux. S'agissait de pas trop y toucher d'ici à ce que ça sèche.

En fermant le séchoir, j'ai entendu des coups de klaxon à l'extérieur. Ah my god…

J'ai dévalé deux étages jusqu'au sous-sol en remettant mon t-shirt. J'ai ramassé mes affaires, je suis remonté dans la cuisine, j'ai mis la boîte à lunch dans mon sac à dos et je suis sorti dehors.

Dans l'auto, ma mère était encore au téléphone. Elle a mis son index devant sa bouche quand je me suis assis dans le siège passager.

— Hmm-hmm… Oui… Oui, bien sûr. Non, pour Johnson & Johnson… Bien sûr… Docteur Allard, oui… Et docteure Tam aussi, si elle est disponible la même journée…

Elle avait son agenda posé devant elle sur son volant. En inscrivant quelque chose dans la page de la semaine prochaine, elle a appuyé trop fort sur son stylo et ça a donné un coup de klaxon. Elle s'est tournée vers moi l'air amusé. J'aurais voulu disparaître.

Elle a rangé son agenda mais continué son appel. Elle avait les mains libres là. Pourquoi elle partait pas le char? Quelle perte de temps. J'avais envie de fumer une cigarette. J'ai lâché un soupir le plus fort possible. Elle a instantanément donné des claques en l'air dans ma direction en montrant les dents.

— Oui. Merci beaucoup, mais oui, c'est parfait. Merci. Bonjour.

Bon, enfin.

— Tu le vois ben que je suis au téléphone.

J'ai rien répondu. Et j'ai rien dit pendant une couple de minutes d'ailleurs.

On roulait sur le boulevard de Mortagne et son cellulaire a sonné. Elle l'a tripoté dans le porte-gobelet en lui jetant des regards de biais jusqu'à ce qu'elle voie le nom d'une de ses amies sur l'afficheur.

— Tu réponds pas?

— Ah non, je vais la rappeler.

— Hmm.

— Elle, je lui parle tout le temps. Là, je suis avec mon petit chéri d'amour, qu'elle a dit en prenant une voix chantante.

— Hmm.

Elle a pas appuyé sur *Raccrocher* par contre. La sonnerie continuait de crier. Je voulais pas jouer complètement franc jeu sur ma mauvaise humeur, alors je me suis retenu d'appuyer moi-même et j'ai enduré.

— Ça va te faire changement de travailler la nuit.

— Mouin.

— Non?

— Ouais. Oui, oui. C'est sûr que ça fait changement.

— Ton été va avoir passé vite en tout cas.

— Ouin.

— T'aimes-tu ça ton travail?

— Oui oui.

— Mon Dieu t'as pas l'air sûr.

— Oui oui là. C't'une job t'sais.

— Le monde sont-tu gentils ?

Le monde sont-tu gentils. Elle veut savoir. Si le monde. Ils sont gentils.

— Ouais correct.

— Juste correct ?

— Ouais ben je sais pas. Oui oui, sont fins. Je les vois pas souvent t'sais. Je suis pas mal tout le temps tout seul.

— Y a pas du monde qui sont pas fins avec toi là ?

— Non, j'ai jamais dit ça.

— Celui qui t'a demandé de le remplacer là, t'es sûr et certain qu'il t'a pas forcé ?

— Hein ? Ben non, voyons, je te l'ai dit. Il me l'a juste demandé ben comme du monde.

— Ok.

Il y avait pas d'autres voitures autour de nous sur de Mortagne. Au milieu de l'après-midi un jour de semaine en plein été, c'est sûr.

On est passés devant un bungalow où j'étais déjà allé pour un party. Ben en fait, j'étais même pas rentré. C'était un open house. Je savais même pas c'était qui ce gars-là. Si moi, qui allais dans une école secondaire à trois villes d'ici, j'en avais entendu parler, tu peux imaginer que tout le monde à Bouch en avait entendu parler. Il était même pas dix heures que la police était là. Hey y avait du monde. Ça refoulait sur le trottoir pis sur le boulevard dix-quinze adresses plus loin des deux bords. Les voisins étaient tous sur leurs perrons. Apparemment que le gars qui vivait là s'était fait voler sa télé en genre cinq minutes et qu'il avait appelé la police contre son propre party. Ça avait été une méchante grosse fête, mais pas à cette place-là comme on s'y attendait. Avec une grosse gang d'amis et d'amis d'amis, on était allés au parc De La Broquerie. Dom pis moi, on s'était acheté un baril de Heineken qu'on avait bu au complet à deux à même la paille. Ça faisait tellement de mousse que le lendemain matin, je rotais encore.

— Je trouve que tu commences vraiment à te prendre en main en tout cas.

— Hmm.

— Trouves-tu ?

— Je sais pas. Oui. Oui oui.

— Tu m'as fait peur avec tes notes, mais je suis sûre que ça va bien aller au cégep. Tu vas faire des cours que t'aimes. Tu vas pouvoir faire ton horaire. Tu vas voir. Les sujets sont vraiment plus poussés.

— Ouin. J'imagine.

— Non non, je te dis. Je suis fière de toi, moi. Tu t'es vraiment amélioré depuis l'année passée. Mais je suis contente que t'aies passé tes cours. Pis que t'aies arrêté de prendre de la drogue.

— Mouin.

— Tu m'as fait assez peur.

Si vous saviez les efforts que ça me prenait pour que ma mère sache pas que je fumais encore. Les quantités de gomme que je mâchais pis les litres de Clear eyes que je me versais dans les yeux. Les verres de lait que je calais pour débuzzer dans l'urgence et les oranges que je mangeais pour camoufler l'odeur du pot égrainé sur mes doigts. Mais l'essentiel, c'était d'espacer correctement les moments où je fumais de ceux où je devais interagir avec ma mère. De pas beaucoup, pour vrai. Une demi-heure, trois quarts d'heure, c'était ben en masse. Je veux dire, je fume à longueur de journée, comme je disais c'est mon état normal rendu là. Mais ça reste toujours ben de la drogue, ça fait que dans la première demi-heure, comme n'importe qui, je suis défoncé. Pis ça paraît. Une chance que j'avais pris rien qu'une puff dans le sous-sol tantôt.

On arrivait au bout du boulevard, près de l'autoroute. Ma mère s'est garée devant le Subway un peu avant le dep. Elle a étendu le bras derrière elle pour attraper sa sacoche et elle a tiré un billet de vingt de son portefeuille.

— Tiens, qu'elle m'a dit.

— Mais tu m'as fait un lunch là maman, c'est correct. J'ai même pas tant faim.

— Mais non hey. Le lunch c'est pour ce soir pis cette nuit ça mon chou. T'as seize heures de travail devant toi, faut que tu manges.

— Ouin, j'ai dit en ouvrant la portière. Tu veux quoi, toi ?

— Rien.

— Ben là, t'es sûre ?

— Non, j'aimerais ça, mais je suis à diète. C'est plein de mayonnaise pis de sucre. C'est trop gras.

— Ben y ont des salades, là.

— Non non, je te dis. T'es fin.

— OK.

Je suis entré dans le Subway. Il y avait un gars de mon âge derrière le comptoir. Ses épaules étaient larges et son visage couvert d'acné. Avec ses clavicules saillantes, ses joues pas de poils et sa voix de gorge, il avait l'air d'un genre de Pokémon pogné entre deux formes. Tout le long qu'il me faisait mon sous-marin aux boulettes de viande, j'avais l'impression qu'à se parler poliment comme on le faisait, avec nos deux polos de multinationales, on était deux comédiens poches dans une pièce dont le sujet touchait profondément le public mais pas nous.

Il m'a dit « 11,15 $ » et m'a rendu le change du billet de 20. J'ai dit « merci » et j'ai mis la monnaie dans ma poche.

Dehors, je me dirigeais vers la voiture, mais ma mère était plus là.

J'ai flashé. J'aurais-tu dû tiper le gars ?

— You-hou.

Je me suis retourné vers le bâtiment et j'ai vu ma mère assise à une des tables de la terrasse.

— Tu veux manger là ? je lui ai demandé.

— Mais oui, pourquoi pas ? Il fait beau.

— Mais je vais être en retard.

— Y est moins quart. C'est juste au bout de la rue là-bas.

— Ouin.

— Tu veux pas manger avec moi ?

— Je pense pas que j'ai le temps.

— T'as quinze minutes. Allez. Ça me ferait plaisir.

J'ai pris ma voix la plus douce possible.

— Mais, maman, c'est qu'il faut que je compte ma caisse et tout. Je dois arriver un petit peu avant.

— Oh, qu'elle a dit en faisait une moue et en levant les sourcils.

— Mais merci pour le Subway là. Je pense que je vais le manger un peu plus tard cet après-midi.

— C'est correct, qu'elle a dit en se levant.

Est-ce qu'elle était vexée ? Je pense qu'elle avait juste un peu de peine. Mais j'avais de la difficulté à me l'avouer. Je me disais qu'elle s'en foutait. On était de retour assis dans l'auto et là c'était elle qui contrôlait le silence.

— Mais merci beaucoup là. C'est super gentil ! Ça va me faire changement des sandwichs en triangle.

— Pas de problème.

On est arrivés devant le dépanneur et elle s'est engagée dans l'immense stationnement. Une frousse m'est rentrée par le nez quand j'ai vu le devant de la voiture se diriger vers la façade de la station-service. J'espérais que Val était pas déjà derrière la caisse, à me voir débarquer du char de ma mère de même.

— Oh ! J'ai oublié de te redonner ton change.

— C'est correct. Garde-le.

— T'es sûre ?

— Oui oui, c'est beau.

Jackpot.

— Merci beaucoup. Pis merci pour le Subway ! Pis pour le lift !

— OK.

Sa voix avait perdu son chant. J'ai ouvert le coffre de la Grand Caravan et j'ai sorti mon vélo. J'étais un peu encombré, mon guidon accoté sur ma cuisse, mon sac de sandwich autour d'un poignet, mon sac à dos sur l'épaule et ma liqueur dans une main. Je me suis penché en regardant le rétroviseur intérieur.

— Bye maman. Merci pour le lift.

— C'est beau.

— Je t'aime.

— Oui, qu'elle m'a répondu sans lever les yeux vers le miroir ou se retourner.

J'ai fermé le coffre et j'ai à peine eu le temps de me tasser avant que le char recule. Je me suis retourné pour lui envoyer la main, mais elle devait être concentrée sur sa manœuvre. Sa voiture s'est engagée sur le boulevard.

22.

J'ai évité de regarder l'intérieur du dep et je suis allé au fond du stationnement lancer mon vélo dans les herbes hautes. Caché derrière le bâtiment à l'abri des clients, assis sur la chaîne de trottoir, pas loin de la benne à ordures, j'ai mangé une moitié de mon 12 pouces et un des biscuits. J'ai calé ma liqueur, je suis allé lancer le verre dans le conteneur, je suis retourné m'assoir et je me suis allumé une cigarette.

J'avais peur pis hâte en même temps. Aïe aïe aïe. Pis si je foirais ça? Franchement. Pourquoi je foirerais ça?

Il faisait beau, pas un nuage. J'entendais les grillons derrière moi et le battement des voitures au loin sur la 20.

C'est sûr qu'elle me trouve de son goût. Y en a pas de stress.

Ben oui. Y a pas de stress.

Mais dans le fond...

Dans le fond, peut-être que je m'en étais sorti jusqu'à maintenant parce qu'elle m'avait très peu vu. On se voyait quoi, quinze, vingt minutes entre nos shifts, gros max? Et deux fois par semaine seulement. Peut-être que je le savais pas pis j'avais déjà un orteil de l'autre bord de la limite du temps que je peux faker être un gars plus cool que je suis.

Mais non, si ça coule bien ça coule bien. Tu le sais quand le courant passe avec quelqu'un. Val et moi, c'est gros de même.

Mes mains posées dans l'herbe derrière moi, je laissais le vent finir de sécher mes cheveux.

Il devait être bientôt l'heure alors je me suis levé pour retourner à l'avant du dep.

À l'intérieur, Olivier était derrière la caisse. Je lui ai dit salut et ça s'est arrêté là. Où était Val ?

J'ai entendu sa voix.

— Ah ben câline Ilam, t'as pâli pas mal.

À ma droite, à côté des fours, elle était assise sur le comptoir, ses écouteurs dans les oreilles. Elle faisait rouler une gomme sur ses dents blanches. Pâli ? Ah ! Parce que…

— Haha oui ! Oui c'est ça haha.

Voyons, je me suis dit. Je suis rendu débile léger ? Je suis pas capable de parler ou quoi ? Peut-être parce que c'était un peu raciste comme joke, mais quand même… Pour montrer que je pouvais aller dans les registres qu'y faut si y faut, j'ai répondu.

— C'est parce que je vis rien que la nuit, t'sais.

— Ouin. Tu manques de soleil, p'tit gars, elle a dit, des étoiles dans les cils.

Son regard décrochait pas et transpirait le désir. Oui oui, le désir, je le jure, y a pas d'autre moyen de décrire des yeux de même.

Pis non c'est pas de la projection.

Mais en même temps… P'tit gars… Elle avait dit p'tit gars. J'étais un peu fourré. Ça allait donc ben vite cibole. J'ai essayé de ramener la conversation sur le plancher des vaches, parce que je sentais que j'étais déjà rouge.

— Il m'a demandé de lui remplacer… de *le* remplacer. C'est parce que c'est moi *quoi*… C'est moi quoi. Qui ! C'est moi *qui* fais son shift aujourd'hui !

Voyons donc câlice de tabarnac j'ai-tu un retard mental voyons donc.

Son sourire a pris toute la place. Maudit qu'était belle. Elle a éclaté de rire.

— Je suis pas aveugle, je vois ben ça.

— Haha ouin, j'imagine.

De quoi j'imagine ? *J'imagine* que t'es pas aveugle ? C'est gentil ça. Hey je suis assez fin de lui dire ça, crime, elle va tomber sans connaissance d'amour pour moi ça sera pas long c'est certain. Val, j'pense que t'es pas aveugle, on va-tu voir un film, prendre une marche ? J'ai essayé de me reprendre.

— Ça va ?

— Ouais. Je sais pas... Toi, ça va ?

— Ouais, correct.

— Pas trop mal aux yeux ?

Mal aux yeux ? Pas trop, mal... aux yeux ? OK, pourquoi est-ce que je pourrais avoir mal aux yeux ? À cause de la clim ? À cause de la tope ? De mes lunettes ? Mais mes lunettes me donnent pas mal aux yeux... Elle riait pas du fait que je portais des lunettes, toujours ? Non, ça aurait pas rapport. Mal aux yeux... À cause qu'elle est trop belle ? Ça serait débile, non. Ah ! Oui oui, je catche. Parce que je travaille la nuit d'habitude. Pis que là il fait clair. Ben oui, ça a rapport avec ce qu'on disait y a juste deux secondes, c'est ben normal. Hey j'ai ben fait de pas trop fumer. OK, je savais quoi répondre.

— Ouais, j'aurais dû faire comme Stéphane pis apporter mes lunettes de soleil.

Elle a eu l'air amusée. Bingo.

— T'es comme le vampire de la place qui sort de sa tombe.

— Haha exact. Watch out à l'heure du souper, je pogne des méchants crave de sang.

— Tu m'en prendras. Ça me fait rien. Je suis tough.

Pardon ? J'ai senti mon front se chauffer encore. Lui prendre du sang, ça voulait dire lui mordre le cou, ce qui signifiait ma bouche sur son cou. Ma bouche à moi. Sur son cou à elle. Répondre dans un délai raisonnable, et pas avoir l'air d'un craqué mental, c'est là-dessus que je me concentrais.

— Pis au pire si tu t'évanouis, après tu pourrais te mettre en congé maladie, que j'ai dit en riant.

— Ouais je serais ben.

— Faudra juste pas qu'on me voie sur les caméras par exemple.

— Non c'est sûr.

— Faut pas que le monde sache que j't'un vampire t'sais.

— Ouais c'est clair. On ira se cacher en arrière là. Pour être ben tranquilles. Juste nous deux.

Je devais être rouge comme un bébé naissant asteure. Olivier était juste à côté. Il a tourné la tête vers nous avec une face de dégoût. Il fallait que je calme les ardeurs de Val. Tu vois ben que je fais pas de la projection !

— C'est juste parce que c'est tough là, trouver des jobs qui fittent pour un vampire. À part concierge ou chauffeur de métro, y a pas grand-chose.

— On fera attention, je comprends. Pis ça se verra même pas sur mon polo rouge.

Voyons donc que ça allait vite de même. Mais j'avoue que ça faisait partie du thrill. Dater une fille plus vieille, c'est aussi ça que ça voulait dire. Être quick, parler avec une vraie femme. Une vraie femme mature. Qui a pas de complexes. Qui réfléchit vite, pis qui réplique. Tac, tac, tac. J'avais le cerveau qui roulait à plein régime. Mais si ça continuait encore une minute ou deux, j'allais tomber sans connaissance. Je commençais à manquer de jus.

— Ouais, au moins, c'est la bonne couleur.

J'ai regardé à côté d'elle sur le comptoir. Il y avait son tiroir déjà compté. Elle était fin prête pour faire le switch avec Oli quand arriverait l'heure pile.

Deux pompes ont crié en même temps et un gros bonhomme est arrivé devant Olivier en lui lançant une couple de « tu vas me donner ».

Moi, je faisais quoi, moi? C'est la première fois que je faisais un shift de même, comme deuxième caisse. Il aurait fallu que je demande à Val, mais j'étais pogné dans le maudit sketch sur les vampires. Impossible d'en sortir sans perdre mon jazz.

— Hein? elle a dit.

— Je veux dire, le polo est de la même couleur que le sang. Ça paraîtra pas trop.

Elle souriait plus. Pourquoi elle souriait plus? Elle répondait pas. Elle était tannée, là? OK, on arrête de parler de vampires. S'il te plaît, dis de quoi. Olivier s'est approché de nous pour sortir des cigarettes au bonhomme. Olivier, dis quelque chose, je t'en supplie. Mais il faisait exprès de pas me regarder. J'aurais dû être plus fin avec ce gars-là, ça m'apprendra. Elle a fini par parler.

— Ouais, non, ça paraîtra pas trop, qu'elle a dit sans entrain.

— C'est pratique, haha!

Bon. Ça avait l'air d'un sujet clos. On pouvait repartir ailleurs.

Mais elle me regardait sans rien dire. Sa bouche s'était détendue pour retourner à son sourire moqueur qui me rendait fou. Fou d'amour... Attends minute. Elle était redevenue contente là? Je comprenais rien. Elle était redevenue contente, mais elle parlait plus. Pourquoi elle parlait plus? Fallait que je parle. De n'importe quoi pis vite. Câlice, je suis pas couché moi.

— Ça va me faire du bien un peu de soleil en tout cas, ça doit faire deux siècles que je l'ai pas vu, que j'ai dit parce que je suis un imbécile.

— T'es sûr que ça va pas te brûler?

— Ouais, j'aurais peut-être dû porter des manches longues. Haha. Mais j'aimerais ça être le plus bronzé du royaume des ténèbres.

Le royaume des ténèbres. Voyons esti. Sauvez-moi. Pourquoi je revenais là-dessus. Elle m'avait donné un break, là, pis je restais sur le sujet. Le royaume. Des ténèbres… Le plus bronzé du royaume des ténèbres. Faut m'enfermer. Ou au moins me donner un ticket, des travaux communautaires, quelque chose. De grâce, rebondis pas là-dessus, que je priais intérieurement en regardant la plus belle fille de la terre droit dans les yeux. Elle a seulement souri et elle s'est levée en prenant sa caisse. Dieu existe.

À ma gauche, j'ai entendu le crissement de l'imprimante de la caisse qui sortait son long ruban de rapport de quart. Val s'est dirigée vers Olivier.

Il a mis en tapon derrière lui les rubans de factures, il a sorti sa caisse et l'a posée à côté des rubans. Val a mis la sienne dans le tiroir, qu'elle a fermé. Voilà, simple de même. Prête pour huit heures à offrir des lighters aux fumeurs, des deux pour un sur les bouteilles d'eau et à demander la carte Pétropoints à tout le monde. Moi, pour mon shift de nuit tout à l'heure je prendrais le tiroir d'Oli, mais je savais pas si je pouvais piger dedans cet après-midi, fait que j'imagine que d'ici là je pourrais juste passer les gens qui payaient par carte.

J'avais jamais pu me résoudre à me prendre une carte de points. Dans chaque Pétro que j'ai fait, quasiment tout le monde en avait une. C'était un engagement trop intime à mon goût avec la compagnie. Et puis, anyway, ça donne rien, c'est une bébelle. Ça prend une éternité pour pouvoir se payer quoi que ce soit. Mettons que t'as une petite Echo, OK? Pis que t'es quasiment vide pis que tu veux mettre 20 piastres de gaz dans ton char pour le remplir au complet. J'ai checké ça pis ça va te prendre 20 000 points pour avoir 20 piastres gratis. Écoute ben : on te donne 10 points à chaque fois que t'achètes un litre d'essence ou une piastre de n'importe quoi. Fait que pour avoir ton plein gratuit, il faudrait que t'achètes 2000 piastres de stock en magasin (on parle bien de dépenser 2000 dollars de Pepsi, de chocolats, d'Armor All, de Lypsyl, de capotes ou de batteries AA). Ou bien il faut qu'avec ta Echo, qui a un réservoir à carburant de 45 litres, tu fasses 44 fois le plein. Le prix de l'essence, ce vendredi-là, dehors sur la pancarte, il était à 104,3. Donc, il faudrait que t'achètes 2086 piastres de gaz pour en avoir 20 de gratis. Tout ça pour dire que la carte Pétropoints, c'est un racket, pis que le seul moyen que ça soit payant, c'est de travailler chez Pétro pis de devenir aussi crosseur que la culture d'entreprise te suggère de l'être. J'avais un collègue, à l'autre place où je travaillais au printemps avec Dom, qui scannait sa propre carte à chaque transaction des clients qui passaient. Sauf devant ceux qui avaient la leur, bien sûr. Moi, j'osais pas faire ça. Étonnamment, le gars s'était pas encore fait crisser dehors. Ça prend du culot je trouve. Je suis pas game de ça. Il avait même déjà demandé à Dom s'il pouvait lui laisser sa carte sur le bord de la caisse quand il faisait ses shifts, pour qu'il lui scanne plus de points. Dom avait refusé, pensez-vous. Déjà qu'il le stoolait pas, le gars aurait dû comprendre que Dom lui faisait une faveur. Embarquer dans sa gammick, c'est une autre histoire. C'est ben la seule personne que je connais qui fait des vraies dépenses avec ses points. Dom me disait encore l'autre jour qu'il remplit régulièrement son char avec sa carte. Ça va ben finir par lui péter dans face, mais tant mieux pour lui d'ici là.

Moi, je demandais rarement aux clients s'ils avaient leur carte. Ça me faisait chier. C'est que la majorité des gens te disent non, l'air gossé, ou bien ils font comme s'ils t'avaient pas entendu, pis c'est assez humiliant.

Pis à l'opposé, t'as ceux qui s'insurgent que tu leur aies pas demandé. Hey on le sait-tu nous autres ? Les gens s'imaginent pas à quel point ils ont tous leurs petites attentes, à quel point ils sont des millions à chaque jour dans tous les magasins de la province de Québec à refuser qu'on s'adresse à eux autrement que précisément de la manière qu'ils attendent. Exactement comme ils veulent, seulement à leur goût à eux. Leur petit goût à eux. Tu te fais dire que t'écœures le peuple avec tes affaires de carte fidélité, pis cinq minutes après tu te fais traiter de voleur parce que t'as oublié de rappeler à madame qu'elle en possède une. Après avoir dealé avec des dizaines d'adultes qui ont pas eu assez du triple des années que toi t'as passées sur Terre pour apprendre à dire bonjour, passé dix-huit heures, t'as des espèces de stagiaires en bienséance qui te pètent une latte parce que tu dis bonjour à la place de bonsoir. Pis si t'offres un sac, des fois t'en as qui vont prendre ça comme une attaque à leurs principes les plus chers, pendant que d'autres s'attendent à ce que tout soit emballé avant même qu'ils aient rangé leur portefeuille. Le dernier gars a pas aimé que tu le regardes de même droit dans les yeux en le saluant, pis l'autre après est à ça de déchirer sa chemise pis d'éclater en sanglots parce que tu baisses la tête pendant qu'il te dévisage avec des yeux de chevreuil aplati.

La plupart des gens, merci bébé Jésus, disent rien que bonjour, merci, bonne journée. J'ai pour mon dire que tout ce que je dois aux clients, c'est la politesse et le change exact. That's it.

J'étais adossé aux tiroirs à cigarettes à côté d'Olivier qui comptait sa caisse pis je me demandais si Val allait me trouver plouc si je demandais leur carte au monde. Un client a déposé un café, un paquet de toasts Melba et un sandwich à la salade de poulet sur le comptoir.

Val lui a demandé sa carte de points.

Le client a pas compris tout de suite. Il a levé la tête les yeux plissés et la lèvre du haut retroussée en faisant « hein », mais une seconde après il a fait « ah », et puis « non ».

Bon ben elle s'en foutait. Je me suis rappelé que la semaine passée, en changeant de shift avec elle, je l'avais entendue proposer la promotion de deux pour un à un client qui s'achetait un Monster. C'est ça l'affaire avec Val, c'est qu'elle est tellement forte et belle et droite dans ses bottes, que la soumission à des contraintes que je trouve avilissantes la rend pas moins indépendante d'esprit. Au contraire, ça met en valeur sa force de caractère.

Je me suis dit que j'allais demander la carte et proposer les promotions une fois de temps en temps, comme un gars nonchalant qui pense à autre chose. À des choses belles et importantes.

Olivier a glissé ses rubans et son dépôt dans l'enveloppe en plastique et l'a insérée dans la fente du coffre-fort. Il a remis son tiroir dans la deuxième caisse et est passé devant moi en mettant son sac à dos sur son épaule.

— Ciao, là.

— Salut Oli, j'ai dit en coupant son nom pour essayer de générer de la camaraderie.

— Ciao Val.

— Byyyye, elle a répondu.

Quand sa tête s'est tournée vers lui, ses cheveux noirs ont volé en longues pointes brillantes pour dévoiler un peu plus ses belles joues rondes.

Quelle beauté.

Olivier est sorti. On était enfin seuls.

Que c'est que je vais faire de ma peau pendant huit heures ? C'était carrément insupportable là. Et puis pourquoi est-ce que je lui parlais pas ?

C'est quoi mon problème ?

Ah, mais elle compte les gratteux. C'est correct que je lui parle pas, je vais la déconcentrer.

Elle murmurait sans bruit les chiffres de son énumération. Quand elle en avait fini avec un paquet et qu'elle commençait à en compter un autre, elle me jetait un bref regard et sa langue traversait lentement ses lèvres.

La vie c'est vraiment, vraiment une belle chose...

J'ai flashé que j'avais jamais fait ça moi, compter les gratteux.

Mais personne m'avait jamais dit qu'il fallait que je fasse ça.

Ou peut-être que oui.

J'ai appuyé sur le clavier de la deuxième caisse devant moi pour ouvrir le tiroir. Il y avait le 250 piastres qu'Olivier venait de compter. C'est sûr que si je faisais preuve d'initiative, je pourrais prendre le téléphone et appeler Stéphane pour savoir si je pouvais utiliser le fond de change avant onze heures. Si je faisais preuve d'initiative.

Elle continuait de compter ses gratteux, mais en m'entendant brasser des affaires à sa gauche elle a levé la tête et m'a souri. J'ai souri aussi, en sentant un serpent fou me traverser le corps. Elle a repassé la pointe de sa langue sur ses lèvres brillantes de gloss et a repris son décompte, mais tout de suite, un client s'est planté devant la caisse. Derrière lui, un autre s'est mis en file. Puis un autre. OK, c'est mon cue, que je me suis dit.

— Quelqu'un paie par carte ? Monsieur ?

Le premier bonhomme m'a dévisagé en faisant la moue. Ses yeux de poisson sont restés plantés dans les miens un bon cinq secondes. Y en a qui ont des drôles d'heures pour faire des siestes.

— Payez-vous par carte ?

Il a dit non. Bon... Merci... J'ai regardé le gars derrière lui.

— Monsieur ? Vous ?

Il a rien répondu. Voyons esti. Mais il a fini par lever les épaules en faisant non de la tête.

J'en pouvais plus. Je suis sorti et j'ai allumé une cigarette.

On crevait et j'ai tout de suite commencé à suer un peu sous le polyester de mon polo. Un sujet de conversation. Fallait que je trouve de quoi à lui dire. Parce que moi, je le savais qu'on s'entendait à merveille, qu'on était faits l'un pour l'autre pis que tout nous venait naturellement, il fallait seulement que je le lui prouve, à elle. Qu'elle en soit convaincue. Mais de quoi lui parler?

De quoi je parlais avec Mathilde? Mon cul s'est serré en pensant à elle, mais j'ai baissé la tête et j'ai poursuivi parce que c'était pour une bonne cause.

Sur le coup, je me suis dit pour me faire feeler cheap : on parlait des trucs qui m'intéressaient moi. Rien d'autre. C'était pas le temps de me faire un procès, là! Même si j'ai pas été le meilleur des chums, on avait des intérêts en commun quand même.

De quoi on parlait? De nos amis, essentiellement, je pense. De l'école. De musique rock. On écoutait souvent de la musique en chantant les paroles en chœur. Les Pixies, Joy Division, The Kooks, The Strokes. On parlait de livres aussi, des fois. Elle me demandait ce que j'avais écrit récemment. Souvent j'inventais, mais des fois aussi, je lui lisais un poème que j'avais vraiment écrit. On parlait des partys, surtout. De ce qui venait de se passer avec nos amis dans les partys. Ça aidait aussi avec Mathilde parce qu'on allait pas à la même école, ça fait qu'on avait toujours des trucs qui venaient de se passer à se conter. On se parlait aussi de ce qu'on aimerait faire, de projets de voyage en Europe et de ce qu'on voudrait être dans la vie. Mais si je parlais de ça à Val, elle allait me trouver bébé lala. C'est sûr qu'à son âge, elle était déjà enlignée.

Elle avait voyagé, aucun doute là-dessus, pis elle savait ce qu'elle ferait dans la vie, si elle le faisait pas déjà, même. C'était une femme, une vraie. Il fallait que je lui parle avec l'assurance d'un gars qui a fait le tour du jardin deux-trois fois, pis qui a trouvé son spot. C'est ça qu'elle recherchait. Cent pour cent sûr. Que c'est que j'étais ? C'était à cette question-là qu'il fallait que je réponde pour être en mesure de l'intéresser.

Un poète.

C'est ça.

Pas de doute, j'étais un poète. Je sais pas pourquoi je l'oubliais des fois d'ailleurs. Une chance que Dom était là pour me le rappeler souvent. Lui, il en était un, sûr et certain. Ou non, peut-être que Dom était plus un philosophe ? Un peu des deux je pense. C'est normal, il est plus vieux que moi. Mais moi, poète, ça me suffisait depuis que j'avais découvert que je l'étais. C'est sûr que j'avais pas écrit grand-chose cet été, mais ça en amoindrissait pas ma vraie nature. Tout est là, dans ma tête. Ça va sortir en temps et lieu. Une tête bien faite, comme disait le Français de Dom, c'est là-dessus que je travaillais cet été. Il fallait que je montre à Val que j'étais détaché des choses d'ici-bas. Qu'il y avait une douve entre le monde et moi. Elle verrait combien je suis sensible et profond.

J'ai botché ma clope et je suis rentré.

À l'intérieur, Val me regardait les bras croisés. Comme je me sentais rougir en marchant, j'ai compensé en la regardant droit dans les yeux. Elle a souri. Moi aussi.

Je suis passé derrière le comptoir et j'ai croisé mes bras comme elle. Une minute a passé. Il y avait personne dans le magasin, personne aux pompes.

Ça me prenait toute mon énergie pour m'empêcher de rompre le silence. Les choses d'ici-bas ne me font rien. Une douve. Une tranchée. Ne pas parler. Mais ça a payé. C'est elle qui l'a fait d'abord.

— Fak ?

J'ai ri un peu. Je me suis gratté la joue et je me suis tourné vers elle.

— Ouin. Fak?

Elle a haussé les sourcils.

Oh my god que je venais sûrement d'avoir l'air cool à mort. Mais fallait pas avoir l'air bête non plus.

— C'est ça que vous faites Ilam pis toi d'habitude?

— À peu près oui, qu'elle a répondu en ricanant.

— Avoir su, il avait pas besoin que quelqu'un prenne sa place.

— Ouin. Mais c'est Steph qui y tient.

— Ça doit être long un peu quand même?

— Bah t'sais. Il fait du facing aussi. Pis des fois il s'occupe des commandes qui rentrent.

— Trippant.

— Sinon, on jase un peu là.

Ça, si ça veut pas dire allô Mathieu wake up je m'emmerde, je dois pas parler français.

— Il doit avoir des bonnes histoires à raconter avec toute ce qu'il a... toute ce qu'il a vécu.

— Quand même ouais.

— Je pense qu'il vient du Sénégal.

— Ouais une affaire de même.

— C'est cool.

— J'ai vu ses filles une fois, Val m'a dit en ouvrant grand les yeux et en souriant.

— Han c'est cute.

— Pis sa femme en fait. Sa femme pis ses filles étaient passées. Je pense que c'est des jumelles.

— Ah ouais?

— Ouais. Étaient cutes à mort avec leurs petites lulus. Genre vraiment, vraiment cute.

— Ça devait!

— Y est ben fin Ilam. Je l'aime full.

— Ouais, très smatte, que j'ai répondu. Il travaille fort en crisse avec ses deux jobs, c'est quelque chose.

— Full.

— Hmm.

Une pompe a sonné et Val l'a activée.

— T'sais qu'il s'est déjà fait hold uper, qu'elle a dit en penchant la tête d'une manière dramatique, les yeux mi-clos.

— Hein, pour vrai ?

— Ouais, checke.

Elle s'est retournée vers le mur derrière nous, au-dessus des tiroirs à cigarettes. Tout ce mur-là est fait de longues lattes de mélamine pièce sur pièce, mais avec un demi-pouce d'espace entre chaque longue planche. C'est pensé pour qu'on puisse glisser des crochets dans les craques où accrocher toutes les petites bébelles qu'on garde derrière la caisse, les batteries, le baume à lèvres, les condoms, les coupe-ongles.

— Checke, viens voir.

Elle a fait glisser deux crochets entre les lattes qui les retenaient. Elle a approché son visage du mur et a passé son doigt sur la latte.

— Ah ! C'est ça ! Checke.

Je me suis approché d'elle.

— Tu vois-tu ?

— Vois quoi ?

Je comprenais pas ce qu'elle essayait de me montrer. Elle sentait les petites baies. Et les fleurs. Et le sucre. Ça s'est mis à me démanger entre les jambes. Mes narines se sont dilatées.

— Ga. Approche-toi, tu vas voir. Tu vois-tu ? Attends, passe-moi ta main, je vais te montrer.

Sainte Marie mère de Dieu votre fils est descendu parmi nous esti de câlice vive la vie. Elle a pris ma main dans la sienne, elle a déplié mon index et est venue le poser sur le mur à un endroit précis, caché derrière les rangées de paquets de Duracell. Sa main était douce. L'endroit qu'elle me faisait toucher, lui, était petit, circulaire et plein de fins copeaux.

— Tu sens-tu ?

— Han ! Ben oui.

— C'est hot hein.

— C'est un trou de balle de fusil ça ?

— Oui monsieur.

— Crisse mais ça a pas de sens. Le gars lui a tiré dessus !

— Ilam m'a dit qu'il avait pas fait exprès. Ça l'air que le gars était sur le nerf. Le coup est parti tout seul.

— C'était quand ça ?

— L'hiver passé.

— Je pensais que ça faisait un plus gros trou que ça un fusil moi.

— Je pense pas que c'était un gros gun là. C'était genre une petite carabine pour tuer des marmottes.

— Mais quand même. Y à dû freaker.

— Mets-en. Pauvre Ilam. Hey, y a des enfants en plus !

On était figés comme ça, la main l'une dans l'autre, flattant le mur. J'étais tellement près d'elle que je voyais le duvet blond sur sa joue éclairé par le soleil de l'après-midi. Autour de ses grands yeux, le mascara s'était agglutiné en fines grappes dans ses longs cils comme la neige dans une haie de rosiers.

En voilà une image à noter ! Il faut vraiment que j'écrive un poème en son honneur, c'est sûr que là, elle voudrait sortir avec moi.

Un sonnet peut-être ? C'est romantique les sonnets. J'en avais encore jamais écrit. Ça ferait de quoi de farfelu à raconter pour mes biographes plus tard. Peut-être que je me dirigeais vers une période ? Les écrivains ont ça, des périodes. C'est excitant, peut-être que j'ai une période de sonnets qui s'en vient, oui !

Le monsieur à qui Val avait activé la pompe était rendu devant la caisse. Val a lâché ma main. Ça a même pas eu l'air de lui faire quoi que ce soit. Comme si elle déposait le combiné d'un téléphone deux secondes pour s'occuper d'autre chose.

Pendant que le gars payait, je me disais qu'en tout cas, ça y était, la glace était cassée. Physiquement, c'est-à-dire. Un instant après, j'ai pris peur parce que j'ai réalisé que c'était elle qui avait fait les premiers pas. Clairement qu'elle attendait plus des hommes. Mais elle devait se dire qu'avec mon âge, j'avais rien vécu. Que si elle avait pas fait un move, ça serait jamais venu de moi.

Mais hey. Non non, attends. J'en avais de l'expérience quand même. J'avais embrassé plusieurs filles, j'avais couché avec une. Et puis, mon ancienne blonde avait un an de plus que moi ! C'est pas rien ça. Même qu'avant qu'on sorte ensemble, Mathilde était avec un gars un an plus vieux qu'elle ! J'avais été en compétition avec un gars de deux ans mon aîné. C'est pas banal. Je devais dégager de quoi de masculin, de formé pis de mature. Fallait pas que je doute de ça. Le doute, y a rien de moins sexy. Et puis avec Mathilde, j'en avais eu, des contacts. Se prendre par la main trente secondes, y a rien là. Même si ça faisait presque six mois que j'avais pas eu de rapports intimes avec une fille, avec elle, j'avais fait très souvent l'amour. C'était carrément le quotidien, à un moment donné dans ma vie, le contact physique. Pour moi, ça faisait partie des choses anodines, à propos desquelles on se fait pas un roman, quoi. Val devait avoir aucun doute là-dessus. Que tu m'aies pris la main, c'est complètement normal, Val. C'est ça qu'il fallait qu'elle se dise. Tu peux même recommencer, Val, les filles font tout le temps ça me prendre la main. Je m'en fous au pire.

Elle m'avait pris la main…

J'ai profité du moment où elle se penchait au-dessus du comptoir et tendait sa facture au client pour me replacer le paquet comme du monde. J'étais complètement jacké. Je crois que j'étais venu un peu. Juste un peu. Sans rien sentir là. Ça m'était déjà arrivé quelques fois. Quand j'allais aux toilettes par après, c'était comme un peu collant au bout. J'irais voir tantôt. J'imagine que c'est gênant, mais y a pas personne d'autre que moi qui a besoin de savoir ça, alors c'est pas grave.

23

Plus l'après-midi avançait, plus j'arrivais à me détendre. J'en ai appris un peu plus sur elle. Elle reste à Longueuil en fait, pas à Boucherville. Elle avait fini son livre de Christophe André et elle avait commencé à lire Lise Bourbeau. Elle m'a montré la couverture. *Qui es-tu ?*, ça s'appelait. Ça devait être de la philo. Non, c'est vrai, je me suis rappelé que c'était en psycho qu'elle allait étudier, ça devait être ça. Elle m'a dit qu'elle avait vraiment hâte de commencer d'ailleurs. J'ai hésité, mais j'ai fini par lui dire que j'avais hâte de commencer le cégep, moi. Elle a pas bronché. Elle le savait déjà, c'était sûr, que je venais de finir mon secondaire. Étrangement ça m'a rassuré. Peut-être qu'elle trouvait ça chaud, que je sois plus jeune qu'elle. Elle avait peut-être un kink, comme une genre de cougar ?

Vers quatre heures, on a commencé à avoir du monde. Le rush de fin d'après-midi.

Je lui ai dit que ça faisait passer le temps plus vite, au moins. Que c'était pas mal plus mouvementé qu'à quatre heures du milieu de la nuit.

— Ça passe vite quand on est avec quelqu'un aussi, que j'ai dit pour flirter. Quand on est en bonne compagnie.

— Ouh. Le gars trouve que je suis de la bonne compagnie. C'est pas rien, merci.

J'ai eu envie de me justifier et d'amoindrir mon compliment, mais je me suis retenu. Un homme ! C'est un homme qu'elle veut.

— Ben oui, je trouve que t'es une pas mal bonne compagnie, ouais, que j'ai dit en renfonçant ma gêne loin dans mon ventre.

Elle a rien dit un moment. J'étais terrorisé. Elle a rendu sa facture à un client, m'a regardé et a souri.

— Ben moi aussi je trouve, elle a dit en continuant de sourire.

Dans mon ventre, les feux de la Saint-Jean-Baptiste ont éclaté au-dessus de l'OSM qui jouait du Pink Floyd sur les Plaines.

— Pis ça arrête vers quelle heure ce rush-là? que j'ai demandé pour garder contact avec la réalité.

— Vers sept heures, d'habitude, c'est pas mal fini. Ben… fini… Ça se calme un peu pour le souper, mettons. Mais ça repart en soirée, jusqu'à tant qu'on arrête de vendre de la bière.

— Ouais, je vois ça quand je rentre d'habitude pour mon shift. Tout le monde vient s'acheter de l'alcool.

— Pis le jeudi c'est pire.

— Comment ça?

— Ben, le monde reçoivent leur paye.

— C'est vrai, j'avais jamais pensé.

Elle s'est mordu la lèvre et a plissé les yeux. Elle était accotée aux tiroirs à cigarettes, son menton pointait bien haut et son bras rose et potelé descendait élégamment jusqu'à ses fesses gonflées par le contact du comptoir. À quoi elle pouvait bien penser?

— Mais le pire du pire, je pense… qu'elle a continué en se tournant vers moi. Le pire c'est le premier du mois. Une fois, c'est arrivé il y a pas longtemps, c'est rare mais c'est arrivé, le premier du mois est tombé un jeudi. C'était tellement l'enfer. T'avais les gens qui viennent d'avoir leur paye, pis les BS qui viennent d'avoir leur chèque.

— Haha un vrai party.

— Hey mets-en. Le problème c'est que les BS, ça s'achète des lotos en masse. Pis le monde qui achètent des lotos y en ont toujours mille à faire vérifier. Ça finit plus.

— Tellement gossant.

— Pauvre eux autres, ils pensent qu'ils vont gagner de quoi. Il faut vraiment que tu joues souvent, là, pour avoir des chances de gagner. Pis pour jouer souvent, ben, ça coûte cher.

— Tu joues-tu à la loto toi ?

— Ouais. Ben en fait non. Ben pas tant. En tout cas. Avant je jouais, mais plus là. Ça coûte trop cher justement. T'sais le plus gros que j'ai déjà gagné d'une shot, c'est 500 piastres, mais j'ai sûrement dépensé ben plus que ça.

— C'est sûr.

C'est fou ça. Elle faisait des trucs *avant* qu'elle fait plus *maintenant*. Moi, ce que je fais présentement, je le fais depuis toujours. Je veux dire. Pas depuis *toujours*. Mais dans le sens que : il y a pas longtemps, j'étais un enfant, donc pas vraiment *moi*. Et puis là je suis enfin un adulte qui est devenu qui il est réellement : un marginal, un artiste suivant sa voie. C'est pas mal ça l'histoire. Mais elle, elle avait eu le temps de changer. Peut-être qu'elle a juste pas eu la chance de se trouver aussi rapidement que moi je me suis trouvé.

Notre conversation m'a rappelé les gratteux qu'elle comptait tantôt. Steph m'avait certainement jamais demandé de faire ça quand il m'avait formé. Je lui ai posé la question, parce que j'étais un peu shifté là.

— Ah. C'est parce que ç'a l'air qu'il manque des gratteux. Je sais pas, c'est Stéphane qui m'a dit l'autre matin qu'il voulait qu'on les compte au début pis à la fin de chaque shift asteure.

Bon, une autre affaire. J'espérais juste que ça se rendrait pas aux clopes, la manie d'inventorier.

— Faut-tu que je fasse ça la nuit moi aussi, ça veut dire ?

— Je sais pas, Steph m'a rien dit d'autre.

— J'y demanderai.

Faux. J'allais absolument pas lui demander. Si une conversation mène à des obligations, je suis prêt à faire un détour par la Saskatchewan nu-pieds sur le pouce pour l'éviter.

On jasait un peu comme ça, entre les clients. C'est vrai que ça passait vite.

Très vite, même. Après l'heure du souper, pendant que le soleil déclinait et que les néons à l'intérieur transformaient petit à petit l'intérieur du dep en cabinet de dentiste, beaucoup de clients passaient chercher quelques petits trucs qui semblaient tous de près ou de loin reliés au concept de soirée. Des bonbons au chocolat, des clopes, de la liqueur, de l'alcool, des chips, du tonic, du vin, des trucs de même.

Vers huit heures, on a eu une bonne vingtaine d'autos qui ont occupé les pompes à tour de rôle pendant quarante-cinq minutes. Quand ça s'est calmé et qu'il restait plus aucune voiture en dessous de l'auvent, Val a sacré.

— Quoi ? Qu'est-ce qu'y a ?

— Ah ! Ça fait chier, ça !

— Quoi ?

— Pis en plus, je suis sûre qu'il est rentré s'acheter d'autres affaires, l'esti d'hypocrite. Des fois, ç'a de l'air qu'ils font ça comme moyen de défense.

Elle était vraiment agitée.

— De quoi ?

— Ils disent « ben non mais je suis rentré payer ! ». C'est facile à dire. « Ah ben oui, c'est la caissière qui m'a pas chargé... » Hey !

Sur l'écran qui contrôle les pompes, j'ai vu, à côté du numéro 4, un montant de 36,74 $. J'ai regardé par la vitrine même si je savais ce que j'allais voir.

— Peut-être qu'il est juste parqué sur le côté, là, j'ai dit.

— Ben oui, me semble oui.

Val avait les bras croisés et faisait une moue agacée. Elle me regardait, mais il y avait aucun espoir dans son regard. J'ai haussé les épaules en faisant une face désolée. Elle m'a imité en souriant d'un air triste.

— Mais c'est moi qui est nounoune. C'est de ma faute.

— Mais non, voyons, comment tu voudrais t'en rendre compte ? C'est pas grave.

— Ben t'sais, j'aurais pu demander aux gens, là, quand il restait plus grand monde. Juste pour être sûre.

— Ils vont mettre ça sur leur feuille de pertes.

— Ouin.

C'est à un Ultramar où j'ai travaillé l'été dernier que j'avais appris l'existence d'une telle feuille. Si les employés eux-mêmes se servent (on s'entend que je suis pas le seul à faire ça), imagine les pertes que les deps doivent essuyer avec tout le va-et-vient dans une journée ! Faut ben qu'ils comptabilisent ça. Ma gérante, à ce Ultramar-là, débordée et sous-payée comme toutes les gérantes de station-service, avait laissé traîner la feuille sur le comptoir. Dessus, tu voyais un grand tableau divisé en catégories. Cigarettes, alcool, produits laitiers, épicerie, produits automobiles, etc. Chaque colonne comptait pour une semaine. J'avais pris le temps de l'examiner, pis sans surprise, un dep ça en perd en maudit de la marchandise. Mais genre beaucoup, vraiment beaucoup. C'est à partir de ce moment-là que j'ai compris que ça passerait dans le beurre si je me servais. Je le faisais déjà, mais j'ai shifté en deuxième, mettons.

Val a conclu la transaction d'essence comme si elle avait été payée comptant et elle a mis la facture de côté pour que Stéphane puisse s'en occuper plus tard.

— Hey les gens sont pas gênés, c'est fou, elle a dit.

Elle se tenait bien droite derrière sa caisse, les bras croisés, le regard vers les toilettes au fond à l'autre bout du magasin, et elle hochait la tête d'incrédulité.

J'avais faim. Mon demi-sandwich était pas mal loin à l'heure qu'il était. Je suis allé vers les fours ouvrir mon sac à dos. J'avais pas trop envie de manger le restant de mon Subway, fait que j'ai ouvert la boîte à lunch que ma mère m'avait préparée. Il y avait une compote de pommes, une banane, une salade césar dans un tupperware, un petit jus Oasis en boîte et un sachet de biscuits Dad's. Il y avait même deux napkins pliées. J'ai pris la salade et en dessous de la boîte à jus j'ai vu une fourchette. Je me suis assis sur le comptoir à côté de l'évier, hors de la vue des clients, et j'ai commencé à manger.

— Ç'a l'air bon, Val m'a dit.

Depuis le rush de tantôt, il y avait plus trop de clients. Une personne aux quinze minutes.

J'avais la bouche pleine, alors j'ai seulement haussé les sourcils.

— C'est quoi ? C'est toi qui as fait ça ?

J'ai avalé.

— Ouais, c'est une petite salade césar.

— Miam.

— Tu soupes pas, toi ?

— Non, je mange quand je reviens chez nous d'habitude.

— C'est long huit heures sans manger !

— Ouais, mais c'est mieux pour moi. Ça m'aide à me contrôler.

J'ai pas trop compris ce que ça voulait dire, alors j'ai repris une bouchée en faisant oui de la tête. Quand t'as faim, t'as faim. Pis si t'as faim, tu manges. Non ? Elle me faisait penser à ma mère avec son histoire de mayonnaise au Subway tantôt.

Elle est allée activer une pompe et s'est adossée au bout du comptoir. Je voyais du coin de l'œil qu'elle me regardait encore. L'ignorer, fallait pas que je lui donne toute mon attention, même si c'est exactement ce que je souhaitais.

J'ai avalé. Sans tourner la tête, j'ai repris une bouchée.

— Ça doit te faire un drôle d'été, toi, en tout cas.

J'ai mastiqué et avalé le plus rapidement possible pour répondre. Ça a failli passer dans le mauvais trou, mais j'ai toussoté pis ça a été correct.

— Oui, c'est un peu bizarre.

— Tu dois pas sortir ben ben.

— Ouin, pas tant.

J'ai réalisé qu'elle pourrait penser que j'avais pas d'amis.

— Mais je vois quand même des chums le week-end, là. Je vais souvent à Montréal chez mes amis qui ont des apparts.

C'était pas précisément la vérité, mais bon. La dernière fois que j'étais allé chez des amis de Dom à Montréal, c'était il y a trois semaines, quand j'avais apporté ma palette de lighters.

— Toi, t'es-tu en appart ?

— Non, que j'ai répondu, gêné.

— Moi non plus.

— Ah non ?

— Je pense que je vais faire mon bac avant de déménager de chez mes parents. C'est juste une dépense inutile sinon. Pis il faudrait que je travaille plus pour payer un loyer. Pis là ben, ça ferait ça de temps de moins pour étudier.

— Ouais, moi aussi, c'est ça je me dis.

— Ils restent dans quel coin, tes amis, en ville ?

— Mmh je sais pas c'est quoi le nom du quartier, mais c'est métro Frontenac.

— Centre-Sud.

J'avais jamais entendu ce nom-là.

— Ouais, c'est ça, ouais.

— Tant mieux si tu peux faire de quoi de tes fins de semaine, au moins.

Un ado avec une moustache molle a posé une caisse de 24 sur le comptoir. Val lui a demandé ses cartes. Il lui en a présenté une en s'exprimant d'une manière exagérément polie. Ça devait pas être un ado finalement, parce que Val l'a laissé faire la transaction.

Ça allait vraiment bien. Il y avait pas eu de malaise de tout le shift. Ça coulait naturellement entre elle et moi, je trouvais. Pis quand je sentais que la conversation était sur le point de s'essouffler, je sortais fumer une cigarette, ou bien j'allais faire un peu de remplissage dans les frigos en arrière. Ça me ferait ça de moins cette nuit.

Après avoir terminé ma salade, je suis allé chercher mon dernier biscuit Subway pis mon étui à CD et je me suis mis à le feuilleter en mangeant pendant qu'elle imprimait des Lotto Max et des Mise-o-jeu Prédiction à un vieux bonhomme accoudé au comptoir qui baragouinait des ordres.

Il fallait que je trouve quelque chose d'approprié. Quelque chose qui lui montrerait que moi aussi, comme elle, je suis mélomane, mais que j'ai des goûts accessibles. Daft Punk ? Sonic Youth ? Malajube ? The Kinks ? Qu'est-ce qu'elle allait aimer ? Elle m'a déjà dit qu'elle écoutait un peu de tout. Je peux pas me tromper.

Elle a souhaité une bonne soirée au bonhomme qui a répondu « ouin ». Elle s'est tournée vers moi.

— C'est quoi, c'est tes CD ?

J'ai cligné quelques fois des yeux pour me donner un air absorbé.

— Ah. Ça ? Ouais. Une chance que tu m'as dit qu'on pouvait apporter notre musique. La nuit, asteure, je peux pas faire sans. T'as-tu le goût d'écouter de quoi ?

Depuis le début du shift, elle avait laissé la radio réglée sur Mix 96, un peu en sourdine.

— Montre donc.

Je lui ai tendu l'étui. Il y aurait bien *un* disque qui allait lui plaire, quand même.

Elle a tourné les pages.

— C'est quoi celui-là ?

Je me suis approché d'elle. Elle sentait tellement bon.

Je me suis penché et j'ai suivi son index des yeux. Oh non, pourquoi celui-là ? J'allais avoir l'air d'un gros nerd.

— Gentle Giant.

— Connais pas.

— C'est du prog. C'est un peu rushant, t'aimeras sûrement pas ça.

— J'haïs pas ça, le prog. Mon père est ben fan de Jethro Tull.

Elle tournait les pages. Appuyée sur le comptoir, perdue dans sa recherche, elle s'était oubliée un peu et pressait maintenant son bras contre le mien. J'aurais pu allumer une clope sur mes oreilles.

Elle a fini par se redresser, le regard allumé.

— Ah ça c'est bon ! elle a dit.

— Bah ouais on peut mettre ça.

Elle a mis le CD dans le lecteur.

Après trois coups de caisse claire, la séquence de synthétiseur a commencé. Quelques mesures plus loin, Michael Jackson a commencé à répéter « so you wanna be starting something ».

Val bougeait légèrement les épaules en suivant la mesure. Je me suis laissé aller et je me suis mis à hocher la tête un tout petit peu.

On disait plus rien, l'un près de l'autre à simplement écouter la musique.

Baby Be Mine a embarqué. Très sexy, très groové. Puis ça a été *The Girl Is Mine*.

— C'est qui le gars qui chante avec lui dans cette toune-là ?

— C'est Paul McCartney, que j'ai répondu.

— Le gars des Beatles là ?

— Ouais, exact.

Oh que j'étais content qu'elle ait choisi ce disque-là ! C'est Dom qui me l'avait fait écouter souvent dans son char. Dans ma tête, avant, Michael Jackson c'était une joke, comme Céline Dion ou Michel Louvain. Mais je connaissais juste pas ça dans le fond. Dom m'avait fait écouter attentivement l'album au complet. C'est tellement bon, tellement produit, y a tellement de couches. Dom m'avait raconté plein d'anecdotes dessus. Il connaît très bien la musique, son père a une grosse collection de vinyles chez lui.

— Savais-tu que c'est l'album le plus vendu de tous les temps, ça ?

— Ah ouais ?

— Ouais, c'est pas étonnant que Paul McCartney voulait chanter avec lui.

La toune *Thriller* a embarqué.

— Ouh, celle-là est bonne, Val a dit.

Moi c'était pas ma préférée, mais si elle l'aimait…

— T'as-tu déjà vu le clip ? je lui ai demandé.

— Ouais, avec les loups-garous qui dansent pis toute ?

— Exact. Ben, c'est des zombies en fait je pense. Savais-tu qu'ils l'avaient fait jouer au cinéma quand y est sorti pour qu'il puisse être en nomination aux Oscars ?

— Ah ouin, c'est ben hot. C'est vrai que c'est comme une histoire au début me semble. Pis y ont-tu gagné ?

— M'en rappelle plus, que j'ai dit après avoir réfléchi une seconde.

Maudit. Dom l'aurait su, ça.

On recommençait à avoir des clients. La fin du shift approchait. C'était vendredi, fait qu'il y avait pas mal plus de monde que les autres soirs de la semaine à la même heure. On vendait beaucoup d'alcool.

Après *Thriller*, ça a été *Beat It*, et puis après, *Billie Jean*.

— Ayoye, y a vraiment toutes les bonnes tounes sur ce CD-là, Val a dit.

— Avoue hein ! C'est juste des hits. All bangers, no fillers.

J'avais le goût de parler de Quincy Jones pour l'impressionner, mais je me suis dit que j'allais garder ça en réserve, d'un coup qu'on ait plus rien à se dire.

L'horloge faisait son chemin et, comme toujours quand un shift achève, le temps se mettait à faire des bonds. C'était bien la première fois que je me désolais de voir l'heure avancer si vite jusqu'à la fin d'un quart de travail.

24

On a eu pas mal de monde jusqu'à onze heures. Quand c'était trop, j'aidais Val avec la deuxième caisse. Elle m'a dit qu'elle avait hâte de finir parce qu'elle commençait à avoir faim. Je lui ai proposé un de mes biscuits Dad's, ou une pomme. Elle m'a dit que j'étais bien gentil et s'est plutôt penchée par-dessus le comptoir pour attraper un paquet de gomme à la cerise brûlante. Elle a scanné et payé le paquet avant de se prendre trois gommes d'un coup.

Un peu avant l'heure pile, je suis sorti fumer une cigarette. Il faisait noir depuis longtemps. C'était toujours cette heure-là que je trouvais la plus difficile, juste avant le début de mon quart de nuit. En temps normal, c'est-à-dire avant de passer mes semaines enfermé ici, autour de onze heures, c'est souvent le pic des soirées. Dans ma vie d'avant, c'était autour de cette heure-là que les partys commençaient à devenir intéressants et aussi dans ces eaux-là qu'une soirée passée à chiller dans les parcs un soir de semaine prenait fin, ou ben qu'elle trouvait un second souffle parce que c'était le branle-bas de combat pour aller acheter de la bière et commencer une vraie de vraie virée à travers la ville. Ça m'a fait prendre conscience de tout le temps que j'avais donné au Pétro. Tout ce temps que je passais pas à faire ce qui comptait vraiment. Comme vivre des expériences qui feraient la matière première de mes livres plus tard, et lire les livres qu'il fallait que je lise pour savoir comment il faut écrire pour devenir célèbre.

Au moins, ce soir, j'avais été au bon endroit. Du bon côté de la vie.

Je suis retourné en dedans. Il y avait plus un chat.

— Ah ben, c'est le gars de nuit !

— Haha ben oui ! Salut Valérie !

Elle faisait des jokes ! J'ai trouvé ça super. Ça m'a fait rire pour vrai, je vous jure !

— Un peu bronzé pour un gars qui voit pas le soleil par contre.

— Les néons, c'est plein de vitamine D, tu savais pas ? que j'ai dit nerveusement, terrorisé à l'idée qu'elle recommence à faire des blagues de vampires.

Je suis repassé derrière le comptoir et je suis venu imiter sa position, les bras croisés, dos au mur où le prix des cigarettes était affiché. Mais dès que je me suis appuyé, mes épaules parallèles aux siennes, elle s'est décollée et a tourné les talons pour reprendre la même position, mais dos au magasin, presque face à face avec moi. J'ai senti la température monter dans mes oreilles et j'ai été bien content que mes cheveux les cachent. Elle a parlé vite, plus vite que d'habitude, presque comme si elle était elle-même nerveuse.

— T'as-tu des plans en fin de semaine ?

— Tranquille à date.

— Mon amie fait un gros party demain. Tu devrais venir.

— Bah ouais, certain. C'est à Longueuil ?

— Non, à Boucherville. Pas loin de Varennes.

Toute mon énergie allait à garder l'air cool, parce que réellement, j'exultais.

— Sure, pourquoi pas.

— Ah cool ! C'est chez mon amie Anne-So. Je pense qu'il va y avoir pas mal de monde, sérieux. Parce qu'elle a une sœur pis un frère qui vont inviter leurs amis aussi.

— Cool. Je pense que je suis pas allé dans un house party de l'été. Je suis down.

— Ben oui, elle a une piscine en plus.

— Nice, que j'ai dit en sachant que j'allais pas me baigner.

Aucune chance que je me mette torse nu en public.

Elle a écrit l'adresse du party sur du papier à facture et me l'a tendue.

— T'arriveras quand tu veux, moi je vais sûrement être là full tôt pour préparer la place avec Anne-So.

À l'heure pile, elle a fermé son quart et sorti les rapports des imprimantes.

Alors qu'elle aurait pu aller se mettre au bout du comptoir pour compter l'argent, elle a seulement pivoté sur elle-même et s'est installée près de la fenêtre. J'ai pas eu le choix de la frôler pour mettre le tiroir de la deuxième caisse dans la première. J'ai fait quelques pas pour lui laisser de la place, mais quand un gars est venu prépayer 40 dollars de gaz pour sa Altima, il a bien fallu que je me remette devant la caisse. Ma hanche a frôlé son dos et je jure devant Dieu que même si je me suis collé le plus possible au présentoir à gratteux pour lui faire de la place, elle a légèrement reculé pour se recoller sur moi.

Mes doutes commençaient à se dissiper.

Elle a mis son dépôt et les rapports dans le coffre-fort et s'est dirigée vers les fours pour prendre son sac Michael Kors.

— En tout cas, c'était le fun de travailler avec toi. Ça fait changement, qu'elle m'a dit en souriant.

— Oui, toi aussi. Oui, c'était le fun, toi aussi. Moi aussi, je veux dire, moi aussi, j'ai trouvé ça le fun. De travailler avec toi.

Elle a ri et s'est dirigée vers la porte d'entrée. J'ai un retard d'apprentissage sévère et irrécupérable. J'ai dû recevoir un coup à la tête en bas âge.

— À demain !

— Ouais !

Aller fumer un pétard. C'est la première chose qui m'est venue en tête dès que je l'ai vue passer la porte.

J'ai retenu mon élan vers mon sac à dos un instant quand même. C'était pas rien, ce qui venait de se passer. Elle venait de m'inviter à un party ! Et puis, je ressentais si peu d'émotions à jeun d'habitude qu'il fallait bien que j'en profite un peu. Que je laisse ça durer. Aussi bien en prendre conscience une seconde. Alors je l'ai regardée à l'extérieur. Elle a fait quelques pas le long de la baie vitrée et s'est approchée d'une Saab.

C'est quoi ce char-là ? Elle a ouvert la portière côté passager.

Derrière le volant, à travers la vitre, j'ai pu apercevoir la tête d'un gars.

La tête d'un gars ? La tête d'un gars ! Un gars qui venait la chercher après le travail un vendredi soir à onze heures. Pourquoi j'ai pensé une seule seconde qu'elle était célibataire ? Une fille de même, c'est pas célibataire, y a pas photo.

J'ai eu honte. Mais honte. Honte dans tout mon corps. Je me suis senti dupé. Un grand spasme de malaise m'a traversé de pied en cap pis j'ai pogné une crampe aux abdos.

Oh oui, que j'allais me rouler un pétard !

Viens donc à mon party samedi…

Ben oui, tu viendras, je vais te présenter mon chum. Regarde, Mathieu, as-tu déjà vu ça un beau gars de même ? Regarde-moi ça comme du monde. Pis encore, belle comme je suis, j'aurais pu en choisir un plus beau encore ! Pis le mieux, c'est comment qu'il embrasse bien. Viens, mon amour, montre à mon collègue comment que tu frenches ben. Mouah. Mouah… Non non, Mathieu, va-t'en pas, attends ! T'as pas encore tout vu. Tu vois-tu comment qu'il me turn on. C'est parce que lui, c'est un homme. Mais là, t'es mon collègue, je peux te dire ces affaires-là. On était amis, je pensais ?

Maudit câlice.

J'avais l'air d'un beau con.

Je savais plus j'étais où et quand j'ai repris conscience, j'étais en train de passer mes doigts méthodiquement partout au fond des poches de mon sac à dos.

Voyons ? Il est où mon case à weed ?

Je me suis refait la scène du départ de la maison, quand maman m'avait dit de me grouiller. J'arrivais pas à me souvenir du moment où j'avais mis mon étui à pot dans mon sac. Mais je me souvenais très bien de le voir sur ma table de chevet quand je m'étais tiré une puff de pot en expirant dans un Bounce.

J'ai revu le joint que j'avais roulé et je voyais précisément où il se trouvait sur ma table de chevet en ce moment.

Maudit câlice.

C'est ben la meilleure, ça.

Je suis sorti fumer une cigarette. Ça m'a très peu calmé et ça a surtout pas comblé mon envie. Je réfléchissais au pire. Pis j'avais encore mal au ventre.

25

J'en suis revenu. Ben... plus ou moins. Quand j'ai appelé Dom pendant la nuit, il m'a un peu forcé à en revenir. Il m'a dit que je pouvais pas être sûr à cent pour cent et que c'était pas une raison de pas aller au party. Que de toute manière, ça me ferait du bien de voir du monde. Que si c'était pas Val, ça pourrait être une autre fille. Et puis, elle m'avait invité, ça serait juste cave de pas y aller.

En plus, Dom était occupé samedi, il avait un party lui aussi. Fallait que je me trouve des plans. Il m'a dit qu'il m'aurait bien invité, mais que c'était dans la gang de sa nouvelle blonde, et que lui-même connaissait personne encore de ce côté-là.

C'était vrai qu'il fallait que je me sorte la tête du Pétro. Mon été était en train d'y passer.

Quel shift de marde finalement. C'est de valeur, ça avait tellement bien commencé.

À jeun toute la nuit, chose qui m'était pas arrivée depuis ma semaine de formation, j'ai pris conscience d'à quel point cet endroit-là est déprimant.

J'ai assez hâte d'être au cégep pour rencontrer des gens comme moi. Des artistes, des vrais poètes. Dom m'a expliqué qu'au cégep, il y a toutes sortes de comités. Il doit bien y avoir un club d'écriture, une revue de poésie dans laquelle je pourrais publier.

Au moins, il reste juste trois semaines avant la rentrée. Ça achève. J'ai pas dit à Stéphane qu'il allait devoir se trouver un autre gars de nuit bientôt. Mais s'il s'en doute pas, y est taouin un peu.

Il m'a assez fait chier samedi matin à la fin de mon shift de seize heures. Comme j'avais pas fumé depuis ma petite bourrée vers deux heures et demie la veille, et que j'avais passé l'après-midi avec Val, j'étais complètement claqué. C'est un feeling dur à décrire, le manque de pot, c'est une couple de petits symptômes subtils. Rien d'extrême, parce qu'il y a pas de sevrage physique avec le pot. C'est plus un état d'esprit. Comme si j'étais dans la colle un peu.

Pis que j'avais pas le goût de parler à personne.

Pis que tout était gris, pis plat, pis plate, pis lent, pis ennuyant.

Pis ça s'accompagne d'une genre d'irritation, comme si je cherchais un coupable.

Pis en cherchant un coupable, je trouve toujours un seul suspect, moi-même. Pour me punir, je repensais à toutes les affaires wack que j'avais faites dans ma vie. Cette nuit-là, j'ai beaucoup repensé à Mathilde. J'aurais dû rester avec elle.

Un genre de feeling de merde, quoi.

Ça vient aussi avec ben de la fatigue. Le pot, c'est un stimulant au fond. Pis samedi au milieu de la nuit, vu que mon appétit est énormément relié à mes joints, j'avais pas beaucoup mangé et je manquais d'énergie.

Vers deux heures et demie du matin, après m'être forcé pour manger mon restant de Subway, j'en étais à boire un café aux demi-heures et à fumer des cigarettes aux quinze minutes pour me garder éveillé.

Après avoir cuit mes pâtisseries, j'avais même pas tant de tâches à faire qui auraient pu me garder dans l'action, vu que j'avais profité des temps morts dans l'après-midi pour faire mon remplissage de frigos d'avance.

Je me rappelle avoir mis le quatrième de Black Sabbath dans le lecteur CD et m'être assis sur le comptoir. Je me suis lancé le défi de pas bouger de l'album. Ça va être un exercice de volonté que je me suis dit. Pour me prouver à moi-même que j'en ai pas besoin, du pot. Que je suis en contrôle de mon corps et de mon esprit. Que mon échec avec Val m'affecte pas le moins du monde. Je me suis assis le plus droit possible, je me suis concentré sur ma respiration.

Un vrai exercice de volonté. Pour tester ma force mentale. Ozzy en était rendu à chanter qu'il «traversait des changements». Je m'appuyais de plus en plus sur mes coudes en croyant rester bien droit.

Dans mon rêve, je me faisais cuire un plat au micro-ondes et le chant de la fin de la cuisson était curieux, très strident, presque électrique. J'avais beau avoir sorti mon repas du four, l'alarme arrêtait pas de sonner.

J'ai ouvert les yeux et j'ai compris que c'était le carillon de la porte d'entrée.

Esti, j'avais dormi pis c'est vrai.

En décollant ma tête du mur où je m'étais appuyé à côté des batteries pis des Lypsyl, de la bave a coulé de ma joue. Je me suis essuyé avec le revers de la main.

Comme j'allais enfoncer le bouton pour débarrer la porte, elle s'est ouverte sans que j'aie à le faire. Pourtant, il y avait aucune chance que je l'aie laissée débarrée.

Le sang m'est monté à la tête d'un coup quand j'ai aperçu la personne qui rentrait.

Esti Stéphane!

J'ai regardé l'écran de ma caisse : il était trois heures et vingt-cinq.

Je comprenais pas.

Que c'est qu'il caliçait là?

Il était habillé en civil. Avec des gros pantalons Karl Kani ultra laids et un t-shirt trop ample. C'était la première fois que je le voyais avec son linge à lui.

Sur le coup, je me suis dit : je suis cuit, mais par chance j'ai compris qu'il m'avait pas vu endormi derrière la caisse.

Il s'inquiétait, qu'il m'a dit. Il avait appelé une couple de fois et je répondais pas. Crisse, j'avais dû dormir dur, parce que le téléphone était à deux pieds de ma tête. Il s'était imaginé le pire.

— T'as sûrement appelé pendant que j'étais dans le backstore, que j'ai dit en me décrottant les yeux le plus subtilement possible.

— Ouais. Ouais. Mais j'ai callé plusieurs fois quand même.

— Ben t'sais. Y en a beaucoup des frigos.

C'était quoi son émotion ? Pas moyen de le savoir avec ses verres fumés. Mais il arrêtait pas de se mordiller la lèvre inférieure. Elle était toute rouge. Je me demandais si c'était un feu sauvage, ou une plaie qu'il s'était fait à force de gosser sa lèvre avec ses dents.

Il est resté un autre dix minutes, le temps de fumer une cigarette avec moi dehors, et puis il est reparti dans son char en m'appelant « le gros ». Il m'avait jamais appelé de même.

Quelques heures plus tard, au moment habituel, un peu avant la fin de mon shift, il était de retour. Il dort pas lui, coudonc ? C'était un peu inquiétant. Je me suis dit qu'il était peut-être drogué. Mais en même temps, le gars était gérant d'une station-service. Tu peux pas être un boss pis prendre de la drogue. Ça a juste pas de sens.

Vu que sa visite m'avait mis sur la panique, j'avais torché le dep comme jamais auparavant et il a eu rien à redire en revenant.

Pis là, ma semaine était finie. C'était samedi.

Et j'avais un party.

Avant de m'endormir sur le comptoir, je m'étais équipé pour avoir de quoi à boire là-bas. Ça avait contribué au stress de voir Stéphane rappliquer random. Mon sac était plein de bières. Je m'étais pris une quille de Beck's et j'avais poussé ma luck loin des formats individuels en prenant un 6-pack de Rickard's Red, comme ça si jamais Val y portait attention, elle verrait que je buvais de la bonne bière.

Val…

Je me sentais vraiment biz. Dom avait eu beau m'assurer que ça aurait pu être n'importe qui dans le char, son frère, son ami, son cousin, j'en doutais en maudit. Mais faut que j'aille au fond des choses, que je me disais, couché dans mon lit, en train de finalement m'endormir.

26

Je me suis réveillé au milieu de l'après-midi.

Après avoir pris un café, fumé et mangé un peu, je suis allé rouler quelques petits joints, pas des trop gros, qui allaient déjà se trouver prêts ce soir dans mon paquet de cigarettes. Une fois que ça a été fait, j'ai changé de CD, j'ai mis *Crime of the Century* de Supertramp et j'ai ouvert la porte de mon garde-robe.

Il fallait que je choisisse mon outfit asteure. Val m'avait seulement vu avec un polo rouge du Pétro sur le dos. Pis mon t-shirt de Led Zep à l'envers comme un beau poireau. Pour mes looks, je partais souvent du haut, et je construisais autour. J'avais déjà reçu des compliments sur une chemise rouge en velours côtelé une taille trop grande que j'avais trouvée au Village des valeurs. Ça allait être la base de mon style. Mieux valait la porter détachée, ça m'allait mieux de même. Fallait un chandail en-dessous. J'ai décidé de mettre mon t-shirt de Joy Division. On voyait Ian Curtis, en noir et blanc, assis sur un banc dans un bâtiment industriel, une cigarette entre les doigts, le regard dans le vide, un mal-être collé au visage. Ça serait le reflet adéquat de ma personnalité profonde. Avec ça, mettre mes Levi's noir troués aux genoux, c'était une évidence. Pour montrer que je suis certes grunge et torturé, mais que je peux être flyé pis coloré quand y faut, j'ai décidé que je mettrais un Vans de chaque couleur. J'ai deux fois le même modèle, en noir et en orange. Laissez-moi vous dire que ça lookait en sale.

Couché sur le dos dans mon lit, tout habillé, mes souliers aux pieds, j'avais hâte que le soir arrive. Mon outfit me redonnait confiance. Je sentais que je savais déjà davantage qui j'étais que vingt minutes plus tôt.

J'ai tiré une petite puff de pot dans ma pipe et je l'ai crachée dans mon Bounce. Des papillons ont traversé mon ventre et je me suis senti parfaitement heureux. Pis confiant. Oui, je débordais de confiance ! Elle m'aurait pas invité rien que pour me niaiser. Ben non voyons. C'est sûr que c'était son frère dans le char hier. Son frère ou un ami, je sais pas. Mais pas son chum.

Le temps passait pas assez vite à mon goût. Je suis allé dans la salle de jeu et j'ai parti ma console. J'ai joué à *Skate* un bon deux heures. Ça vient de sortir cette année. C'est vraiment, vraiment hot. Ça faisait deux-trois ans que je réalisais que je plafonnais, que mon rêve de devenir pro se réaliserait jamais. J'avais jamais été trop fan de la série des *Tony Hawk's Pro Skater*. C'était trop cartoon à mon goût. Tu peux faire des grinds sur le rebord des gratte-ciels à 100 milles à l'heure, pis sauter pour atterrir dans la rue après avoir fait trente-six backflips. C'est un peu n'importe quoi. Mais *Skate*, c'est pas ça, c'est vraiment plus réaliste. Il faut utiliser le joystick droit correctement pour être en mesure de faire les fliptricks voulus, ce qui est vraiment plus subtil et satisfaisant à réussir que le système de *Tony Hawk's* qui te demande seulement d'appuyer super rapidement sur le plus de boutons en même temps pour enchaîner les combos. Je me choisissais un spot dans la grande ville et je me mettais en tête de réussir un truc en particulier, simple mais stylé comme un nollie flip backside tail, sur un module spécifique. Comme dans la vraie vie. J'y trouvais mon compte parce que je pouvais faire des tricks que j'aurais rêvé de faire si j'avais été capable.

Je voyais pas le temps passer.

Ma mère a fini par m'appeler pour souper. Je suis monté et j'ai mangé des cannellonis avec elle. Elle m'a proposé un verre de vin rouge et j'ai joué la surprise. Un verre de vin ! Wow ! Moi qui suis mineur et qui n'ai que fort rarement l'occasion de boire, voilà qu'on m'offre un verre de vin ! C'est super.

— Tu t'ennuies-tu de tes amis ?

— Ben non, je sais pas. Pourquoi ?

— Maintenant que le secondaire est fini. Y a du monde que tu vas moins voir.

— Ben je vois pas pourquoi j'arrêterais de voir mes amis de l'école, j'ai dit en pensant à tous mes amis de l'école que j'avais pas vus de l'été.

— Ah tu vas voir mon petit loup ! C'est pas long, dans la vie, qu'on perd les gens de vue.

J'ai bu mon vin en hochant la tête. De toute façon, je me ferai d'autres amis au cégep au pire. Même si je vois pas pourquoi j'arrêterais de voir mes amis. Ça fait des années que je vois le même monde.

J'ai fini mon assiette, j'ai posé ma fourchette et mon couteau dedans, j'ai dit merci, et je suis descendu au sous-sol chercher mon sac. Il était encore trop tôt pour aller au party, mais je tenais plus en place. La soirée était dans une maison quand même loin, fait que je me suis dit que j'allais partir d'avance pis aller chiller sur le bord du fleuve un peu d'ici à ce que ça soit l'heure d'arriver fashionably late.

J'ai crié bye à ma mère qui m'a demandé de la pièce où elle se trouvait si j'avais mon casque. J'ai dit oui, mais c'était faux. J'ai entendu ses pas qui dévalaient les escaliers pour venir vérifier, mais j'ai fermé la porte du garage derrière moi et je suis parti rapidement.

J'ai tourné le coin de Picardie, puis de Gascogne pour enfin atteindre la piste cyclable sur Montarville. De là, c'était tout droit longtemps. J'avais la ville au complet à traverser. D'où je me trouvais, vers le fleuve, il y a une légère pente qu'on remarque seulement quand on revient, mais qui nous porte un peu à l'aller sans qu'on y pense.

J'ai longé le champ de tir de golf à droite, qui coupe les champs allongés jusqu'au centre d'achats. Puis, après la polyvalente, les maisons à gauche et à droite, densément, jusqu'à la 132.

Juste avant le viaduc, j'ai croisé un des Pétro où j'avais refait le terrassement au début de l'été, là où on était retournés pour aller jeter nos sacs de plastique. Pendant qu'on mangeait les chocolatines que Jacques était allé nous chercher en dedans, il m'avait demandé si je savais pourquoi la 132 coupait à travers la ville comme ça. J'avais dit non. Il m'avait expliqué que quand le gouvernement provincial a décidé de construire l'autoroute au début des années soixante, le maire de Boucherville a été le seul à mettre son pied à terre pour empêcher que le ministère des Transports vole le bord du fleuve à tout le monde. C'est pour ça qu'en arrivant dans la ville, après Longueuil, la route fait un croche à l'intérieur des terres. Tant mieux, parce qu'à partir de Longueuil, en passant par Saint-Lambert, Brossard, pis jusqu'à Candiac en fait, ben tout le bord de l'eau est occupé par l'autoroute. Ils ont dû se dire, la gang à Lesage, que ça allait être exceptionnel, de rouler à toute allure dans leur gros Buick sur le bord de l'eau. Mais à Boucherville, ils ont pas démoli le vieux village pis on peut aller se promener et regarder les îles en face.

Après le viaduc, je suis passé devant la piscine municipale pis la mairie qui a l'air de quatre Pizza Hut mis ensemble. J'ai dépassé la track de chemin de fer et je me suis retrouvé dans le Vieux.

J'ai roulé sur le bord du fleuve. Le soleil était encore assez haut, mais l'air devenait de plus en plus orange. Esti. L'image que j'avais trouvée avec Dom au début de l'été c'était quoi donc ? Y avait une affaire de moustiquaire. Le ciel comme un moustiquaire orange ? Ça sonne bizarre me semble. Je m'en rappelais plus. J'aurais dû le noter. Un peu plus loin que l'église Sainte-Famille, je me suis dit que ça serait un bon spot pour aller m'installer sur la berge et écrire un peu. J'étais dû. J'ai trouvé un banc près de l'eau.

Après une heure passée là, j'avais fumé un joint, bu ma quille de Beck's, fumé huit cigarettes, écrit trois poèmes (un sur l'amour, un sur la mort et un sur la vieillesse) et pissé deux fois. Je me sentais bien. Le soleil commençait à s'en aller pour de bon derrière les îles. J'ai regardé l'heure sur mon iPod et je me suis dit qu'il était temps d'aller au party. En me levant, j'avais beau être déjà pas mal feeling, le stress est revenu. Il tournait comme un chat en cage dans mon ventre. J'avais l'impression que ce soir, ça allait être soit la réalisation de mes rêves les plus fous, soit une humiliation complète. J'ai rembarqué sur mon vélo et j'ai pédalé tranquillement vers l'adresse que m'avait donnée Val.

27

Quand je suis arrivé au party, il faisait presque noir. Il restait juste une ligne de mauve au loin vers Montréal.

La place était assez impressionnante, une grosse maison en bordure du fleuve. Mais pas une grosse maison usinée vulgaire comme dans les nouveaux développements sur le bord de la Transcanadienne où je vis, non, une vieille grosse maison, toute peinte en rouge, qui avait l'air d'un manoir avec sa galerie surélevée qui courait autour du rez-de-chaussée. L'amie de Val avait du cash, ça c'est sûr. Ben, ses parents oui en tout cas.

Il y avait du monde sur le balcon et de la musique sortait par la porte d'entrée ouverte. J'ai posé mon vélo dans le gazon et je me suis allumé une cigarette pour me donner une contenance, terrorisé à l'idée de passer à côté de la gang dans les marches, dont un rapide scan venait de m'apprendre que personne avait le visage de Val.

À ma gauche, un garage double détaché de la maison, gros comme un bungalow, avait ses deux portes ouvertes. En m'approchant dans la longue allée de pavé uni, j'ai remarqué qu'il y avait une autre musique qui arrivait de là. Je suis allé voir parce que j'étais pris avec ma cigarette et que j'avais peur que les fumeurs à l'entrée lèvent les yeux et me voient au milieu du driveway planté là comme un twit.

Dans le garage, une gang de gars jammaient. À côté de deux scooters, un grand tapis couvrait presque la moitié du plancher. Posés dessus il y avait une batterie, des pédales et plusieurs amplis. Les gars qui jouaient avaient l'air vraiment plus vieux que moi, plus vieux que Val même. J'avais de la misère à dire s'ils avaient 25, 30 ou 40 ans. En même temps, ils étaient pas habillés comme des parents. Peut-être plus 30. Vu que je suis resté à l'extérieur du garage, dans la pénombre, ils m'ont pas trop remarqué. Leur musique sonnait comme un espèce de medley de Dire Straits, mais avec des solos hard rock. J'étais pas sûr que ça soit bon, mais c'était cool en maudit, ça, c'est sûr.

Ma cigarette finie, j'ai bien vu que je pourrais pas retarder mon entrée plus longtemps. Pour faciliter mon intégration, j'ai sorti une Rickard's de mon sac et je l'ai débouchée au milieu du driveway. Je suis passé à côté des fumeurs dans les marches en souriant comme un poisson mort, mais personne a porté attention à moi.

À l'intérieur, j'ai tout de suite ôté mon sac à dos pour pas avoir l'air de venir d'arriver. Au bout du couloir, je voyais pas mal de monde dans la cuisine. Une autre musique et des lumières de rave montaient du sous-sol.

La cuisine, on va commencer par la cuisine. J'avais chaud avec ma chemise, mais là fuck it, les gens dans l'entrée avaient vu comment j'étais habillé, c'était trop tard pour me changer.

Une gang de filles jasaient autour de l'îlot de cuisine avec chacune un verre en plastique dans la main. Elles criaient plus qu'elles parlaient parce que là aussi la musique était forte. J'étais fourré. Peut-être que j'aurais dû descendre ? Peut-être que c'était en bas le vrai party, pis qu'en haut c'était juste pour les intimes ? Mais en même temps, le long des armoires pis des murs, il y avait des sous-groupes de gars et de filles. C'était pas précisément intime. Pis aussi, il fallait quand même que quelqu'un sache que j'étais là pour que je me sente admis. J'ai pris une gorgée de ma bière et je me suis approché de la fille la plus près de moi qui était adossée à un garde-manger.

— Allô. C'est-tu toi, Anne-So ?

Elle s'est même pas retournée. Elle a éclaté de rire. J'ai fait le saut, surtout que toutes les autres aussi étaient crampées. Que c'est que j'ai dit ? Mais elles me regardaient pas. Elles étaient tournées vers une autre des filles. La conversation s'est divisée en petits comités pour réagir à l'affaire drôle qui venait d'être lancée, et j'ai pu répéter ma question. J'ai parlé plus fort que la première fois. Crisse que j'ai dû avoir l'air cave.

— Sa... Salut ! C'est-tu chez vous ? C'est-tu toi Anne-So ?

— Han ? Anne-So ? Non, je sais pas elle est où Anne-So.

Elle m'avait à peine regardé et s'était retournée vers les autres.

— Hey les filles. Les filles ! Savez-vous est où, Anne-So ? elle a crié.

— Ouais, est en arrière, a dit une fille avec des grands yeux bleus.

Elles me regardaient toutes maintenant. J'ai pris une gorgée de bière et j'ai souri. La plupart m'ont rendu mon sourire. Ça m'a soulagé. La fille qui avait répondu s'est renversée sur la table de cuisine où elle était assise et a crié en direction de la porte-patio ouverte.

— Anne-So ! Anne-Soooo !

— Quoi ? une voix lointaine a crié.

— T'as un ami qui est arrivé !

Son ami, c'était un bien grand mot, mais j'étais pas pour dire que je l'étais pas. Personne me connaissait la face.

Une fille très grande et mince a poussé le moustiquaire et est entrée dans la cuisine. Elle avait les cheveux blonds coupés carré à la nuque, et un petit nez rond et retroussé. Voir cette fille-là m'a fait catcher à quel point Val est belle. J'ai eu un petit stress, mais en même temps ça m'a rendu fier. Ben... Fier... Fier, si c'était vrai qu'elle s'intéressait à moi.

Fier dans le sens que voir qu'une personne qu'on trouve belle se tient avec d'autres gens beaux, c'est con, mais ça confirme de quoi. Ça confirme que c'est pas juste subjectif, qu'on est pas fou pis le seul à la trouver belle, pis que le reste du monde beau se sent attiré par elle.

Anne-So a plissé les paupières en me dévisageant, mais a rouvert les yeux aussitôt en s'exclamant.

— Ah ! Oui ! Mathieu ! C'est Mathieu, c'est ça hein ?

J'ai fait oui de la tête pendant qu'elle se dirigeait vers moi. Doux Jésus ! Ça voulait dire que Val avait parlé de moi ! J'avais envie de roter, mais c'était vraiment pas le temps. J'ai réalisé que j'étais tellement sur le nerf que j'avais eu le temps de finir ma bière. J'ai commencé à arracher l'étiquette.

La fille qui avait crié à travers le moustiquaire, blonde aussi, s'est adressée à Anne-So.

— Là, tes amis, là, ils fument des topes sur la trampoline.

— Mais non, ils fument pas de topes, qu'Anne-So a répondu.

— Ben oui, ils fument des topes, la première a dit en imitant l'intonation d'Anne-So. Je suis pas aveugle, je les vois d'ici.

Anne-So a fait une grimace en secouant la tête.

— Pis là, ils vont faire des trous dans la toile, pis papa, il va…

— Y en a déjà plein de trous dans la trampoline. Pis penses-tu que y a juste mes amis qui fument des topes là ? J'ai vu Marie pis ton autre chum taleure.

— C'est pas ça le point.

— Pis anyway, on s'en fout, Arthur y en fait même plus de la trampoline. A sert à rien.

— Ah ! faites donc ce que vous voulez, que la sœur d'Anne-So a dit en se redressant et en rejoignant le groupe qui jasait autour de l'îlot de cuisine, où le dock à iPod était posé.

Anne-So m'a souri. Elle a levé le bras dans ma direction, la paume tendue. En répondant à son sourire, j'ai porté ma main à ma bouche parce que j'avais vraiment besoin de roter.

— Viens. On est dehors.

Quand elle s'est retournée, j'ai roté en silence, j'ai posé ma bière vide sur la table de la cuisine et je me suis trouvé ben maudit de pas avoir de gomme sur moi.

La cour était immense.

Des gars en maillot de bain faisaient des flips du tremplin de la piscine et d'autres en faisaient sur la trampoline un peu plus loin, à côté d'un gros cabanon. Des deux côtés du terrain, les voisins étaient tenus à distance par des genre de longs boisés où il y avait des tonnes de plantes, d'arbres et de roches. C'était pas des petites haies de cèdres de tout nus comme chez nous.

La limite du terrain au fond, passé un gros arbre qui étendait ses branches au-dessus de la table de patio, c'était le fleuve. Le gazon continuait longtemps avant de disparaître dans la pente.

Plus bas sur l'eau, on voyait l'extrémité d'un quai privé et un bateau à moteur.

Ça a pas le cul sur la paille ce monde-là.

— Val ! Val ! Ton ti-chum est arrivé !

J'ai été bien content d'être dans le noir pour pas qu'on puisse me voir changer de couleur.

Il y avait toute une gang attablée qui débordait en gens debout entre la table et la piscine et dans une autre direction vers un demi-cercle de fumeurs évachés sur des chaises longues.

J'ai regardé dans la même direction qu'Anne-So et je l'ai vue. Elle portait une camisole ample à paillettes qui laissait deviner ses formes. Ses cheveux luisaient sous la lumière des lampions posés sur la table et en m'approchant j'ai vu que ses joues étaient saupoudrées de brillants. Ça se pouvait-tu que elle, une belle fille de même, s'intéresse à moi, un ado à peine fini de former ? Autour d'elle, il y avait personne qui ressemblait à la silhouette que j'avais vue la veille dans la Saab.

— Ah Mathieu ! T'es venu ! C'est ben hot.

— Allô. Ouais. Ben tu m'as invité t'sais.

— Ça c'est Anne-So. C'est chez elle ici.

— Allô, Anne-So m'a dit.

— Oui on s'est présentés. Crime y a du monde.

— Veux-tu de quoi à boire ?

— Ah c'est chill j'ai apporté ma bière.

— Un shot ? Veux-tu un shot ?

J'ai pas l'habitude de l'alcool fort, mais j'ai dit oui. Tant que c'est pas de la tequila, ça me va. J'ai viré une brosse une fois à la tequila et le cœur me lève à chaque fois que j'en prends asteure.

C'était dans le temps où je voyais encore beaucoup Simon. Je m'en rappelle, j'en ai parlé un peu, de lui. Il a été renvoyé de notre école, Simon, c'est pour ça qu'on a pas mal arrêté de se voir aujourd'hui. Pis comme j'ai dit, il a déménagé à Varennes cette année. Mais à l'époque de l'histoire avec la tequila, il m'invitait des fois à chiller avec ses nouveaux chums de la polyvalente.

Justement, cette fois-là, j'étais avec lui pis deux gars de sa nouvelle gang. C'était des métalleux. Même s'il devait faire –20 dehors, ils portaient rien que des Perfecto. Je les trouvais un peu quétaines, mais y étaient smattes pareil. Il y en avait un que les autres appelaient Moppe. C'est sûr que c'était à cause de ses longs cheveux pas peignés. À quatre, avec Simon, Moppe pis Guillaume, un autre gars assez costaud qui avait les cheveux jusqu'au milieu du dos lui avec, on avait bu un 40 onces de tequila dans la forêt à côté de la polyvalente où du monde avait construit une cabane en presswood. On était tellement chauds qu'à un moment donné on avait eu peur pis on s'était demandé si on était peut-être pas en train de mourir d'hypothermie sans s'en rendre compte. C'est vrai qu'il faisait frette en tabarnac, c'était dans le temps des Fêtes. Moppe avait proposé de partir un feu dans la cabane. Brillante idée, qu'on s'était tous dit.

On avait pris plusieurs poignées de terre nue qu'on avait réussi à trouver en dessous de la cabane, on s'était fait un genre de lit pour le feu pour pas qu'il soit directement sur le plancher, pis on était allés ramasser du bois dans la forêt. On contrôlait le feu et tout allait bien. On se réchauffait, on criait, on fumait des battes pis des topes pis on buvait notre tequila. Sauf que Simon a fini par flasher que Moppe était disparu. Sur le coup, on était crampés parce qu'on était juste quatre pis on comprenait pas comment on avait pu perdre quelqu'un de vue. Mais, après un bout, on avait trouvé ça moins drôle. On gelait en maudit dehors. Ça avait pris une heure, mais on l'avait finalement retrouvé, accoté sur une grande porte de livraison dans une aile éloignée de la polyvalente. Il avait perdu connaissance et s'était vomi dessus. Ses cheveux étaient tout crottés. L'autre métalleux, Guillaume, l'avait pris sur son dos pour le ramener chez lui. Quand Simon et moi on était revenus vers la cabane, elle avait terminé de brûler au complet. À ce moment-là, j'avais réalisé que la recherche de Moppe m'avait fait oublier à quel point j'étais paqueté moi avec. J'ai jamais vomi de même. Même avec plus rien dans le ventre, ça continuait, pis ça faisait mal. Je me rappelle plus comment je m'étais rendu chez moi, mais je me souviens à quel point le lendemain, les vêtements que j'avais portés la veille étaient sales et puants.

Ça fait que la tequila, ça me lève le cœur asteure.

— Ben ouais un shot, pourquoi pas ! que j'ai dit en réalisant que ça pourrait m'aider à pas avoir à m'assoir autour de la table de patio et à me présenter à tout le monde.

Val et moi, on a remonté l'escalier du balcon. Il fallait que je dise de quoi. Il fallait que je mette le plus de paroles entre elle et moi pour faire grandir notre intimité. Mais je savais pas quoi dire.

— Hey c'est une méchante cour !

— Oui hein. Pis ils ont même un bateau à moteur. Des fois on fait du wake.

— Ouais j'ai vu ça de loin. C'est nice.

— T'aimes-tu ça la vodka ?

— Ça me dérange pas.

On a traversé le cercle des filles qui criaient dans la cuisine et on s'est rendus à côté du frigo. Elle a ouvert le congélateur et a sorti une bouteille de Moskovskaya déjà entamée. Elle l'a déposée sur le comptoir de cuisine, entre elle et moi, dans le peu d'espace qu'on avait avec tous les gens qui occupaient le reste de la pièce. Elle était très près de moi. Elle m'a regardé et m'a souri. Je lui ai souri en retour.

— Ah ! J'contente ! J'contente que tu sois venu !

— Moi aussi. Je suis content que tu m'aies invité.

Elle s'est approchée et a passé un bras au-dessus de mon épaule pour atteindre une tablette où elle a pris deux verres à shooter.

— Tu veux-tu un pickle avec ça ?

— Un pickle ?

— Ouais. Comme chaser. Un chaser, non ? elle a continué en me voyant plisser les yeux. T'as jamais essayé ? Ah t'es cute. Tu vas voir, ça aide full. En tout cas, moi, ça m'aide.

Cute… Je suis cute, qu'elle dit ! Hey je pense que ça va ben ! C'est pas rien que moi, là, on est d'accord ?

Elle a ouvert le frigo et a sorti un pot de cornichons. Elle en a cassé un avec ses doigts et m'en a tendu la moitié. On a cogné nos verres et on s'est dit cheers. En me forçant pour pas grimacer, j'ai regardé ce qu'elle allait faire après avoir calé. Elle a pris une bouchée de son cornichon. Bizarre. Je l'ai imitée. J'ai pris une deuxième bouchée, puis une troisième pour finir la grosse moitié que j'avais.

En mastiquant le plus rapidement possible, j'ai vu qu'elle ricanait.

— T'es pas obligé de toute le manger t'sais. C'est juste une p'tite bouchée, juste pour enlever le goût.

— Haha. Ouais je sais. Mais j'ai faim.

La honte.

— Ah ouais ! Ben là, veux-tu que je demande à Anne-So, c'est sûr que tu peux manger de quoi.

Pourquoi j'ai dit ça. J'ai pas faim pantoute.

— Mais non. Mais non, c'est chill.

— T'es sûr ? En fait, oui, viens, il reste des trucs qu'on a mangés pour souper.

— No-non, je te jure, c'est chill. Je sais même pas pourquoi j'ai dit ça, j'ai pas faim pantoute. C'tait… C'tait une joke !

Elle était rendue la main sur la poignée du frigo, mais elle a baissé le bras. Sous son fond de teint plein de brillants, ses joues avaient rougi.

— OK, elle a dit en souriant.

Elle a posé sa main sur mon avant-bras.

J'avais jamais, jamais rencontré une fille aussi entreprenante. Je savais pas trop comment agir. Comment être plus willing qu'elle, pour lui montrer que j'étais pas moumoune avec les filles ?

— Tu veux-tu voir le dancefloor ?

— Bah ouais.

— Viens-t'en.

Ses doigts se sont refermés sur mon poignet.

On est sortis de la cuisine pour revenir vers l'entrée où une gang de nouveaux venus était en train d'enjamber la pile de souliers. Peut-être que j'aurais dû enlever les miens aussi, mais vu que dans les soirées je sors souvent fumer, je préférais les garder. Val les avait aussi. Et même Anne-So, pis c'était chez elle.

— Fait que c'est ça que les gens font pendant que je remplis des frigos de Gatorade. C'est fou comment y a du monde. Je pense que je suis allé dans aucun house party de l'été.

— Ouais moi too, quasiment pas. Je suis sortie une couple de fois aux Foufs pis au Rack, mais je suis tellement tannée du Pétro, là. Je vais me trouver de quoi d'autre pendant l'école, je pense.

Maudit ! On se verra plus jamais. Il faut vraiment que je scelle l'affaire au plus crisse.

Au sous-sol, c'était aménagé comme dans un club.

— On a passé l'après-midi là-dessus. C'est beau hein !

— Mets-en !

Le plafond était tendu de guirlandes en papier coloré. Au centre de la grande pièce, il y avait une boule disco et, accroché à d'autres endroits, le nombre « 55 » en carton argenté qui pendait en tournoyant. Quelques personnes dansaient, mais l'espace éclairé de lasers et de points multicolores qui spinnaient était encore presque entièrement vide.

Plus loin au fond, il y avait un comptoir, un genre de minibar qui servait de table de DJ. Un gars avec une calotte Ecko Red était penché sur un ordinateur et hochait la tête au son de la musique. Il faisait très chaud ici, mais il avait quand même un gros chandail à capuchon par-dessus lequel il portait un t-shirt trop grand du Wu-Tang. J'ai encore pensé enlever ma chemise, mais là c'était vraiment trop tard, Val elle-même avait vu comment j'étais habillé. Une chance que j'avais mis du déo pas juste sur mes aisselles, mais sur mon torse avec.

À la droite du DJ, devant une énorme mappemonde laminée que j'avais déjà vue au IKEA, il y avait quatre gars qui jouaient au beer pong. La musique était forte, et j'ai dû enterrer la voix de Nelly Furtado pour me faire entendre.

— Cinquante-cinq ?

— Anne-So pis moi, on a mis tout ce qu'on a trouvé. C'était la fête de son père y a deux semaines.

Des cris ont fusé du fond de la pièce. Un des gars était en train de caler le dernier verre en plastique qui restait devant lui sur la table de ping-pong. Il avait visiblement de la difficulté à en venir à bout. Les trois autres criaient « envoye le gros », mais lui il prenait son temps, les sourcils froncés, en balayant l'air du revers de la main. Il a fini par poser son verre vide et les quatre gars se sont serré la main en se disant bonne game. Celui qui venait de boire avait le menton luisant. Il a levé les bras au ciel et s'est éloigné de la table en rotant, les yeux mi-clos.

— Val ! Yo Val ! Viens jouer une game !

— Quoi ?

La musique était vraiment câlicement forte. Elle a baissé un instant et s'est fondue dans le morceau suivant d'une manière tellement smooth que je me suis dit que le DJ devait être un professionnel. Ah oui, je connaissais ça. Je savais pas trop c'était quoi le titre, mais ça sonnait comme du Daft Punk. Ça faisait « lady, hear me tonight ». Ou « with me tonight » ? Je sais pas…

On s'est approchés de la table.

— Viens jouer une game. Laurent est trop chaud, y est pu capable.

— Ah non, ça me tente pas.

— Envoye donc !

Elle regardait dans le vide, l'air de peser le pour et le contre.

— Come on Val ! T'es pissou. Pi-ssou !

— Ah ouache avec tes insultes de bébé.

— Ben t'es pissou ou t'es pas pissou ?

— Tu gosses ! OK, je vais jouer.

— Cool.

— Mais j'ai même pas de bière.

— Hey on s'en fout. On est allés hit le Maxi avant de venir.

À leurs pieds, ils avaient trois caisses de 24 de Budweiser.

— Vous allez vous faire pogner à manné les gars.

— Non pour vrai, aucune chance. La dernière caisse, t'sais la courtoisie où ils vendent des topes, y a un mur devant pis ça cache l'entrée de l'épicerie. C'est genre le pire design ever, pis c'est complètement parfait. Pis c'est tant pis pour eux haha.

J'avais laissé mon sac à dos au pied du comptoir en haut dans la cuisine et j'avais rien à boire. Si seulement j'avais pu leur demander une bière. Ils l'avaient eu gratis en plus, c'est sûr que ça les dérangerait pas. Mais Val m'avait toujours pas présenté. Elle s'est installée au bout de la table pendant que les gars remplissaient les verres. Je les ai regardés faire quelques lancers.

J'entendais presque rien de ce qu'ils disaient.

Plus le temps passait, plus j'avais peur d'ouvrir la bouche. Surtout qu'il aurait fallu que je crie.

Leur game de beer pong durait depuis un bout. Quelques verres avaient été bus, mais c'est toujours rapide au début quand ils sont massés ensemble de chaque côté. C'est dur de manquer sa shot.

Pourquoi je parlais pas ? Je devais avoir l'air d'une vraie tache comme ça planté à côté de la table, même pas de bière pour me donner contenance. Val était pas mauvaise, elle était pas pire en fait. Elle venait de réussir à toucher deux verres coup sur coup. Quand le monde faisait des « oh » et des « ah », je faisais pareil, mais j'étais incapable d'adresser la parole à quiconque. À un moment donné j'en ai eu assez, j'ai sorti mon paquet de cigarettes de ma poche de chemise et je l'ai levé devant moi en regardant Val et en disant que je revenais. Elle a fait oui de la tête. Sauvé ! Mais j'espère qu'elle a pas pensé que je lui demandais la permission…

28

Je suis monté. La foule me permettait de m'oublier. J'ai traversé la maison en tournant les épaules entre les petits groupes de buveurs un peu partout. À mesure que je m'éloignais de l'escalier, la chanson de T.I., dont on entendait encore monter les basses, se fondait dans celle de Justin Timberlake provenant de la cuisine. Mon sac était plus là où je l'avais laissé, mais en fouillant le sol du regard je l'ai vu près d'une armoire vitrée pleine de porcelaines sur le mur opposé. Je me suis pris une Rickard's. Elle s'en venait chaude. Mais si je mettais les autres dans le frigo, j'étais sûr de pas en revoir la moitié. Ma cigarette entre les lèvres, j'ai poussé le moustiquaire du patio pour aller l'allumer. Il y avait encore des gens qui se baignaient, mais pas les mêmes. Ceux de tantôt parlaient à côté des fumeurs sur leurs chaises longues, enroulés dans des serviettes de plage.

Plus loin, sur la trampoline, trois gars s'amusaient à se donner des boost. Il y en avait un au milieu qui sautait pendant que les deux autres sur les bords se synchronisaient avec lui pour enfoncer leurs pieds joints au moment précis où il touchait la toile. Ah ben crisse ! Louis Turcotte ! Le gars qui sautait, c'était un gars de mon année. J'avais déjà fait ça, le truc avec la trampoline. Chez lui justement. Ses parents étaient vraiment chill. Il organisait souvent des partys pis il y avait toujours plein de monde saoul mort sur la trampoline en fin de soirée. Dont moi une couple de fois. Le truc pour les boosts, c'est qu'immédiatement après avoir écrasé le fond à pieds joints, ceux sur le côté doivent se faire le plus légers possible pour laisser la trampoline propulser le sauteur encore plus haut. C'est un grand gars, Louis, et il sautait tellement haut que ses pieds arrivaient à la limite du filet protecteur. Des gars en serviette sur le bord de la piscine ont crié.

— Saute par-dessus, Louis !

— OK, checkez ça ! il a répondu.

Et à plusieurs reprises, en volant, il lâchait un bref cri en faisant le moulin à vent avec les bras, faisant semblant de prendre son élan pour enjamber le filet. Mais rapidement, c'est devenu clair qu'il niaisait et qu'il oserait pas le faire. Je savais qu'il était capable par contre. Chez lui, une fois, à un party, on s'était mis une couple de gars pour traîner la trampoline juste à côté de sa piscine pis on sautait par-dessus le filet dans l'eau.

— Envoye, le gros !

— Attends, big ! M'as le faire, m'as le faire là.

— Chicken !

Il y a eu un mouvement de rotation dans les groupes et des places se sont libérées à la table de patio. Je suis allé m'assoir au bout, en laissant une chaise libre entre les autres personnes et moi. Je fumais ma cigarette en silence en regardant le monde pis en tétant ma Rickard's.

— Hey Math !

— Yo Louis, ça va mon gars ?

Il est venu s'assoir à côté de moi. J'étais content de parler à quelqu'un. Les gens autour de la table se sont tournés vers moi quand ils ont entendu mon nom, et le regard qu'ils m'ont jeté m'a fait sentir que c'était complètement normal que je me trouve là où je me trouvais à ce moment précis. Louis pis moi on se racontait notre été quand un groupe de gars est sorti de la maison. Il y en a deux qui parlaient fort en se lançant un ballon de foot. Ça m'a pris un moment, mais je les ai reconnus. J'aurais pas pu dire leurs noms, mais je les avais déjà vus dans un party chez Louis, justement. Ils se sont dirigés vers la table. Trois personnes qui étaient encore assises se sont levées. Ça a permis à tout le monde, sauf aux deux gars qui se faisaient des passes, de prendre un siège.

Louis m'a pointé aux autres qui m'ont dit qu'ils se souvenaient de moi, oui, et qui m'ont salué. J'ai allumé une nouvelle cigarette et je les ai écoutés parler. Au début, quand les autres riaient, je faisais juste sourire, mais, petit à petit, après m'être raclé la gorge plusieurs fois sous le couvert de l'hilarité générale, j'ai réussi à émettre des sons moi aussi.

Un des gars que je connaissais vaguement, une tuque sur la tête même s'il devait faire 30, racontait une histoire visiblement commencée à l'intérieur. À force d'écouter, j'ai pu catcher que ça se passait en Floride. À Miami. La tuque disait qu'ils se promenaient dans la rue, lui et un « on » que j'avais pas assez de détails pour identifier, et qu'à chaque coin de rue, il y avait un dealer pour leur proposer de la coke. La moitié de l'auditoire était impressionnée, mais l'autre moitié avait l'air sceptique. Le gars disait que cette soirée-là, ils avaient fait de la coke toute la soirée sans jamais en payer. L'affaire, c'est qu'en croisant un dealer, ils lui demandaient s'ils pouvaient tester avant d'acheter. Le dealer ouvrait un sac, gros comme un sac de farine ç'a l'air, et il leur disait « have a dip ». Eux autres, ils trempaient leur doigt avant de se frotter les gencives avec. Après avoir fait semblant de se poser des questions sur la qualité du produit, en hochant la tête, l'air désolé, ils disaient non merci au dealer. Ils avaient répété la manœuvre plusieurs fois. Un de ceux qui écoutait l'histoire croyait pas à ça.

— Ils devaient être pissed quand vous partiez, non ?

— Pas tant pour vrai. Big, y avait tel-lement de coke dans leurs bags, là, tu comprends pas ! Ils s'en crissaient.

Des fois, quand la tuque donnait un détail trop incroyable, tout le monde se tournait vers Louis assis à côté de moi. J'ai compris que c'était lui l'autre dans le « on » de l'histoire. En savourant son effet, il restait une seconde immobile avant de faire oui de la tête, lentement, les yeux fermés. Des « hein » pis des « what the fuck » retentissaient autour de lui et tous les regards se tournaient à nouveau vers la tuque.

Quelqu'un a allumé un joint et l'a fait circuler. Quand c'est arrivé dans la main de la personne assise à côté de moi, je me suis demandé ce qui allait se passer, mais sans même me regarder, mon voisin m'a passé le joint. J'étais dans la gang. J'ai pris seulement trois puffs, des petites, pour pas être trop blasté. Juste pour me détendre, me faire sentir que j'étais en possession de mes moyens avant de retourner voir Val. D'ailleurs, j'étais bien content d'avoir une raison de m'attarder un peu loin d'elle. C'était une parfaite application du conseil que Dom et Simon m'avaient donné : ignorer les filles pour leur manifester de l'intérêt. Autrement, je me connais, j'aurais encore été en train de lui coller au cul et de faire le poteau pendant qu'elle aurait eu des conversations avec d'autres gars. Fallait que je lui montre que j'étais autonome en société.

— À manné, on était rendus sur la plage, que la tuque continuait. Pis au loin on a vu des lumières de police s'allumer. On est allés voir, OK ? Pis man, y avait un couple qui s'était fait écraser, par la police, OK, pendant qu'y fourraient.

Il y avait plein de visages incrédules autour de la table.

— Sur la plage ? Quelqu'un a demandé.

— Ouais big. Sur la plage. En Hummer. Par un Hummer de la police. Parce, ouais, c'est ça, c'est que la police a des gros Hummer là-bas, big, juste pour se promener s'a plage. Pour patrouiller.

— Pis vous les avez vus genre ? Vous avez vu les corps ? a demandé un gars.

La tuque a marqué une pause avant de répondre.

— Ouais big. Demande à Louis. Hein Louis ?

Louis a confirmé silencieusement, l'air désolé. Quelques murmures de surprise et de dégoût ont fait le tour de la table. Pour pas être en reste, j'ai regardé Louis les sourcils dressés en soufflant de l'air par mon nez. Il m'a regardé en disant que c'était fucked up, qu'il savait ouais.

De la coke… Ça, je ferais jamais ça par contre. C'est des plans pour devenir toxicomane. Y a une vraie dépendance avec des drogues de même, un vrai sevrage, pis en plus ça coûte une fortune. Pis, hey, on parle même pas des risques d'overdose. Le pot, c'est pas vraiment une drogue, quand tu y penses, parce que tu peux pas en mourir. Dom m'avait envoyé un lien d'un site qui donnait la quantité de weed qu'il faudrait pour mourir d'une overdose. C'est genre impossible. C'est une affaire comme : il faudrait que tu fumes 1500 livres en dix minutes. Un truc pas de sens. Rendu là, tu meurs d'asphyxie avant. Me rappeler ça, ça m'a fait prendre conscience que je ressentais davantage l'effet du pot que de l'alcool en ce moment. Je me suis dit qu'il faudrait que je sois plus en boisson que batté avant de retourner voir Val.

29

Je me suis levé, j'ai dit «à plus tard» à Louis et je suis rentré.

À l'intérieur, mon sac à dos était toujours au même endroit, bien fermé. J'y ai pris une bonne bière chaude et je suis ressorti avec dans l'idée d'aller admirer la vue sur le bord de l'eau.

Une tope, pis je retourne dans le sous-sol.

Un escalier en bois allait en zigzag vers le fleuve. Je suis descendu sur le quai et rendu au bout, entouré par le courant, avec la rumeur de la fête en haut derrière, je me suis dit que ça serait beau et poétique comme moment si je calais ma bière et que je restais là, immobile et pensif. J'ai calé ma bière et je suis resté là, immobile et pensif. J'étais fier de moi.

Oh oui. C'était vraiment un beau moment. Il faudrait que je m'en rappelle et que je pense à le mettre en vers.

Je savais pas trop où poser ma bière maintenant qu'elle était vide par contre, fait que je suis remonté dans la cour. Du milieu de la pelouse, on voyait l'entrée où plusieurs voitures étaient stationnées. Il y en avait une au moteur en marche, ses lumières dirigées vers moi. Elle me disait de quoi, mais ça pouvait pas être ça, ça avait pas rapport. En même temps, le phare droit était clairement moins brillant que l'autre. En contournant la maison vers l'avant, j'ai mis ma bière vide dans le bac de recyclage et je me suis approché du driveway.

Ben oui, une Mazda Protegé! Les passagers sont descendus de l'auto et j'ai levé les bras dans les airs en continuant d'avancer.

Trois filles qui venaient de descendre me regardaient en fronçant les sourcils, mais Dom a levé les bras dans les airs aussi. Ayoye… Il avait trois filles dans son char !

— Ah ben mon tabarnac ! Dom a crié avant d'éclater de rire.

— Haha. What's up le gros !

— Fait que c'est ici le party de ta collègue ?

— Ben oui.

— C'est cave, on aurait dû s'en rendre compte.

On s'est serrés dans nos bras. Deux des filles ont vu que ça les concernait pas et elles se sont dirigées vers la porte d'entrée.

En m'approchant, j'ai reconnu la troisième. La blonde de Dom m'a souri.

— Hey allô Mathieu !

— Allô ! Ça va ? que je lui ai dit en réalisant que j'avais complètement oublié son nom.

Elle a dit oui et Dom et moi on a continué de rire et de contempler à quel point on était twits d'avoir chacun parlé de nos plans sans jamais catcher qu'on allait à la même place. Mais il était jamais venu ici pis moi non plus. C'est que Lilia, Dom a dit, c'est l'amie de Jade. Jade. C'était ça le nom de sa blonde. Jade, Jade, Jade, que je me suis répété.

Jade m'a demandé si j'étais ami avec Lilia. Non, celle que je « connais » c'est Anne-So, l'amie de Val. Ah ! Anne-So, c'est la sœur de Lilia, Jade m'a dit. Ah ben câline, qu'on s'est dit en riant. On s'est pas écriés que le monde était petit parce qu'on a pas 50 ans, mais c'est vrai que Boucherville, c'est petit. Il y a toujours quelqu'un qui connaît quelqu'un.

Ça m'a calmé de savoir que Dom était là.

— Mais qu'est-ce tu fais dehors tout seul de même ? T'es pas supposé être avec Val ?

C'est vrai que ça faisait longtemps que j'étais sorti.

— Je fumais une tope. Je veux pas lui coller au cul non plus, t'sais.

— C'est sûr. Faut la laisser respirer.

Si Dom était d'accord, j'avais raison de penser ça.

Jade s'est éloignée de nous et est allée rejoindre des gens sur la galerie. Dom a fait le tour de sa voiture et a ouvert le coffre pour en sortir une caisse de 24 de O'Keefe.

— Crisse t'es old school, mon gars.

— On a ça depuis pas longtemps à mon Pétro. Me suis dit qu'y fallait essayer.

— Je pensais pas que ça existait encore.

— C'était eux qui avaient les Nordiques, tu savais-tu?

— Qu'est-ce tu veux dire? La bière?

— Ben oui, ben, la brasserie. C'était les propriétaires des Nordiques. Pis Molson avait le Canadien.

— Haha c'est sacrilège boire ça dans le fond.

C'est fou comment il est cultivé Dom!

On a monté les marches de la galerie et en passant derrière Jade, Dom lui a donné un bec sur les cheveux. Elle s'est détournée de sa conversation pour lui rendre un baiser sur les lèvres. J'avais hâte qu'on en soit là, Val et moi.

Dans la cuisine, la gang de filles avait disparu pour laisser place à un groupe mixte qui parlait fort et qui jouait à flip the cup sur l'îlot qui dégoulinait de bière.

Dom a posé sa caisse sur le comptoir à côté du frigo. En tenant la porte ouverte avec sa hanche, il a commencé à transvider des O'Keefe dans le peu d'espace libre qui restait.

— T'as pas peur de te la faire voler?

— Je m'en fous, elle m'a coûté sept piastres.

— Sept piastres? Pour une 24?

Il m'a expliqué que la O'Keefe, c'est vraiment très cher, mais qu'il avait trouvé un truc pour acheter la caisse à prix réduit à la fin de son shift, sous le nez de son collègue.

— Avant qu'Alain arrive, j'ai...

— T'as fait ça devant Alain !

— Haha oui. Je sais.

Alain, c'est un dude avec qui j'ai travaillé moi aussi au début de l'été au Pétro de Dom. Un vieux boqué, vraiment square. Quand il faisait pas du facing, il restait figé comme une statue derrière sa caisse. Pour vrai, lui qui attend les clients, c'est une des affaires les plus creepy que j'ai vues de ma vie. Un peu comme Stéphane, dans le fond, mais sans les lunettes soleil. Je l'ai même jamais vu ne serait-ce que s'accoter sur les tiroirs à cigarettes.

— T'es game !

— Ouais ben écoute. Aucune chance qu'il catche. Avant qu'il arrive, je suis allé déchirer le code-barre sur un 4-pack de Molson Cold Shots dans les retours pis je l'ai collé sur le code de la 24 de O'Keefe. Y a jamais rien vu !

— Esti qu'il serait bandé de t'avoir cut, par exemple, Alain.

— Crisse mets-en. Je pense que c'est pour ça que j'ai fait ça quand c'était lui. Y a rien vu en tout cas. J'ai passé ça dans caisse pendant qu'il était juste à côté, là. J'ai payé avec ma carte pis j'ai fermé le quart.

— Sept piastres pour une 24 !

— À ce prix-là, pour vrai, c'est le karma si le monde en prend, Dom m'a dit en haussant les épaules.

Il m'a tendu une bière. On s'est étendus longuement sur la maison. À quel point elle était capotée. Combien c'était riche, mais pas vulgaire. Que c'était comme riche style vieille famille. Vieux Boucherville régime seigneurial riche. Ils devaient être médecins ou quelque chose. Pis ce qui confirmait que les parents qui possédaient cette maison-là étaient très riches, c'est qu'ils avaient plusieurs enfants. Il y avait Anne-So, que j'avais déjà rencontrée.

Lilia, la fille aux yeux bleus qui avait crié à travers le moustiquaire quand j'étais arrivé et qui était l'amie de Jade. Un grand frère qui jouait de la musique dans le garage avec ses chums, et puis encore un petit gars et une petite fille, beaucoup trop jeunes pour être en âge d'aller dans un party et qui étaient sûrement partis en week-end avec les parents. On est sortis dehors fumer une cigarette et Dom m'a demandé Val était où.

— Dans le sous-sol, je pense.

— De quoi tu *penses* ? A t'a invité pis tu vas même pas la voir.

— Mais non, je te l'ai dit, je suis allé la voir. J'étais avec elle tantôt !

— Ouais, mais ça fait combien de temps que t'es pas allé y dire salut ?

— Je sais pas. C'est vous autres l'autre fois qui m'avez donné ce truc-là.

— Quand ça ?

— Avec Simon au party quand j'avais vu Mathilde pour la première fois.

— Quel party ? Simon ? Simon Lapalme ?

— Ouais ouais. Y a deux ans, là.

— Quel truc ? Que Dom a demandé après quelques secondes en cherchant à se rappeler.

— Ben de les ignorer.

— Quoi ? Ignorer qui ? Mathilde ? Val ?

— Ouais. Ben pas l'ignorer, là, que j'ai dit en réalisant que ça avait pas vraiment de sens mon affaire. Mais t'sais. Je sais pas. Être cool. Pas être rushant.

— Mais là c'est pas en chain-smokant dehors tout seul que tu t'organises pour qu'elle te trouve cool. Va donc la voir.

— Ouais ouais, que j'ai dit en prenant une gorgée de bière.

J'ai jeté un regard à la ronde. Les gars qui se lançaient le ballon de foot plus tôt étaient rendus dans la piscine. Un des dudes a pris son élan et a sauté du tremplin. Pendant qu'il était dans les airs, il a reçu une passe de son ami qui était dans le pas creux. Le gars dans les airs a attrapé le ballon, pis juste avant d'entrer dans l'eau, il l'a relancé à son chum. Il a fait une grosse bombe qui a éclaboussé partout pis quand il a sorti la tête de l'eau, les deux ont crié à pleins poumons. Sick.

— Ben go ! Rentre en dedans pis va la voir. C'est un ordre.

— Ok. Ok. C'est beau, que j'ai dit avant de caler ma bière et de la poser sur la table de patio.

À l'intérieur, la partie de flip the cup se poursuivait, mais les rondes de jeu devaient commencer à fesser parce que le volume des voix avait pas mal augmenté. Ou peut-être aussi que c'était la musique qui avait monté.

Chaque surface était occupée par des contenants de toutes les grosseurs et de toutes les couleurs. J'ai ouvert le frigo et j'ai attrapé une autre O'Keefe. Mes Rickard's dans mon sac devaient être chaudes comme de la pisse, c'est ça l'affaire. J'ai supposé que ça dérangerait pas Dom. C'est sûr que non, il m'avait dit que je pouvais en prendre. Ou ben en fait, je sais pas s'il me l'avait dit, mais en m'en donnant une, ça voulait clairement dire que je pouvais. Pis il avait quasiment pas payé pour, anyway. Il va toujours ben pas boire 24 bières !

En prenant le couloir vers l'entrée, j'avais pas fait deux pas que la musique du rez-de-chaussée a été enterrée par celle du sous-sol. La voix de crécelle de Mika montait, accentuée par celles de plusieurs personnes qui essayaient de chanter les paroles en montant aussi haut que lui.

Ça m'a fait rusher et j'ai réalisé que j'avais envie de pisser. J'ai dépassé l'entrée et j'ai trouvé la salle de bain.

Ben, ça devait être la salle de bain parce qu'il y avait un line up devant la porte.

Une grosse cabane de même, c'est sûr qu'il y a une autre toilette.

Je voulais pas descendre en chercher une au sous-sol, parce que si j'étais pogné dans une file dans le champ de vision de Val qui devait être en train de danser, de quoi j'allais avoir l'air ? D'un beau cornet pas d'amis à part sa vessie pleine.

J'ai vu quelqu'un descendre l'escalier qui menait à l'étage et je me suis dit que sûrement que c'était chill si j'allais en haut moi avec.

Un couple assis sur les premières marches frenchait. J'ai dit « sorry » et ils se sont tassés pour me laisser passer.

L'escalier était très large. La main sur la rampe, tu sentais que c'était solide pis tu voyais que ça avait dû coûter une fortune. Les barreaux étaient massifs et il y avait toutes sortes de pommeaux très ouvragés. Les marches craquaient comme un vieux duc qui se lève le dimanche.

Un vieux duc… En me disant ça, je me suis fait la réflexion que je devrais toujours avoir un carnet sur moi. Pour noter les flashs de poésie de même quand ça me venait. Demain, j'irai au Bureau en gros m'acheter un petit cahier souple que je pourrai glisser dans ma poche.

En haut, les murs étaient recouverts de panneaux de bois jusqu'à mi-hauteur. On aurait dit qu'il y avait personne. La plupart des portes étaient fermées et j'en ai ouvert une couple avant de trouver celle de la salle de bain. J'ai vidé mon affaire dans la bol.

Devant le miroir, j'ai vu que j'étais encore bien peigné. J'ai replacé mon col de chemise et je me suis senti les dessous de bras.

OK, je retourne en bas.

Je fais un move.

Dom m'a dit de faire un move.

Je me suis lavé les mains pour enlever l'odeur de cigarette sur mes doigts.

Hey Val.

Ouais ouais, je commence comme ça.

Hey Val !

J'ai ouvert la pharmacie et je me suis mis de la pâte à dent sur l'index avant de frotter un peu l'intérieur de ma bouche.

Val, faut que je te dise de quoi.

Non, attends, mieux.

Val, faut que je *fasse* de quoi.

Ou bedon.

Val. Hey Val !

Quoi ?

Je peux-tu faire de quoi ?

Ben ouais, Mathieu, qu'elle va dire en souriant. Quoi ?

Je me penche. On frenche. Simple de même.

J'ai craché dans le lavabo, je me suis rincé la bouche, j'ai éteint la lumière et j'ai ouvert la porte à l'instant où, de l'autre côté, une main était étendue pour attraper la poignée.

J'ai fait le saut en esti.

— Oups, scuse !

— Haha c'est correct ! Hein ? Mathieu !

OK non. En ouvrant la porte je pensais avoir fait le saut. Mais là, le cœur a failli me sortir par les oreilles.

— Ah ! Mathilde ! A… Allô !

Tuez-moi. Ça arrive pas des affaires de même. Ben non ça arrive pas des affaires de même. J'avais l'impression d'avoir reçu une shot d'EpiPen entre les deux yeux.

— Ben voyons. Mathieu ! Hein ! Je suis contente de te voir !

À la voir sourire, elle était sincère. Mais c'était dur à dire en même temps, parce que ma vision est devenue floue d'un coup, à part pour un petit cercle au centre.

Elle a ri à nouveau et son rire m'a agrippé par les cheveux et m'a crissé trente pieds dans les airs par en arrière. Avant, je l'entendais tout le temps, ce rire-là. C'était comme… Je catchais pas. Genre… Non. Non non. Non, ça arrive pas des affaires de même. Des coïncidences pareilles. Ça a pas rapport.

Mathilde était là. Elle était là pour vrai et elle me parlait ! Je me rappelle plus qu'est-ce qu'elle me disait au début, pis qu'est-ce que je répondais, parce que j'avais la tête qui tournait en tabarnac, pis ma vision revenait pas. Mais j'ai fini par voir comme du monde.

En reprenant mes esprits, j'étais terrorisé. Ça avait comme pété un bouchon pis j'avais mal au ventre. Comme si j'avais faim pis la nausée en même temps. J'ai porté ma O'Keefe à mes lèvres, mais j'ai réalisé que je venais de la boire au grand complet à raison de gorgées aux trois secondes sans m'en rendre compte pour refouler tout ça dans mon oesophage.

Elle m'a demandé qui je connaissais ici. J'ai commencé à lui expliquer pourquoi j'étais là et j'ai pensé rapidement que je pouvais pas lui révéler qui c'est qui m'avait invité.

— C'est, hum… l'amie de Dom. Sa blonde qui m'a invité.

— Hein ! Dom est là aussi, c'est ben hot !

Elle avait les yeux lumineux. Sûrement un peu parce qu'elle avait bu, mais aussi parce qu'il y a rien que du bon en elle.

— Ouais ! Mais pas sa blonde en fait. Une amie de sa blonde. Qui reste ici.

— Lilia ?

— Non !

J'ai presque crié et elle a cligné deux fois des yeux. C'est quoi mon problème ?

— Non, c'est ça, pas elle, euh, Lilia. Pas Lilia. C'est sa sœur. Anne-So.

— Ben oui, je la connais aussi ! Je savais pas que tu la connaissais.

Mon histoire marchait pas pantoute, là.

— Pas tant en fait. C'est un ami d'Anne-So.

— Cool !

— Pas *un* ami… Une amie, je veux dire. Une amie d'Anne-So qui m'a invité.

J'attendais qu'elle explose, mais c'est ben sûr, elle s'en torchait.

Bon ben ça m'appartenait d'abord, ces sentiments-là. C'était rien qu'à moi.

Câlice que j'avais mal au ventre. Peut-être que j'avais bu trop vite ? D'un autre côté, j'avais commencé tôt, avant même d'arriver au party. Pis d'habitude, quand je bois comme ça d'avance pour me faire un fond, je peux boire à l'infini après. Peut-être que j'avais faim ? Ou ben c'était le pickle pis la vodka tout à l'heure ?

Mais j'ai compris.

Oui.

Je me sentais coupable.

Pourtant, esti, j'avais rien fait. Rien fait de grave du moins. Spontanément, je lui en ai voulu de me faire sentir de même. Elle souriait et ses cils battaient sur ses yeux brillants.

— C'était sûr qu'en venant à Boucherville, fallait ben que je m'attende à te croiser.

— Oui, tu sais ben en plus que je suis partout, moi ! j'ai répondu.

— Dans tous les dépanneurs de la ville en tout cas !

J'ai ri et je lui ai demandé qui elle connaissait, elle, ici.

— C'est Francis.

— Ah, connais pas, j'ai répondu en lui coupant la parole.

Elle a ri.

— Lui aussi, il habite ici ! C'est le frère de Lilia et Anne-So.

— Ah !

Je me suis rappelé les photos de famille que j'avais vues dans la cage d'escalier en montant cinq minutes plus tôt. Cheveux au cou, une grande bouche. Un des gars qui jammaient dans le garage.

Elle a fait une moue pleine de tendresse.

— Ah Mathieu ! C'est le fun de te voir !

— Oui. Moi aussi ! Je veux dire, moi aussi je trouve ça le fun de te voir, j'ai répondu.

— Faut vraiment j'aille aux toilettes.

— Ok.

— Mais attends-moi. On va jaser !

— No-non mais vas-y. On se rejoint en bas !

Elle a pris une seconde pour répondre et j'ai tout vu dans ses yeux.

— Ok !

— À plus tard, je vais être en bas, là.

— À tantôt Mathieu.

Sacrament. J'avais plus mal au ventre, là. J'avais le goût de pleurer. Hostie de niaisage. Je comprenais rien. Ça avait pas rapport. J'avais envie de brailler, mais le plus bizarre, c'est que c'était même pas de la peine que je ressentais. Coupable, je me sentais coupable. Je me sentais comme une merde. Une vraie merde. Pourtant, qu'est-ce que j'avais fait ? C'est elle qui m'avait laissé ! Ben oui ! C'est ça ! C'est elle qui m'a laissé ! Je me répétais ça en descendant les marches, mais je me sentais coupable pareil. J'avais rien fait. Rien fait de grave.

On peut pas se sentir coupable si on a rien fait de grave. Je veux dire, j'ai pas tué personne ?

Maudite vie…

Pis elle a pas pris trois ans pour retomber sur ses pattes à part de ça ! Checke-la, déjà rematchée même pas deux mois après. Pourquoi je me sentirais mal !

Je suis passé dans la cuisine prendre une O'Keefe dans le frigo et je suis sorti fumer une clope. Y avait vraiment un espèce de bouchon qui avait pété. Je sais pas trop comment le dire d'autre. Ou une porte. Le mal de ventre… Ouais, c'est ça, je pourrais l'expliquer comme ça, sinon : y avait une porte qui s'était ouverte en moi, une porte qui me scindait habituellement en deux espaces distincts. Intérieurement, je passais toute ma vie dans une de ces deux pièces, sans jamais mettre les pieds de l'autre côté. Mais, des fois, j'entendais ce qui se passait à côté. Une sorte de bruit blanc, strident, qui me donnait la nausée. Et là, d'une shot, la porte venait de s'ouvrir et je découvrais que le bruit sourd que j'entendais en permanence, c'était une gang de gens qui faisaient mon procès. Du monde qui m'insultait. Je venais de comprendre qu'il suffisait que je me fasse un reproche pour soudain avoir accès à des bribes de ce qui se passait de l'autre côté de la cloison, à des bouts de ce qu'ils disaient sur moi. D'habitude, je me disais : ben non, j'ai halluciné, ils parlent pas de moi. Mais là… Hostie. La porte était grande ouverte. J'entendais tout. Leur jugement était sans appel, j'étais un bon à rien prétentieux qui avait tort sur toute la ligne. Ils étaient d'accord là-dessus, restait plus qu'à s'entendre sur la peine à m'imposer.

Mais non, mais non. J'avais rien fait. Ça a pas rapport que je me sente de même. C'est elle qui m'a laissé.

Je regardais le fleuve en haut des marches qui menaient au quai et quand j'ai fini ma bière, je me suis retourné vers la piscine autour de laquelle tout le monde chillait.

Mathilde était rendue dans un groupe pas loin du cabanon. Il y avait le frère… le gars… C'est quoi son nom… Francis. Il était à côté d'elle. Hey, c'est moi qui reste tout seul. C'est quoi l'affaire que je me sens de même ?

Une chance qu'il y avait Val.

30

J'ai pris plusieurs gorgées de bière avant de descendre.

Pense pas à ça. C'est fini, là. Pense à Val. Tu peux pas devenir un homme pour de vrai pis rester stické sur le passé. C'est pas un ado qu'elle veut Val, c'est un homme. Hey. Comment est-ce que tu vas faire pour te remettre en couple sinon ?

Je me convainquais. Pour vrai, à y penser deux secondes, c'était injuste cette histoire-là.

Une bière et demie depuis la conversation devant la salle de bain en haut tantôt. Oui, ça marchait un peu quand même.

Val.

Mathilde, on s'en fout.

Val.

Je me sentais déniaisé, je me regardais moins aller. Quand je fume du weed, des fois, je suis trop conscient de mes mouvements, et ça m'arrive de tremper l'orteil dans un doute où je remets en question jusqu'à mon droit de me racler la gorge ou de me lever d'une chaise. Comme un peu plus tôt pendant la game de beer pong, mettons. J'avais complètement figé. Quel cauchemar.

Mais là, la bière me ramenait du bon bord. Je trouvais même des belles images ! Se tremper l'orteil dans le doute…

La musique au sous-sol était assourdissante. Il y avait vraiment du monde. Beaucoup plus que tantôt. Je me suis demandé combien de temps, précisément, ça faisait depuis « tantôt ». Une genre d'urgence m'a pogné. C'est vrai que ça faisait un maudit bout que j'avais dit à Val que je montais fumer une clope.

Avec les dizaines de personnes qui dansaient et criaient, les décorations faisaient leur effet. Les lasers et les lumières multicolores tournoyaient en changeant de cible parmi les têtes et les épaules qui se balançaient. J'arrivais pas à voir la table de ping-pong d'où je me trouvais. Je savais pas si Val était encore là. Sûrement pas.

En longeant le mur, je suis parvenu à l'autre extrémité de la piste de danse. Une partie de beer pong avait lieu, mais sans Val. J'étais fourré, là. À force de petites gorgées rapides pour me donner une contenance, ma bière achevait.

Une main s'est posée sur mon épaule.

C'était elle. Elle souriait et sautillait sur place au son de la musique.

Elle m'a pris l'avant-bras et j'ai lu sur ses lèvres.

— Viens-t'en !

Hostie que j'haïs ça danser. Mais pour elle, j'étais prêt à repousser mes limites. C'est ça qui fait la force et la durée d'un couple, que je me disais pendant qu'elle m'amenait au centre de la foule, la capacité qu'on a à sortir de sa zone de confort, pour rencontrer l'autre, mais surtout pour devenir une meilleure version de soi-même. Oh oui, je sentais qu'elle me faisait devenir meilleur. Je demandais rien de plus au bon Dieu que de pouvoir lui rendre la pareille. Hostie que j'aimais ça la bière. J'aimais la bière, la musique, la vie, et pis Val ! Arrivée au milieu de la piste, elle s'est retournée vers moi et s'est remise à danser. En faisant un grand effort d'oubli de ma personne, je me suis laissé aller. Il fallait surtout pas que Val voie mes réticences et mon embarras. Une chance que j'avais beaucoup bu. Ça se capte tout de suite les talents de danseur d'une personne. Pis moi, en me regardant, on comprenait vite que j'étais pas premier de classe. Si j'étais pas habile, fallait au moins que j'aie pas l'air pogné.

Ça allait ben.

La chanson s'est terminée, une autre a commencé, elle s'est terminée, puis une autre a commencé.

Les lasers, les lumières, Val, le groupe qui se tortillait comme une douillette autour de nous deux. Je m'abandonnais de plus en plus et mon ivresse était multiple, complètement inédite.

La vie est belle.

Je croyais m'abandonner, mais au fond, je réfléchissais, je réfléchissais énormément. Je me demandais : qu'est-ce qu'il faut que je fasse? Pourquoi on danse encore, là? Quand est-ce qu'on va avoir assez dansé pour dire qu'on a dansé? Est-ce qu'elle m'aime? Une autre toune encore? OK, une autre toune d'abord. Pourquoi elle m'a invité ici? J'ai jamais ressenti quelque chose d'aussi fort qu'en ce moment, c'est sûr qu'elle aussi, non? Bon, avec Mathilde, j'ai peut-être ressenti quelque chose d'aussi fort par le passé, mais ça fait tellement longtemps. Un an! Ah! Pense pas à Mathilde! Pourquoi je pense à Mathilde? Ça a pas rapport. Je me le suis déjà dit. Je me le suis déjà dit que ça a plus rapport. Au début de notre relation, oui, c'est vrai que c'était complètement prenant, avec Mathilde... Le fait est qu'à l'époque, ça m'était jamais arrivé auparavant, des sentiments comme ça. J'étais complètement sur un nuage... Mais maintenant aussi ! Je pensais plus que c'était possible! Val doit se sentir pareil, là! Il faut qu'elle se sente pareil, le contraire est juste complètement improbable! Complètement impossible! Tout est parfait. C'est plus grandiose que les plus belles soirées que j'ai vécues dans mon adolescence, dans le sous-sol chez des amis à danser pis frencher avec nos camarades de classe. Là, je danse avec la plus belle femme au monde et on est sur le point de s'embrasser! Mais : est-ce qu'on est sur le point de s'embrasser? Vraiment? Ça fait combien de chansons maintenant? Quatre, cinq? C'est sûr qu'elle attend que je fasse un move. Dom m'a dit...

Qu'est-ce qu'il m'a dit ? Oui, c'est ça. Il m'a dit, tantôt, « go, c'est un ordre ». C'est ça qu'il m'a dit tantôt, oui. Il a dit envoye, vas-y, va faire un move, big ! Même lui m'a dit qu'il faudrait que je l'embrasse, tu vois ?

Ça fait six tounes qu'on danse au moins, elle doit se demander que c'est que j'attends, coudonc.

Ouais, qu'est-ce que j'attends coudonc ?

Je me suis penché vers elle.

— Val !

— Quoi ?

— Je peux-tu faire quelque chose ?

Elle a haussé les sourcils d'un air amusé.

— Ça dépend. C'est quoi ?

— De quoi que j'ai vraiment envie de faire depuis un boute.

Elle a souri d'une manière dont je l'avais jamais vue sourire. Son visage a changé et je l'ai trouvée plus belle que jamais. Ses yeux attrapaient les lumières multicolores qui tournaient dans le sous-sol et les redirigeaient toutes vers moi.

— Ah ouin hein…

Elle a papillonné des paupières en levant le menton vers moi. J'ai posé ma main sur son épaule et j'ai penché la tête. Elle s'est mise sur la pointe des pieds. Ses yeux se sont fermés et les miens aussi.

Oh Seigneur.

Seigneur Dieu.

Ça a duré.

Ça a duré longtemps.

Longtemps longtemps mais ça aurait pu durer encore plus longtemps j'aurais quand même trouvé ça trop court. Elle a entouré mon cou de ses bras, j'ai glissé mes doigts dans ses cheveux et j'ai senti sa poitrine se gonfler, toute collée contre la mienne.

Seigneur.

La vie.

Elle a décollé ses lèvres et est venue poser un baiser dans mon cou. Elle a déposé sa tête contre moi et m'a pris plus près dans ses bras.

— Câline de bine de câline de bine Val.

Elle a ri.

— Quoi ?

— De quoi, quoi ? ! ? Ben là ben là ben là Val ! Je capote.

— Haha.

— Je pense…

Sans finir ma phrase, j'ai pris mon visage dans mes mains et j'ai levé le nez au ciel. Elle s'est reculée en gardant ses paumes sur mes hanches.

— Quoi quoi quoi ? Tu penses quoi ?

— Je pense que… Je pense que je vais m'évanouir.

Elle a ri et a recollé son oreille contre mon torse.

— Inquiète-toi pas, mon gars, je te tiens.

— Ouf, merci.

Ses gloussements faisaient tressauter mon corps en entier.

— À entendre ton cœur battre, je pense que t'es plus près de la crise cardiaque que de tomber sans connaissance.

J'ai ri mais j'ai eu honte. Trop maigre. Je suis tellement maigre qu'elle a pratiquement la joue collée direct en dedans de moi. J'ai eu peur que mon corps l'écœure alors pour me rassurer j'ai pris son menton et je l'ai embrassée à nouveau. Elle a mis ses deux mains derrière ma tête.

La toune de Gwen Stefani qui jouait s'est terminée et Sean Paul s'est mis à nous ordonner plusieurs fois de « shake that thing » en ajoutant des trucs incompréhensibles entre chaque répétition. Autour de nous, ça s'est mis à capoter. J'ai reçu un coup de fesses dans le dos qui a écrasé mes dents contre les siennes.

— Mon Dieu scuse !

Mais elle riait.

— On va-tu en haut ? elle a proposé.

— Oui, bonne idée !

— À moins que tu veuilles encore danser.

Maudit que j'haïs ça danser.

— No-non ! En haut, c'est parfait !

Pendant que je montais les marches derrière elle, je me disais que c'était pas vrai. Que c'était pas normal. Qu'il y avait quelque chose qui clochait. Que peut-être qu'il faisait trop noir, qu'elle s'était trompée de personne qu'elle voulait frencher. Que peut-être qu'elle était trop saoule et qu'elle savait plus ce qu'elle faisait. Mais elle marchait bien droit, sans même se tenir à la rampe d'escalier. C'est sûr que ça durerait pas. C'est quoi le rapport ? Je suis ben trop jeune. Elle, c'est une femme, une vraie de vraie femme qui est déjà dans la vingtaine, pouvez-vous imaginer ça ! En tout cas je *pense* qu'elle est dans la vingtaine... Toujours est-il que : un gars même pas majeur avec une fille qui l'est depuis un bon bout ! Y a une pogne à quelque part, que je me disais pendant qu'elle ouvrait le frigo dans la cuisine. Maudit, mes Rickard's dans mon sac. J'aurais vraiment dû les mettre au frigo.

— Tu peux prendre une de mes O'Keefe si tu veux, je lui ai proposé.

Elle m'en a tendu une et a débouché la sienne. À cause de la musique, j'avais les oreilles qui sifflaient, et à cause de Val, le cœur comme une patate dans l'huile bouillante.

— On va-tu dehors ? J'ai chaud, qu'elle a dit.

31

Il y avait encore plus de monde dans la piscine que tout à l'heure. Ça criait et ça se bousculait. À travers les éclaboussures, j'ai vu qu'il y avait trois ou quatre personnes toutes habillées parmi les baigneurs. Mais personne avait l'air fâché. Un gars est sorti par les marches dans le pas creux. Son t-shirt épousait son chest comme un vieux cellophane. Il l'a enlevé, l'a tordu, l'a déposé sur une chaise et a crié un prénom en pointant un gars encore sec debout à côté de la table de patio. Il est parti à la course vers sa victime qui a posé sa bière sur la table avant de s'éloigner à reculons, les mains devant lui, en répétant fuck off, dude et non.

De l'eau éclaboussait partout et il y avait plus personne qui pouvait s'assoir en paix.

— C'est dangereux ici.

— Mets-en ! elle a répondu.

À côté des chaises de patio, Mathilde se tenait dans un groupe de filles qui jasaient. Je m'attendais à ressentir de quoi, mais ça m'a rien fait. Elle m'a aperçu. Elle a levé la tête et m'a souri. J'ai souri en retour, mais je me suis détourné tout de suite vers Val.

Tu vois, Mathilde. Je vis ma vie.

— On va-tu checker le fleuve ? Val m'a demandé.

— Oui, OK.

Passé la trampoline, juste avant que le terrain se jette vers l'eau, elle s'est assise dans la pelouse. Je me suis installé à côté d'elle et son épaule s'est appuyée contre la mienne. On s'est embrassés à nouveau. Ah oui, que je me disais. C'est ça maintenant. Mathilde, c'est terminé pour de bon. C'est elle, c'est Val maintenant. Val Val Val.

C'est pas pour dire que je suis pas reconnaissant envers Mathilde pour ce qu'on a vécu, par contre. Je l'ai vraiment aimée, je crois. Et puis, elle m'a montré comment faire l'amour avec une fille, c'est pas rien. C'est gênant à dire, je sais, pour un gars de mon âge, mais je connaissais pas ça pantoute avant elle. Ah pis, notre première fois ! C'est certain que même si je suis rendu ailleurs, je peux très bien garder avec moi le souvenir de notre première fois. Sous le saule dans le champ entre Varennes et Boucherville... C'est sûr que ça, pour être romantique, ça va être tough à toper.

Val s'appuyait d'un bras dans l'herbe et flattait mes cheveux en faisant doucement glisser ses lèvres contre les miennes. Un vent chaud soufflait sur l'eau et mêlait nos cheveux ensemble. Sous le saule, c'était cute, mais ça, c'était pas pire non plus. Toutes ces choses, tous ces détails, il faudrait que je m'en rappelle, je me disais. Il y a un grand poème à faire. Un poème, que c'est que je dis là... Un recueil ! Une œuvre ! Il y a une œuvre au complet à inventer pour rendre justice à la force des émotions que je vivais à ce moment-là ! Ah là là... L'herbe... Ses doigts... Son souffle... Son odeur de fleurs et de shampoing... Le vent... Le fleuve... Les cris, les rires et la musique qui descendaient vers nous... J'embrassais Val à ce moment précis, mais j'essayais aussi, de toutes mes forces, de l'embrasser demain, après-demain, dans dix ans... De garder une empreinte parfaite de notre baiser pour le chanter note pour note plus tard.

C'est bien, mais ça pourrait être mieux, je me disais. Il faut que je me donne au complet. Il faut qu'elle se donne au complet. Il faut pas qu'elle ait le moindre doute sur mes sentiments. Sur à quel point j'ai envie d'elle depuis longtemps. C'est quoi la prochaine étape logique après d'ailleurs? Elle doit se dire que je suis bretteux. Hey !

Ben oui… J'ai flashé tout d'un coup. Un plus un, le gros. Elle t'a amené à l'écart comme ça. C'est pas pour rien. On frenchait en bas devant tout le monde; on est sortis dehors, mais y avait encore plein de monde; pis là elle m'a emmené encore plus loin, derrière l'arbre et la trampoline. Fais de quoi !

Je l'ai serrée plus près de moi et elle s'est assise à cheval sur mes cuisses. C'est ça, oui ! Tu vois ben, elle veut rien que ça. C'est une femme, elle. C'est pas un ti-cul qu'elle veut. En plus, baptême que j'ai le goût. Je me suis demandé si elle sentait que j'étais bandé. Pis si oui, c'est-tu une bonne affaire ou non? C'est-tu weird? Non, en fait, le contraire serait weird, c'est clair. Que je sois pas bandé, c'est-à-dire. J'ai flatté sa nuque et je me suis allongé sur le dos. Elle m'a suivi en inspirant. Ses cheveux entouraient mon visage. J'ai mis une main sur ses fesses. Comment ça s'était passé sous le saule l'été dernier? À peu près comme ça. À part qu'il faisait soleil pis que j'étais pas paqueté, mais à peu près comme ça. Ah oui, je me rappelle. Après que Mathilde se soit assise sur moi comme Val en ce moment, on avait roulé et je m'étais mis sur le dessus. J'ai roulé et je me suis mis sur le dessus. Faudrait-tu que je dise quelque chose? Je suis tellement pas bon pour ces affaires-là. Pourquoi je trouve rien à dire quand c'est le temps de dire quelque chose? Pourtant, en dedans de moi, je les ai les mots, tout est clair. Comme quand Mathilde m'a crissé là. Je savais pas quoi dire. Pis maintenant, complètement muet le gars… Crisse, je parle de lui dédier mon œuvre future pis je suis même pas capable de lui dire que je la trouve belle pendant qu'on frenche pis que je la trouve belle !

— Val.

— Mathieu? elle a dit en souriant, sur un ton interrogateur.

— Je…

J'avais comme une boule dans le ventre. Mais, pour une fois, c'était positif, c'était comme des crampes le fun.

— Mmh ?

— J'te... J'te trouve belle en maudit, t'sais...

Elle a ri et elle a répondu qu'elle espérait ben, en me traitant de niaiseux. C'est bon ! J'ai parlé !

Mais... Niaiseux ?

Non non, c'est affectueux.

Calvince que j'avais envie. C'est sûr qu'elle aussi. J'avais un coude sur le sol et l'autre main sur son ventre. Les yeux fermés, j'ai revu le saule l'an passé et j'ai entendu le vent faire bruisser les feuilles au-dessus de nos têtes. L'herbe flattait mon avant-bras et je la trouvais plus douce que les foins dans lesquels Mathilde et moi on était allongés l'été dernier. Câline de bine de câline de bine. C'est un rêve. C'est sûr qu'elle a envie comme moi. Que c'est que j'attends, coudonc ? Envoye. J'ai fait glisser mes doigts et j'ai pris un de ses seins.

Baptême.

C'est un sein ça.

J'ai ma main. Sur un sein. Je dois être le gars le plus chanceux du monde. L'*homme* ! L'*homme* le plus chanceux du monde.

Elle a entouré mon avant-bras de ses doigts et m'a serré fort. J'ai serré aussi. Elle a mis sa langue au fond de ma bouche en expirant tout l'air qu'elle avait.

Après une minute, j'ai réalisé que j'étais gelé là, mes doigts entourant une partie de son sein sans bouger. Quel plouc. Tétanisé. Un vrai de vrai plouc ! Baptême que j'avais le goût.

Je me suis décollé pour reprendre mon souffle et l'embrasser dans le cou. Je suis revenu vers ses lèvres.

J'ai descendu ma main sur son ventre et je l'ai glissée sous son chandail dans l'idée de la remonter après.

Elle a chuchoté quelque chose en ramenant ma main à sa hanche.

OK.

OK, nouvelle tactique. Je me suis décollé de ses lèvres et j'ai recommencé à embrasser son cou. Sa joue. Son oreille. Elle s'est détendue.

J'ai descendu ma main pour flatter sa jambe.

Oh Val ! Câline de bine que j'ai jamais vu une fille chaude comme ça. Val ! Val ! C'est plus beau que tout ce que j'ai vécu par le passé. Mais est-ce que c'est plus romantique ? Oh oui. Pas de doute. C'est romantique en esti ce qui se passe en ce moment. Quand je raconterai ça dans mes poèmes, j'aurai rien qu'à trouver des belles images pour enrober tout ça, des comparaisons, des figures de style, pis ça va rendre justice à la splendeur du moment.

Ma main était de retour à sa taille. J'ai glissé deux doigts près de son zipper, mais elle l'a remise où elle était.

Elle a murmuré à mon oreille et m'a embrassé dans le cou.

J'ai posé ma main où j'avais dans l'idée de la mettre, entre ses cuisses, mais par-dessus ses jeans. Elle respirait fort.

Je suis remonté vers son zipper.

J'ai défait le bouton de ses jeans.

Elle a répété ce qu'elle venait de chuchoter, mais plus fort.

Qu'est-ce qu'elle a chuchoté d'ailleurs ?

Elle venait de prendre mon avant-bras dans sa main et de défaire mon étreinte.

Je me suis décollé. Elle s'est assise et je me suis redressé aussi.

Je comprenais pas. Je comprenais pas l'expression sur son visage.

Qu'est-ce qu'elle venait de dire ? Mes oreilles étaient brûlantes. J'ai comme dégrisé d'un coup. Elle avait murmuré de quoi juste avant de prendre mon bras pour le tasser, mais quoi ?

« Attends » ou « arrête » ? Non, c'est ça, la première fois, elle avait dit « attends », mais là elle venait de dire « arrête ». Est-ce qu'elle l'avait dit fort ? Je pense que oui. Ou peut-être que c'est juste parce qu'on était collés. Elle a pas crié en tout cas. Non non, on va écarter ça tout de suite, je dirais pas qu'elle a crié. Pas exactement. Pourquoi j'ai rien enregistré sur le coup ? Elle avait levé le ton, mettons. Mais elle me souriait encore, par contre... Je comprenais pas. Maintenant que je l'entendais à rebours, ça sonnait comme un cri à mes oreilles. Qu'est-ce que j'avais fait, j'avais-tu fait de quoi de pas correct ?

Elle a pris une gorgée de bière.

— On y va doucement, Mathieu.

OK, j'avais fait de quoi de pas correct. Mais quoi exactement ? Je pouvais quand même pas lui demander. Crisse que j'avais honte.

— OK...

Je me suis étouffé dans mon souffle. J'ai toussé et j'ai répété.

— OK. Excuse-moi.

— Mais non, c'est pas grave. C'est juste... pas ici. Il y a plein de monde.

J'ai dit que je comprenais. J'arrivais à peine à parler, à enligner plus que trois mots sans manquer de souffle. J'avais l'impression d'être rouge comme une tomate.

— T'sais, je te trouve cute, Mathieu. J'aime ça comment que t'es.

Moi aussi, Val. T'es comme la version améliorée de tout ce que j'ai connu avant. La confiance, la beauté, la répartie, l'air d'avoir une longueur d'avance sur le reste du monde, d'avoir pas peur de ce que les autres pensent. Les affaires ont l'air de te glisser sur le dos pis ça m'impressionne. Pis je sais que je l'ai dit, mais baptême que t'es belle.

— Merci, moi aussi, t'sais, j'ai répondu.

Elle avait l'air déçue.

— Je trouvais que t'étais pas comme les autres gars de mon âge. Eux autres, ils veulent juste fourrer. Pis toi, j'avais l'impression que tu t'intéressais vraiment à moi.

— Mais oui ! Cent pour cent !

Elle a gémi d'un air indécis.

— Je te jure, Val !

Ses yeux sautaient sur les miens de gauche à droite, paupières mi-closes.

— On y va lentement, OK ?

Bon, voilà. C'est platonique. J'ai compris d'un coup. Elle voulait juste frencher pis ça irait pas plus loin.

J'ai bu des grandes gorgées de bière. Je sentais mon cœur battre dans mes tempes. À quoi j'ai pensé ?

— Ben oui, c'est sûr. Je suis d'accord.

J'ai toussé encore et j'ai réalisé que j'avais complètement débandé pis que j'avais vraiment envie de pisser.

— T'es-tu fâchée ?

— Mais non. C'est correct là. Mais fais plus des affaires de même, OK ? Parle-moi, Mathieu, faut communiquer.

— OK. Oui.

— Merci, elle a dit en souriant avant de poser un baiser sur ma joue.

Elle m'a embrassé sur la joue. Sur la joue… C'est clair, c'est rien que ça. J'ai eu ma chance. Tant pis.

Elle s'est recollée sur moi et a posé sa tête sur mon épaule. Quel gros nul je fais. À quoi j'ai pensé ? Le vent soufflait sur le fleuve et me piquait les yeux qui étaient rendus pleins d'eau. Maudit vent qui souffle sur le fleuve. J'ai passé le revers de ma main sur mes paupières.

J'avais vraiment envie de pisser.

— On rentre-tu ? j'ai demandé. Je pense qu'il faut que j'aille aux toilettes.

— Ben oui.

De retour à l'intérieur, il y avait encore une file devant la salle de bain au rez-de-chaussée. J'ai dit à Val que je revenais et je suis monté au deuxième. Il y avait rien qu'une personne qui attendait. J'ai terminé ma bière en attendant mon tour. Maudit cave. C'est raté. Je lui avais sauté dessus comme un maudit fou, pis je m'étais fait revirer de bord. Maudit malade. La salle de bain était libre maintenant. J'ai baissé mon zipper. C'était collant au bout. Un vrai ado. Maudit obsédé. Maudit de maudit de maudit. Je suis pas mieux que mon vieux fou qui téléphonait l'autre nuit, je me disais. Quelqu'un a essayé d'ouvrir la porte.

— Y a quelqu'un !

Maintenant, j'y arrivais plus. J'arrivais pas à pisser. Mais j'avais vraiment envie. Je suis resté planté comme ça deux minutes. Trois minutes. Dix minutes ? Je savais plus. La personne de l'autre bord devait tout entendre. C'est-à-dire rien entendre. Elle devait entendre que j'étais pas capable de pisser. Comme un petit gamin gêné. Un petit kid pogné qui venait dans ses boxers comme un gros loser. Plus je restais planté là, plus je savais que j'allais pas réussir à pisser. J'ai tiré la flush et j'ai rezippé mon pantalon.

Je me suis vu la face dans le miroir, toute tordue d'apitoiement. Y a rien de plus haïssable que l'expression triste, de pitié, de quelqu'un qui veut qu'on l'aime. Ah que je m'haïssais. J'avais honte de mon move et honte d'avoir même pu penser que c'était possible. Je l'avais eu, mon grand moment romantique. Et c'était avec Mathilde, l'an passé, et j'avais tout foiré. Je revivrais jamais rien d'aussi fort. J'étais rien qu'un petit gamin de merde qui connaissait rien aux filles. Qui savait pas cruiser pis qui devait faire des affaires de même pour arriver à ses fins.

J'ai passé la porte en regardant à terre, descendu les marches, et je suis tombé nez à nez avec Val. J'ai fait le saut. Elle a ri.

— Je t'ai fait peur.

— Haha oui. J'étais dans ma lune je pense. Dans ma tête… Dans la lune je veux dire.

Elle a souri. Un sourire désolé. Ça m'a fendu le cœur. Esti. J'étais plus capable d'enligner deux mots. Crisse que j'avais envie de pisser. Quelle soirée épouvantable.

— Je vais… me chercher une autre bière, que j'ai continué. T'en veux-tu une ?

Elle a levé la sienne, encore pleine.

— Ah. Ben oui !

— Je vais être dehors, OK ?

32

J'avais mal au ventre. J'ai pris une O'Keefe et j'ai commencé à la boire. C'était comme des couteaux dans mes tripes. J'ai repris une gorgée. Puis une autre. Et pis de la marde, rendu là je l'ai calée.

Mais les crampes partaient pas. Je pensais que ça ferait plus de bien que ça, mais à la place d'avoir la honte dans le ventre, je l'avais qui remontait avec la mousse dans ma gorge. Ça m'avançait pas ben ben. Complètement ridicule.

Le meuble avec des assiettes de porcelaine.

Le fixe sur le meuble avec des assiettes de porcelaine.

J'ai pogné le fixe sur le meuble avec des assiettes de porcelaine.

J'ai rouvert le frigo et j'ai pris la première bière que j'ai vue dans la porte, à côté des condiments.

Une Blanche de Chambly.

Je l'ai ouverte, j'ai pris une gorgée, mais ça a pas passé. J'ai retenu mon souffle pour réprimer le haut-le-cœur.

Je me faisais des scènes. Je me regardais encore aller. À descendre des bières d'une manière dramatique. Personne me regarde en train d'essayer de descendre une deuxième bière pour digérer un refus en se disant, oh mon Dieu, qu'il fait donc pitié ce gars-là. Des scènes. Je me fais des scènes.

Que c'est que je crisse de ma peau…

Demain, j'arrête de fumer, j'arrête de fumer du pot, j'arrête de boire, je réponds plus au téléphone, je laisse faire le cégep pis je reste dans ma chambre. Je reste dans ma chambre pis je me tue.

Mais non, je peux pas faire ça, qu'est-ce que je dis là ? Ma mère aurait ben trop de peine.

Pourquoi je lui avais pas demandé, à Val, hein? Pourquoi je lui en avais pas parlé avant de faire mon move? Non seulement ça, mais en plus dans un spot complètement sketch, couchés dans le gazon dans un party avec plein de monde à côté. Je suis rien qu'un kid tétanisé qui est pas capable de s'exprimer. Pis un obsédé sexuel. Checkez-moi ben dans trente ans lâcher des coups de téléphone porno à des commis de dépanneur parce que je suis tout seul pis que personne veut de moi.

Où c'est que j'ai appris à faire des affaires de même?

Pourtant, avec Mathilde, tout s'était passé tellement naturellement. Sans qu'on ait à dire quoi que ce soit. J'étais bien parti me semble, ça avait marché de demander à Val si je pouvais l'embrasser dans le sous-sol tantôt. Si seulement j'avais pas été incapable de faire une phrase, dehors, j'aurais peut-être pu lui demander si c'était chill, si on allait plus loin. Mais avec Mathilde, on avait pas dit un mot, les deux on voulait la même chose au même moment dans les herbes hautes entre Varennes et Boucherville. Du moins je pense. Peut-être qu'elle avait juste trouvé ça plus simple de me laisser aller au bout de mon idée. Mais avant? La première fois qu'on s'était embrassés? Non, cette fois-là, c'était nous deux, pas de doute là-dessus.

C'était à la fête d'un ami commun, dans la cour du gars. Mathilde et moi, on s'était déjà croisés dans des soirées depuis la première fois où je l'avais vue, quand Simon et Dom riaient de moi parce que je la dévisageais. Après, on s'est reluqués pendant un bout dans plusieurs partys.

Elle portait des pantalons en velours côtelé, trop amples pour elle, des converse à paillettes, et un t-shirt très large noué au nombril avec un imprimé de Félix le chat. On parlait au pied d'un arbre dans la cour. On se disait comment il était beau et haut. Et comment ça serait facile de grimper dedans avec ses premières branches qui commençaient bas sur le tronc. On avait grimpé. Assis là-haut, nos mains s'étaient touchées sur la branche. Face à face, on s'était penchés l'un vers l'autre pour coller nos lèvres. Après quelques minutes, on avait entendu des rires et on avait vu, en bas, la gang du party qui levait le regard vers nous en faisant des «ouh» étirés et en sifflant pour nous taquiner. On avait ri nous avec et on s'était accrochés l'un à l'autre pour pas tomber.

Mais avant ça?

Avant ça?

Ma seule expérience avec des filles, avant, ça s'était passé en un soir, dans un party de sous-sol chez un gars de ma classe, quand j'avais 14 ans.

C'était la première fois de ma vie que je buvais pis je pense ben que c'était la même chose pour la majorité des gens qui étaient là ce soir-là. J'étais arrivé beaucoup trop tôt, avant sept heures, comme juste un enfant qui est jamais allé dans un party pourrait le faire. Pendant qu'on attendait les autres, le gars qui organisait le party m'avait tendu une Smirnoff Ice. C'était blanc et sucré. Il y avait seulement un autre gars d'arrivé. Les trois, on se montrait les meilleurs sites de vidéos comiques qu'on connaissait. Après, on avait bu du schnaps à la pomme sure. On avait lâché l'ordi. Ensuite, ça avait été un Bacardi Breezer. Il y avait du monde rendu là. Beaucoup de monde. Une autre Smirnoff Ice. Il y avait de la musique, j'étais assis sur le sofa, complètement étourdi. Il faisait très sombre. Une fille de ma classe était venue s'assoir sur mes cuisses. Elle s'était penchée et avait mis sa langue dans le fond de ma gorge. J'embrassais une fille! Enfin! Enfin j'embrassais une fille! Après une minute, elle s'était levée sans dire un mot et était partie plus loin. J'en revenais pas. Maintenant, moi, j'avais eu la chance, dans ma vie, dans ma très courte vie, j'avais eu la chance immense d'embrasser une fille! Pis pas des becs secs de bébé, là. La langue pis toute, pouvez-vous imaginer! Je m'étais levé du sofa et j'avais regardé à la ronde. Dans tous les coins, les gens de mon année étaient collés en couples qui avaient jamais existé la semaine à l'école, en train de frencher. J'étais allé m'assoir à côté d'une fille avec qui j'avais les cours de math. Elle m'avait dit allô. J'avais mis ma langue dans sa bouche. Elle dans la mienne. La mère du gars qui organisait le party faisait le tour du sous-sol avec un plateau de shooters dans les mains. J'en avais pris. Le gars chez qui on était m'avait demandé combien de filles j'avais embrassées à date. J'avais dit deux. Il m'avait dit qu'il était rendu à sept. J'en revenais pas. « Suis-moi ! » qu'il m'avait dit, et il m'avait amené voir celles de nos camarades de classe qui avaient le goût de frencher. La soirée s'était passée comme ça, jusqu'à ce que les parents viennent un à un chercher leurs enfants et que la salle de bain se remplisse de gens qui vomissaient.

Après cette soirée-là, il s'est passé presque deux ans avant que j'embrasse une autre fille. Mathilde.

J'ai décollé mes fesses du comptoir de cuisine et j'ai déposé la Blanche de Chambly à côté de moi avant de me diriger vers la porte-patio.

J'ai roté fort sans faire exprès et un gars accoté au comptoir a éclaté de rire.

Mathilde...

Val...

J'ai ouvert le moustiquaire.

La honte, pareil.

Penser qu'avec une femme comme Val, ça se passerait comme ça.

Mathilde pouvait ben en avoir assez de moi...

Je cherchais Dom du regard pour lui dire bye, lui dire que je m'en allais chez nous, ou me crisser dans le fleuve, ou bedon une affaire entre les deux, je sais pas.

Mais c'est Mathilde que j'ai spottée à côté de la piscine, au même endroit que tout à l'heure. Avec des gars plus vieux. Pis le gars... Le frère des filles qui vivent ici...

Francis. C'est ça. Francis. Mon premier réflexe a été de tourner les talons et je me suis cogné le nez au moustiquaire que je venais tout juste de fermer derrière moi. J'ai refait demi-tour sans savoir où me mettre.

Pas dans cet état-là. Je pouvais pas lui reparler dans cet état-là. Moi, un petit ado loser encore célibataire depuis notre rupture. Un petit ado qui devrait pas se demander pourquoi il s'est pas remis en couple, à le voir sauter sur les filles sans leur demander la permission comme il venait de le faire. Hostie d'hostie, pourquoi elle était là ? Pis elle…

Eh ben Mathilde…

Mathilde avait l'air bien. Elle était debout dans un cercle de gens qui jasaient, et le frère de l'autre l'avait sous son épaule. J'ai reconnu certains des gars qui jammaient dans le garage. Bien sûr qu'elle avait l'air bien. C'est tellement une belle personne. Je voyais dans les reflets bleutés des lumières de la piscine son grand sourire rose et, quand elle a éclaté de rire à ce qu'un des gars venait de dire, elle a rejeté sa tête vers l'arrière, comme elle faisait d'habitude.

Et puis Val. J'ai aperçu Val, un peu plus loin, assise à la table de patio. Elle jasait en rigolant avec des amies.

Bon.

Ça va faire. Ça va faire, là.

Hostie d'hostie de vie.

Je suis rentré en dedans, j'ai ramassé mon sac et je suis sorti par la porte d'en avant.

En descendant le perron, il a fallu que j'évite des fumeurs assis accotés à la rambarde et j'ai manqué une marche. La conversation s'est tue derrière moi, mais je me suis pas retourné. Les échanges ont repris aussitôt et j'ai trouvé mon vélo.

Ciao bye.

33

Câlice j'tais chaud. Sur la piste cyclable, j'ai eu envie d'une bière et j'ai essayé d'en sortir une de mon sac sans arrêter de rouler. Ça marchait pas et j'ai failli passer par-dessus mon guidon, fait que j'ai ralenti, j'ai laissé mon vélo rouler plus loin en lui donnant un coup de pied et j'ai lancé mon sac par terre. Ça a fait crac. Je l'ai ouvert. Une de mes Rickard's avait éclaté. J'ai vidé le contenu de mon sac sur le gazon et j'ai tout remis dedans, sauf les tessons. Ma bière en main, je suis allé tirer sur mon bicycle qui s'était pogné dans un buisson et j'ai repris ma route. Devant l'église Sainte-Famille, j'ai fini ma bière et j'ai balancé ma bouteille sur le monument à Pierre Boucher et Jeanne Crevier, où elle a volé en éclats.

Bien fait pour leurs gueules.

J'ai réussi à m'allumer une clope en roulant et il y a plus rien qui était important. Les deux-trois bières de la dernière demi-heure rentraient solide.

Plus rien de rien était important.

Devant la marina, j'ai freiné et j'ai crissé mon vélo dans le gazon. Les escaliers de béton qui mènent au quai étaient plongés dans le noir. Je suis tellement venu souvent ici que je pourrais descendre ces marches-là les yeux fermés.

Au bout du quai, les pieds au-dessus de l'eau, j'ai essayé de me rouler un joint, mais j'en ai tellement perdu dans le vent qui soufflait sur le fleuve que j'ai pris ma petite pipe à hasch et je l'ai bourrée à ras bord, en appuyant très fort avec mon pouce. Le maudit crisse de vent. J'ai mis la flamme de mon briquet au-dessus de la pipe et j'ai aspiré. Les fleurs se sont tordues et gonflées pour reprendre leur forme et un peu de pot en feu m'est tombé sur la cuisse. En m'étouffant, j'ai balayé mon pantalon du revers de la main. Ça avait fait un trou.

Une autre puff.

Hostie, ça tournait.

Quand tu mélanges les deux, la bière pis le weed, câlice que ça fesse.

On venait des fois à ce spot-là pour se voir, Mathilde et moi. C'était à mi-chemin entre sa maison et la mienne. Souvent, elle faisait la route en vélo pour se rendre jusqu'à chez moi. C'est rare que j'ai fait la même chose pour elle.

Hostie d'hostie de vie d'hostie de vidange.

J'avais la tête pleine de choses bien laides et je fumais une cigarette le visage crispé en crachant dans le fleuve les bouillons de bière qui me remontaient dans la gorge et que j'avais de plus en plus de misère à garder en dedans. Un maudit pervers, c'est rien que ça que je suis. Je suis pas mieux que mon maudit fou au téléphone.

Il y a un an, c'est aussi à ce spot-là que Dom et moi on était venus fumer un joint et boire quelques bières avant de partir en ville pour le show de Judas Priest au Centre Bell. C'était un bon show. La musique était forte en sale. Après, on était allés dans un bar de danseuses sur Saint-Denis. J'avais peur de pas rentrer, mais avec Dom qui était majeur et barbu, le doorman s'en était crissé. C'était la première fois que j'allais dans une place de même. Mais c'était aussi la première fois que Dom pis moi on chillait juste nous deux, fait que j'avais fait comme si non. Les danseuses en tant que telles, c'était moins hot que je pensais, mais j'étais saoul, à Montréal, un mercredi soir, avec mon nouvel ami plus vieux, et on se foutait de l'heure parce que ma mère m'avait donné de l'argent pour un taxi. Le lendemain, j'avais appelé Mathilde pour lui raconter ma soirée.

Le vendredi à l'école, une amie qu'on avait en commun m'avait demandé ce que j'avais fait pour la fête de Mathilde mercredi. Ça m'avait coupé le souffle, mais j'avais fini par répondre «ah pas grand-chose, tranquille, on a soupé avec sa famille».

J'ai remonté le quai pour rejoindre mon vélo et dans l'air opaque autour de moi, je voyais des serpents, comme des sortes de vers blancs, danser dans les recoins les plus sombres.

Des dommages irréversibles. J'ai fait des dommages irréversibles à mon cerveau.

Sur mon vélo, j'ai tourné à gauche sur Montarville et j'ai suivi la ligne jaune au milieu du boulevard. Je regardais à terre en chialant des affaires à voix haute. Surtout des affaires dirigées contre moi.

Ce jour-là, l'an passé, après avoir appris que j'avais manqué sa fête, j'avais rappelé Mathilde, mais sa mère m'avait dit qu'elle était pas là. J'avais rappelé le samedi et elle était encore chez une amie. Le soir suivant aussi. Le lundi soir, je savais qu'elle faisait un shift au café après l'école.

— Hostie de crisse, de crisse d'hostie de crétin ! que je criais en zigzaguant dans les voies.

En repassant devant l'hôtel de ville, j'ai vu une rangée de cônes sur la droite. Des gars des travaux publics venaient juste de passer pour repeinturer les lignes. Je suis passé en rase-mottes et j'ai sorti le pied droit pour renverser un à un les cônes. Après, j'ai monté en danseuse le viaduc qui passe au-dessus de la 132 et l'effort m'a donné un haut-le-cœur.

Les larmes aux yeux, j'avais de la difficulté à voir les craques dans la chaussée. En redescendant, j'ai passé près de prendre ma roue d'en avant en portefeuille avec le reste de mon vélo et de faire un vol plané.

Toute cette route-là... J'étais pas rendu. Pis j'avais vraiment la nausée. Le boulevard De Montarville était interminable, la ville au complet à traverser, mais tant pis. Tant pis pour moi. Une merde. Une vraie merde.

C'est ce que je m'étais dit aussi quand j'avais pris mon vélo pour me rendre à son café à Varennes, ce lundi-là l'an passé, m'excuser en personne de l'avoir chokée de même le jour de sa fête. Au téléphone, le lendemain du show, je lui avais même dit qu'on était allés aux danseuses, Dom et moi. Je lui avais dit ça. Hey, pensez-y deux secondes. Je lui avais dit que j'étais allé aux danseuses le soir de sa fête. Ça a pas de crisse de sens.

Qu'est-ce que j'avais dans la tête ce soir avec Val? « Tant pis pour toi, hostie d'hostie de tant pis pour toi », que je criais en pédalant sur Montarville. Tout ce chemin-là, j'étais prêt à le faire pour aller me saouler, mais du temps de Mathilde, j'étais pas foutu de le faire pour aller la voir chez elle quand elle me disait qu'elle s'ennuyait de moi.

Je préférais rester à la maison ou fumer des joints dans des parcs pis des parkings.

Ce lundi-là, en chemin, devant les maisons de luxe qui longent le fleuve, j'avais repéré des fleurs dans une plate-bande, en bordure de la piste cyclable. Sans même débarquer de ma selle, j'en avais arraché quelques-unes et j'avais continué mon chemin.

J'étais rentré au café avec mes fleurs. Il y avait une file de clients.

Son expression quand elle m'a vu, comme si quelque chose puait, je l'oublierai jamais.

Mais elle était trop douce pour pas accepter les fleurs que je lui tendais.

— Je sais pas, Mathieu, qu'elle m'avait dit. Je sais pas. Je sais pas, donne-moi le temps.

C'est ce que j'avais fait. J'avais laissé quelques semaines passer. Quelques mois, et puis tout l'hiver. J'ai fini par lui lâcher un coup de fil ce printemps. Ça, je pense que je l'ai déjà raconté. Oui, je m'en rappelle, j'en ai parlé. Elle était venue chez moi après son cours. Pis on était revenus ensemble à partir de ce soir-là.

Avec la bière qui s'était cassée dedans tantôt, mon sac tout imbibé commençait à mouiller mon dos. Devant la polyvalente, j'ai eu soif encore, j'avais le goût de me faire du tort. Je me suis arrêté dans le gazon près du parking et j'ai ouvert ma dernière bière.

Je buvais et, en me débattant, je voyais pas d'autre face que la mienne. Pis ça m'écœurait, je m'écœurais, j'arrivais pas à m'en aller de ce gars-là. J'étais pogné avec.

Je suis rembarqué sur mon bicycle, tête baissée.

Devant le Couche-Tard, pas loin de chez moi, une voiture est arrivée vraiment vite pendant que je passais sur une rouge. Ses pneus sur la chaussée stoppés net par un coup de frein ont fait le même bruit que ça fait dans ce temps-là dans les films d'action.

34

Aujourd'hui, maman est assez fine qu'elle est encore venue me chercher direct au cégep. Ce matin, elle était venue me porter aussi. J'avais rouspété comme tout le reste de la semaine, mais elle veut rien savoir. Je voulais pas que le monde me trouve bébé de me faire conduire de même à la porte. Mais, dans le fond, on s'en sacre. Personne remarque ça. C'est en plein cœur de la ville ! Ça grouille de chars pis de monde qui débarque des chars autour du Vieux. C'est hot pareil. Le cégep ! Une semaine de faite. J'ai eu mon premier cours de philo aujourd'hui pis c'est vraiment poussé. On va parler d'argumentation, de sophismes pis d'art oratoire. C'est sûr que ça va m'aider pour ma poésie. Le prof nous a montré des extraits de philosophes grecs qu'on va lire, pis y en a qui écrivent en vers. Peut-être que dans le fond, je serais mieux de me tourner vers la philosophie, comme Dom. Va falloir je fasse des tests dans mes cahiers, pour voir ce qui me vient le plus naturellement. Je suis convaincu que j'ai deux-trois idées sur la morale pis la bonne conduite qui vaudraient la peine d'être partagées. Surtout que je commence à avoir passablement de vécu.

Oui, c'est sûr que je serais capable avec mes béquilles de me rendre à l'arrêt de bus au coin du boulevard, de monter dans le bus, de descendre à Longueuil, de prendre le métro, de sortir à Berri pis de marcher avec mes trois pattes jusqu'au Vieux, mais ma mère a raison, ça a pas de bon sens. Surtout que, même si j'ai plus mal en permanence comme directement après l'accident, c'est encore assez douloureux quand je me tiens debout. Les deux premières semaines, c'était comme si on vidait un litre d'eau chaude dans ma cheville à chaque fois que je me redressais. Mais là, ça s'endure, pis dans les cours, je peux poser ma jambe sur une chaise.

Ce qui est pratique avec le Vieux aussi, c'est que c'est fait sur le haut pis que les salles de classe entourent les escaliers roulants qui connectent chaque étage. En plus, y a des ascenseurs. Fait que c'est pas trop chiant en béquilles. Pis pour chiller, c'est tout au même spot sur la terrasse en avant. J'ai déjà rencontré pas mal de monde de la gang à Dom. Seule affaire plate, c'est que je peux pas vraiment fumer. De weed, je veux dire. Ça me fait mal à tête. Mais genre : *mal*, là. J'ai essayé lundi à ma pause dîner pis on aurait dit que mon front allait éclater. C'était tellement heavy que j'ai même pas réussi à aller à mon cours en après-midi. Un ami de Dom est dans le comité de la radio, ça fait qu'il m'a débarré la porte du local pis je suis allé faire une sieste sur un des divans à la place. Mais j'ai catché que la première semaine, les profs font juste distribuer le plan de cours, parler une demi-heure pis dire merci ciao bye, à la semaine prochaine. Fait que j'ai sûrement pas manqué grand-chose.

Même quand je fume pas, j'ai encore des migraines d'être tombé de même sur la tête. Ben. On *pense* que je suis tombé sur la tête. Le médecin a pas vu de bosses ni de marques, mais forcément, si ça me pogne de même, j'ai dû me brasser la cervelle. Mon hypothèse, c'est que ma tête a frappé le capot et que la tôle a amorti le choc en pliant, pis que c'est pour ça que j'ai pas de marques. C'est con à dire, mais une chance que j'étais saoul. Je devais être tout mou en m'écrasant sur le char.

Et puis, la tête, c'était pas le truc le plus inquiétant après mon accident. La grosse affaire, c'était ma cheville. C'est fou pareil que je me sois blessé à ce spot-là parce que le médecin m'a expliqué que ça veut dire que j'ai réussi à retomber sur mes deux jambes. Mais j'ai dû atterrir de tout mon poids sur mon pied tourné de côté.

Je me rappelle vaguement avoir dit à la police de laisser faire l'ambulance pis l'hôpital pis d'aller me reporter chez moi. Que c'était rien qu'une entorse. Esti. J'avais la cheville grosse comme un pamplemousse. C'était dégueulasse, mais le pire, c'est que c'était rien que le début. Maman a vraiment moins capoté que je pensais quand elle est venue à la porte parler aux agents. Faut dire que ses médicaments la rendent pas mal buzzée la nuit. Elle a remercié les policiers les yeux mi-clos, avec pas plus d'émotion que si elle signait le reçu d'un gars de chez Purolator, et elle m'a sorti des couvertes pour m'installer sur le divan du salon. Je me voyais mal descendre l'escalier pour aller dans ma chambre mettons. J'ai pris deux Tylenol et j'ai essayé de m'endormir. Ça a pas été long. Câlice que j'étais chaud.

Mais je me suis réveillé une ou deux heures plus tard complètement trempé. Baptême que ça faisait mal, j'avais jamais vu ça. J'ai crié pour réveiller ma mère. Elle était moins endormie, là, et elle a comme pris conscience de ce qui s'était passé. Elle capotait. Elle s'est habillée, m'a pris sous son épaule et m'a installé dans sa voiture. Pendant la route vers l'hôpital, je chignais de manière incontrôlable. C'est dur à croire, mais ma cheville avait encore enflé. Asteure, c'était plus juste l'articulation, mais mon pied et le bas de mon mollet qui étaient gonflés. La moitié de ma jambe était rendue mauve. C'était l'enfer. La douleur, mettons, c'était comme si quelqu'un prenait une brique dans chaque main et les ramenait ensemble de toutes ses forces, sans cesse, sur mon pied.

Au moins, ça a pas été long au triage et l'urgentologue a fini par me donner une piqûre d'antidouleurs. Ça m'a permis de me rendormir dans un fauteuil roulant quelques heures. Quand je me suis réveillé, ça s'est remis à faire mal sans bon sens. Un nouvel urgentologue était là, qui m'a repiqué et m'a envoyé en radiographie. Pas de fracture. Les effets des antidouleurs ont encore une fois fini par s'estomper et le médecin a dit que c'était pas normal qu'une entorse, même de grade 3 comme la mienne, soit douloureuse de même. Il m'a fait une prise de sang. Il se demandait si j'avais le syndrome des loges.

Vous irez googler c'est quoi. Mais faites pas ça si ça vous écœure le sang pis toute. C'est pas des farces là. Allez-y pas. La manière qu'ils traitent ça, c'est un cauchemar. Un cauchemar.

Moi, c'est en revenant à la maison que j'ai googlé, pis j'ai failli tomber sans connaissance en réalisant que j'étais passé proche d'avoir à subir ça. Je devais être pas loin, par contre, parce que des cloques d'eau m'ont poussé sur le pied tellement il y avait de pression là-dedans.

Ça désenfle un peu de jour en jour. Ma cheville a retrouvé sa couleur normale, maintenant, mais j'ai encore l'air d'avoir mis deux pieds dans le même bas. À l'hôpital, je pensais que les médecins seraient plus alarmés que ça, mais il faut juste attendre que ça passe apparemment. J'ai un rendez-vous de suivi en physiothérapie bientôt, mais je crois que l'urgentologue me l'a prescrit juste pour me rassurer.

Ça me change les idées, en tout cas, l'école, c'est-à-dire. J'ai rien foutu ces dernières semaines. J'ai passé les premiers jours après l'accident sur les antidouleurs, pis ce qu'il restait de l'été assis ou couché à différents spots dans la maison.

Une chance que Dom venait me voir pour me désennuyer. Y est vraiment fin. Il passait presque chaque jour, jaser pis m'apporter des clopes, ou sinon il prenait quand même la peine de me lâcher un coup de fil.

Au début, j'arrivais même pas à rester assis normalement, il fallait toujours que ma jambe soit plus haute que mon cœur. Fait qu'oublie ça de me lever, ou même de m'assoir dans le char à Dom pour faire un tour de machine. Mais là, c'est chill. C'est vendredi, pis j'ai ben vu cette semaine que je pouvais vivre un peu.

On mange un hot chicken pis après je vais aller chiller avec Dom. Je suis tellement sous-stimulé depuis un mois que ça m'a fait plaisir de répondre à toutes les questions de ma mère sur ma première semaine. Elle m'a demandé c'était quoi mon cours préféré.

— Philo, je pense, j'ai répondu avant de prendre une gorgée de mon verre de lait.

— Ah ! ça j'aimais ça au cégep moi aussi.

— Ah ouais ?

— Ton prof a-tu l'air bien ?

— Je pense que oui, j'ai dit en réfléchissant. Oui, pour vrai, y a l'air cool. Y est jeune pis il faisait quand même des jokes en plus.

— Ah ben c'est le fun ça ! C'est important. Philo, ça dépend vraiment du prof qu'on a. Ça peut être le meilleur cours, comme ça peut être le cours le plus plate.

— Ah ouin ?

— Oui, j'en avais eu un à Garneau. Ah mon Dieu, Mathieu. Plate, là. Plate, plate, plate. Il faisait juste nous lire les extraits à voix haute, pis après il nous enseignait assis à son bureau sans jamais lever les yeux.

— My god ça devait être dull.

— Oui, mais j'en ai eu des bons. Quand t'as un bon prof, c'est le fun.

Elle m'a dit que ce qu'elle préférait, c'était les philosophes français. Comme Sartre et Camus. C'est un peu déprimant au début, mais finalement ça l'a beaucoup rejointe, qu'elle m'a expliqué.

Eh ben. Ma mère connaît la philosophie. J'avoue qu'elle a été jeune elle avec. Fait que forcément elle est allée au cégep elle aussi.

En terminant mon assiette, je lui ai dit que j'irais faire un tour de char avec Dom plus tard. Elle s'est un peu mordu les lèvres. Je lui ai rappelé que j'avais même plus mal quand j'étais assis dans son auto à elle. Pis je lui ai dit à quel point j'en pouvais plus de passer mes soirées enfermé. Elle a fini par dire que c'était correct.

«Merci», j'ai dit en attrapant mes béquilles posées contre le mur derrière moi. Je me suis levé, je les ai calées dans mes dessous de bras et j'ai essayé de prendre mon assiette vide. C'était pas évident, mais je voulais ramasser, là. Ça suffit, esti, je lui dois au moins ça. Elle m'a fait le taxi toute la semaine, pis elle a été aux petits oignons avec moi quand j'étais pas capable de me tenir debout. Je peux au moins rapporter mon assiette.

— Laisse faire ça, ma mère a dit.

— Non, c'est chill.

— Non, c'est correct, mon petit loup. Je m'en occupe.

J'étais déjà rendu au lavabo. J'ai rincé mon assiette et je l'ai mise avec mes ustensiles dans le lave-vaisselle.

— Merci pour le souper.

Je suis allé dans le salon regarder la télé un peu. À *Sports 30*, ils montraient des higlights de Latendresse dans les matchs présaison. Y a été boosté. L'analyste, qui ménageait pas son effet, disait que ce jeune joueur-là lui faisait penser à quelqu'un, un ancien joueur du Tricolore, un certain Jean Béliveau... Les journalistes sportifs, des fois, la seule différence avec les fans, c'est le T4 au mois de mars. Mais c'est vrai qu'il a été bon la saison passée, Latendresse. Quasiment 30 points dans une année recrue, c'est pas pire. J'ai hâte de voir cette saison. Hey, tu mets ça sur la deuxième avec Higgins ou ben Ryder, pis avec un bon centre, ils vont te faire 20, 25 buts chaque, facile. Ou ben mieux, une première ligne Kovalev, Latendresse, Koivu. Mais c'est trois gauchers, Carbonneau fera jamais ça. On va avoir une bonne attaque pareil cette année, je pense. En tout cas j'espère, parce que l'avenir est pas rose devant le filet, laissez-moi vous dire. Échanger Théodore l'an dernier, je la pogne toujours pas. Contre l'autre là. Aebischer. Veux-tu ben me dire c'est qui ça, Aebischer ?

Ça a sonné à la porte. Ma mère était déjà rendue dans l'entrée.

— Salut mon beau Dominic, entre ! Y est ici dans le salon.

J'ai éteint la télé et je me suis agrippé à mes béquilles.

— Tu y fais attention, là, va pas freiner trop sec avec ton auto, là, Dominic. Lui scrapper son autre jambe…

— Ben non, inquiétez-vous pas ! Moi, je roule toujours en dessous de la limite.

Ma mère a dit « me semble » en riant, et elle m'a demandé on allait où.

— Je sais pas trop, se promener dans le coin, là. Peut-être sur le bord du fleuve. Juste me faire sortir de la maison, t'sais.

— Bon ben, amusez-vous pis soyez prudents. Tu me diras que t'es rentré quand tu reviens, Mathieu. Juste pour pas que je m'inquiète.

— Mais si tu dors ?

— Ah, c'est pas grave, même si tu me réveilles, je vais me rendormir tout de suite.

Ça m'avait bien servi qu'elle dorme dur de même, dans les dernières années, à toutes les fois où j'étais puni pour trente-six mille affaires pis que j'avais pas le droit de sortir. J'avais juste à faire un peu attention, à peine, pis je pouvais sacrer mon camp dès qu'elle avait la lumière fermée. Jamais qu'elle m'avait pogné.

— Parfait.

— Bonne soirée, Nicole, Dom a dit en souriant.

— Salut, les gars.

35

Parqués sur le bord du fleuve, on s'est roulé un joint. Deux puffs, je me suis dit. Deux ou trois puffs, pas plus. Pis c'est correct parce qu'après les avoir prises j'étais quand même pété. Je fume tellement plus ces temps-ci, ça m'en prend pas gros.

— T'as qui en anthropo ? Dom m'a demandé.

— Je sais même pas, je suis pas allé.

— Ouais, je sais, mais t'as pas checké sur le plan de cours ?

— C'était un nom latino je pense. Ou arabe.

— Ah ouais, monsieur Mendoza. Tu vas voir, y est vraiment bon. Il boit toujours du maté.

— C'est quoi du maté ?

— C'est fucking bon. C'est genre du café chilien. Plus du thé en fait. Du genre de thé chilien. Il a vécu la dictature, c'est fou pareil.

— Au Chili ?

— Ouais.

— C'est une dictature, le Chili ?

— Ben plus maintenant, mais dans les années soixante-dix.

— Je savais pas. Toi, c'est quoi tes cours ?

Il m'a pas répondu tout de suite. Je pensais que c'était à cause du batte qu'il était en train de terminer, mais après l'avoir éteint, il s'est allumé une clope sans rien dire. Ben voyons.

— Han ? C'est quoi tes cours ?

— Je vais annuler ma session, finalement.

J'étais sous le choc. Crisse. Si y a quelqu'un qui est promis à une grande carrière intellectuelle, c'est ben Dom.

— Tu vas lâcher le cégep?

— Ben peut-être pas pour toujours là. Juste un an genre.

— Mais la session est déjà commencée.

— T'as jusqu'au 24 pour annuler tes cours.

— Qu'est-ce tu vas faire?

— Jade pis moi, on s'en va en roadtrip en Europe.

Les crampes m'ont pogné. Asteure, je savais que c'était pas *réellement* physique. Mais même à ça, c'était tough de me persuader que c'était pas grave pis que j'allais pas en mourir.

Comment je vais me faire des chums au cégep si Dom est pas là pour me présenter au monde? Ça m'a complètement angoissé.

— Crisse c'est hot man, j'ai dit.

Il a démarré son char et on a roulé. Il m'a dit qu'ils allaient pas mal se promener, d'ouest en est, jusque dans les Balkans genre.

— On va commencer par faire les vendanges en France. Jade a de la famille là-bas. Elle a un grand-oncle qui est vigneron. On va être logés, nourris, payés, pis après on va partir visiter plein de places. Je suis juste un peu tanné de tout le temps faire la même affaire, pis de voir le même monde.

— Ouais, je comprends.

— Je stagne, genre.

Je me demandais s'il parlait de moi. J'étais pas tanné de le voir, moi, mon ami Dom. J'ai pitché le botch de ma clope par la fenêtre et j'ai demandé si on pouvait arrêter à un dep. Y a vraiment été mon sauveur là-dessus, pour les clopes, pendant que j'étais pogné à la maison. Elle a beau savoir que je fume, je pouvais quand même pas demander à ma mère d'aller m'en acheter.

— Ouais OK. Hey ! Tant qu'à faire ! On va-tu voir qui c'est qu'y ont engagé à ta place ?

— Ah ouais, ça serait drôle.

On a traversé la ville et on a tourné dans le parking du Super Relais. Déjà avant d'être rendu en dessous de l'auvent j'étais curieux, fait que je plissais les yeux pour voir c'était qui le gars de nuit asteure. Ou la fille. Qui sait. Val, même, peut-être ? Je préférerais pas…

La semaine après mon accident, elle avait trouvé mon numéro et elle m'avait lâché un coup de fil. C'est flou un peu parce que j'étais sur les antidouleurs big time, mais elle m'avait dit qu'elle comprenait pas pourquoi j'étais parti du party. Me semble que c'est assez évident. Elle m'avait dit de l'appeler quand j'irais mieux. Qu'elle s'était inquiétée.

On voyait personne derrière la caisse, mais quand Dom a stationné sa Mazda dans une des places face à la vitrine, un homme s'est avancé du fond où il y a les fours vers nous.

Dom l'a reconnu deux-trois secondes avant moi. Je pense que c'est parce que ça me semblait pas logique que j'ai pas flashé tout de suite.

— Ah ! Esti ! Ben voyons ! Où s'en va l'Amérique ?

— Quoi, c'est qui ? j'ai répondu avant d'allumer. Haha ! Ben oui, voyons.

J'ai ouvert la porte du char et Dom a fait le tour de mon bord pour sortir mes béquilles de la banquette arrière. Il me les a passées et j'ai pu me mettre debout. À la porte, on a même pas eu à sonner, ça buzzait déjà et on a pu entrer.

— Monsieur Dominic, monsieur Mathieu, le vieux Jacques nous a dit en baissant la tête deux fois. Cristi, t'as grandi toi, mon homme, il a continué en me regardant, il t'a poussé deux jambes !

Je me suis tenu en équilibre sur un pied pour lever mes deux béquilles dans les airs en riant.

— Ouais, j'ai pris une méchante débarque.

— Pis, ça va mieux, là ?

— Pas pire, pas pire.

— Pauvre toi, Jacques, Dom a dit, t'aurais pu me le demander, je serais venu faire les nuits.

— Ben non, ben non. De toute façon, t'as pas l'université, toi, mon homme ?

— Le cégep, Dom a répondu.

— T'as pas le temps pour ça, Dominic. L'école, c'est le plus important. Pis ici, si je m'en occupe pas, personne va s'en occuper. Faut ben que quelqu'un garde le fort d'ici à ce que je trouve mon homme.

— Ilam aurait pas pu ? j'ai demandé.

— Il a déjà deux jobs.

— Ouin.

C'est vrai que ça faisait pas mal… Mais hey ! Attends minute ! Je venais de computer la phrase « d'ici à ce que je trouve mon homme ».

— C'est toi qui fais les embauches ? j'ai demandé.

— Ben je pense ben, c'est mon dépanneur ! Pis asteure que j'ai pus de gérant, je suis le seul officier à bord.

J'ai levé les sourcils et je me suis tourné vers Dom. Lui, il avait pas bronché. Coudonc, j'ai manqué un bout moi.

— Ton dépanneur ?

— Ouo-oué.

— Ben oui, le gros, Dom m'a dit. C'est le proprio.

— Hein ?

Dom avait l'air de penser que je niaisais, mais il a vu que mon air épais était trop crédible pour être fake.

— Le proprio ?

Il a ri de surprise.

— Ben oui. Le proprio.

— D'ici ?

— Oui d'ici. De ce dep-là. Pis de l'autre avec, celui quand on travaillait ensemble.

— Pis aussi celui sur Montarville ! Jacques a ajouté en levant un doigt.

— Ayoye, je savais pas !

Faut vraiment que je parle au monde, moi. Que je pose des questions, quelque chose, que je m'intéresse aux gens. Je sais pas pourquoi, mais ça m'a déprimé de catcher que j'avais rien catché. Je me suis dit que j'étais une mauvaise personne pis que je pensais juste à moi, fait que j'ai continué de poser des questions à Jacques.

— Pis Stéphane, lui, il peut pas faire les shifts de nuit ?

C'était la première fois de ma vie que je voyais Jacques fâché.

— Ah ! Parle-moi pas de Stéphane… Écoute, mon tigars… Si y était pas de la famille, je l'aurais traîné en cour. Y a abusé de ma confiance.

Voyons, esti, j'avais rien écouté, moi, je me disais. De la famille ?

— De la famille ? De la famille à qui ? Ta famille ?

Du coin de l'œil, j'ai vu que Dom gloussait en me regardant de biais.

— Ben je pense ben. C'est mon neveu. Le fils de ma sœur.

— Ben câline.

Dom et Jacques ont éclaté de rire. Je me sentais vraiment zouinzouin. Faut que je sorte ma tête de mon cul, esti.

— Je l'ai quasiment élevé, Jacques a continué.

— Il a pas de père, Stéphane ?

Jacques a eu un sourire en coin pis je me suis dit que ma question était peut-être déplacée. Eh que je suis pas bon. Je suis pas capable d'agir comme un humain normal. Comment je vais faire pour avoir des amis quand Dom va être parti, moi, hein ? Mais Jacques m'a répondu.

— Y est dans l'Ouest, lui.

— Dans l'Ouest ?

— Il vit là.

— Pis Stéphane, lui, il vit pas avec ? j'ai répondu.

— À 34 ans ?

— Ouin.

— Pis il l'a assez fait vivre comme ça, son père.

— Il fait quoi le père à Stéphane, Jacques ? Dom a demandé.

— Y est médecin. C'est un gars ambitieux, ça, c'est sûr. Je peux pas dire qu'il a jamais fait de tort à mon neveu. Ni à ma sœur. Mais tu sais comment que c'est. C'est un homme qui aurait jamais dû se marier. Ni avoir d'enfant. Y a travaillé pour Médecins sans frontières. Au Liban, avant de rencontrer ma sœur. En Haïti, longtemps, quand Stéphane était tout petit. Pis dans d'autres pays. Y revient pas souvent au Québec. Y se sont séparés tôt, ma sœur pis lui. Mais Stéphane, y a toujours resté à Boucherville avec sa mère. Ma sœur a jamais vraiment travaillé. A vivait de la pension de son ex. Quand Stéphane était jeune, son père y payait tout ce qu'y voulait. Il y envoyait des chèques par la poste, plus gros que la pension que le bonhomme donnait à sa mère. Fait que Stéphane, quand y était jeune, ben y avait toute tout cuit dans le bec. Y s'est habitué à ça. Mais aujourd'hui, y a rien que des dettes, pis y va encore harceler sa pauvre mère quand y est dans marde, le p'tit crisse. Parce que le bonhomme, depuis que son gars est majeur, y veut pus donner une cenne à personne. Pis ma sœur, elle, a l'a toujours ben rien que sa pension de vieillesse, asteure. Mais c'est ça, Stéphane s'est habitué à ça. Pis là, ben, c'est un p'tit bum.

— C'est bizarre, ça, avec un père médecin, me semble, j'ai dit.

— C'est ben ça que ma sœur pis moi on s'est dit toute son adolescence. Mais c'est un bum. Qu'est-ce tu veux, c'est mon neveu, pis c'est mon filleul à part de ça. C'est un p'tit crisse, mais c'est mon filleul. Ça faisait un an qu'y travaillait ici, je pensais qu'y était assez mature.

— Pis pourquoi tu l'as renvoyé ? j'ai demandé.

— Y me volait.

Ben sacrament ! Le gars, esti, qui appelait au milieu de la nuit pour savoir si toute était correct avec son beau bébé, son précieux Super Relais. Qui me passait en inquisition s'il m'avait vu sur les caméras une seconde avec un livre derrière la caisse quand y a rien à faire de toute façon. Pis qui m'aurait fait lécher le comptoir si j'avais eu le malheur de manquer un bout de sachet de sucre déchiré caché entre deux thermos. L'hostie d'hypocrite, toi. Y est pas plus drette qu'un autre, faut croire.

— Il te volait ?

En répétant après Jacques, j'ai pogné un stress, par exemple. Hey, s'il s'était rendu compte de ça avec son neveu, c'est sûr qu'il le savait pour moi avec. J'avais le goût de changer de sujet, finalement, mais Jacques a encore répondu à ma question.

— Je peux pas donner des gros salaires, moi, à mes gérants, même si je suis propriétaire. Je veux dire. C'est correct. C'est meilleur qu'ailleurs, mais c'est pas le Pérou. Fait que ça sera jamais le genre de job qui va y faire vivre le train de vie qu'y est habitué. Ou celui de quand y vendait de la drogue. Mais... Jacques a continué en prenant une pause pour hocher la tête et mordre sa moustache. Mais c'est pas une raison ! S'il voulait vivre comme son père, y avait rien qu'à se forcer quand on y disait. On y a donné toutes les chances du monde. Hey, je m'en suis occupé comme de mon propre fils. Non... C'est pas une raison... Y se prenait 20, 25, 35 piastres à chaque jour dans ma caisse, en fuckant les rapports de ventes. Un gars de 34 ans qui vole des 20 piastres pis des gratteux. M'as te dire une affaire, ça fait dur en tabarnac, moi, je trouve. C'est pas de même qu'y va se mettre riche.

— Y est ben épais.

— Qu'est-ce tu veux. Y a fait des mauvais choix. Pis y a lâché l'école. Moi, j'ai pas plus d'instruction que lui. Moins, même. J'ai rien que ma septième année. Mais j'ai travaillé, pis asteure, je suis entrepreneur. C'est des mauvais choix. Des mauvais choix que *lui* a faits. Parce que personne pourra me dire j'ai pas essayé avec lui. Pis sa mère avec non plus. Ça non.

J'avais le goût de dire que je le savais, que je m'en doutais, que je le trouvais louche depuis le début, mais je voulais pas insulter son neveu, quand même.

— En tout cas, t'as vraiment le cœur sur la main de lui avoir donné une job, Jacques, Dom a dit.

— T'es ben fin, mon grand. Je sais ben. Qu'est-ce tu veux. La famille, il a conclu en haussant les épaules. À manné, tu vieillis, pis tu réalises que c'est juste ça, c'est rien que ça qu'on a. Pis après, y en a qui en ont même pas.

— C'est sûr, Dom a dit.

J'ai demandé le paquet que je voulais à Jacques et il m'a demandé mes cartes juste pour rire. Je les ai sorties et il m'a fait un clin d'œil parce que je suis pas majeur.

On a jasé encore deux minutes. Jacques nous demandait comment ça allait l'école, on a répondu et Dom a pas dit un mot de sa session qu'il voulait lâcher. En sortant, on lui a dit qu'en tout cas, on était ben contents de le voir, pis je me suis excusé de l'avoir mis dans marde avec les shifts de nuit.

— Pense pas à ça. C'est pas de ta faute, ton accident. Ici, c'est rien qu'une job. Le plus important, c'est l'école. Faites attention à vous autres, mes ti-gars.

— Salut Jacques, toi aussi ! on a répondu en chœur.

36

Dans le char, je me suis allumé une clope, mais il s'en venait tard, mon souper était loin, pis ça m'a reparti le mal de tête. Je l'ai finie pour pas gaspiller, mais là, j'avais juste envie d'aller me coucher. Je pense que c'est d'avoir une blessure à guérir qui me rendait fatigué tôt de même.

J'avais comme le goût de dire de quoi à Dom. De quoi de spécial. Mais je savais pas trop quoi. C'était sûrement pas ben important, juste un feeling. C'est sûr qu'on va se revoir avant qu'il parte.

Je lui ai redit que c'était hot son idée de voyage, pis que j'étais content pour lui. Même si pour vrai, je trouvais pas ça ben excitant. J'étais toujours ben pas pour lui dire que j'avais de la peine pis que j'allais m'ennuyer de lui. Pas juste au cégep là, dans la vie. Je pense que c'est comme ça que je me sens, oui. Mais c'est cave, je suis pas pour lui dire ça.

Dom m'a aidé à sortir de l'auto et je lui ai dit que, oui, j'allais être correct pour monter les marches.

Tout seul, je vais être tout seul au cégep. Je veux dire, Dom m'a présenté plusieurs de ses amis déjà. Pis ils me connaissent pis toute. Mais c'est pas pareil sans lui. C'est plus dur. C'est plus dur sans Dom. Comment je vais savoir quels cours choisir pour la prochaine session ? Quels livres lire s'il est plus là pour m'en prêter ? Pis avec les filles ? Visiblement, j'ai besoin de coaching pis ça presse. Va falloir que je trouve du positif là-dedans. Peut-être que j'ai assez niaisé, ça serait l'occasion d'écrire pour vrai, là. Mais il faut que je sorte de ma tête un peu en même temps. Et puis, peut-être aussi, dans le fond, que je devrais rappeler

Val. Elle m'a demandé de lui donner des nouvelles après tout. Si c'est pas pour devenir ma blonde, au pire ça me fera une amie. Qui sait, si on devient assez proches, peut-être même qu'on pourrait en faire un, un voyage, nous autres aussi, un jour. Pas obligé que ça soit en amoureux.

Dans la maison, les lumières étaient éteintes. J'ai enlevé mon soulier et je me suis rappelé que maman voulait que je lui dise en arrivant. Y était minuit passé, mais hey, c'est elle qui voulait ça.

— Maman ! Je suis rentré !

Évidemment, elle a pas répondu. Pis j'ai crié là ! Elle dort vraiment comme une bûche.

J'ai ouvert la porte du sous-sol et j'ai oublié que j'étais pas ben ben mobile avec mes béquilles, fait que j'ai failli basculer par en arrière. Je me suis dit qu'il fallait que je me concentre pour descendre l'escalier. J'aurais l'air fin, les quatre fers en l'air, après avoir déboulé les marches, si maman était pas là pour m'aider. Elle m'entendrait jamais crier d'en bas. Pis je lui ai déjà donné assez d'émotions de même, je pense.

ROMANS, RÉCITS, NOUVELLES ET JOURNAUX

Dernières parutions

Paule Baillargeon	*Sous le lit* *Une fille sans fusil* *Une mère* suivi de *Trente tableaux*
Véronique Cyr	*La jeune fille des négatifs*
Carole David	*Histoires saintes*
Michael Delisle	*Drame privé* *
Thomas Desaulniers-Brousseau	*Le fond des choses*
Roxane Desjardins	*Moi qui marche à tâtons dans ma jeunesse noire*
Clémence Dumas-Côté	*Glu*
Philippe Haeck	*Il y a tant d'il y a*
Pauline Harvey	*Pitié pour les salauds !* *
Claire Hélie	*La robe sans corps*
Monique LaRue	*La cohorte fictive* *
Michel Lefebvre	*Les limites de sa propriété*
Alain Bernard Marchand	*Complot à l'Unesco* *L'homme qui pleure* suivi de *C'était un homme aux cheveux et aux yeux foncés* * *Sept vies, dix-sept morts*
Laurence Olivier	*Répertoire des villes disparues*

Elizabeth Smart	*À la hauteur de Grand Central Station je me suis assise et j'ai pleuré* *
France Théoret	*Nous parlerons comme on écrit* *
Marie-Ève Thuot	*La trajectoire des confettis*
Josée Yvon	*Danseuses-mamelouk* (*La chienne de l'hôtel Tropicana, Androgynes noires, Filles-commandos bandées*) *Les laides otages* *Maîtresses-Cherokees* *Travesties-kamikaze*

* Titres réédités en format poche dans la collection « TERRITOIRES »

LES HERBES ROUGES
Maison fondée en 1968
par les frères Marcel et François Hébert

4067, boulevard Saint-Laurent
bureau 303B
Montréal (Québec)
H2W 1Y7
lesherbesrouges.com

EN COUVERTURE
Maxime Gérin
@mxmgrn

DISTRIBUTION
Diffusion Dimedia
514 336-3941
dimedia.com

DIFFUSION EN EUROPE
Librairie du Québec
+33 1 43 54 49 02
librairieduquebec.fr

Cet ouvrage a été achevé d'imprimer
sur les presses de l'Imprimerie Gauvin
à Gatineau en mai 2023
pour le compte des
Éditions Les Herbes rouges

IMPRIMÉ AU QUÉBEC (CANADA)